文春文庫

父を撃った12の銃弾

上

ハンナ・ティンティ
松本剛史訳

文藝春秋

偉大な作家にしてわたしの真の友、
ヘレン・エリスとアン・ナポリターノへ

そしてわたしを駆りたて、闇の向こうまで歩かせてくれた
カナダへ

急激な、名状すべからざる勢いで、天空たかく壮麗な弧線を描いて鋼《はがね》の白い虹がかなたへ躍ったかと思うと、クジラの急処に突き刺さって慄《ふる》える。きらめく水しぶきならで、いま鯨は鮮血を噴き上げている。

「やつの樽口をあけたぞ!」とスタブは叫ぶ。「今日は七月四日のお祭りだ。世界じゅうの噴水は酒をつっ走らすんだ、今日は!」

——メルヴィル『白鯨』(田中西二郎訳)

目次

父を撃った12の銃弾（上）

主な登場人物

ルー（ルイーズ）・ホーリー……海辺の町オリンパスに移り住んだ少女
サミュエル・ホーリー……ルーの父　身体に多数の弾傷がある
リリー……ルーの母　ルーが物心つく前に世を去る
メイベル・リッジ……リリーの母　ルーの祖母
グンダーソン……ルーの通うハイスクールの校長
ジョー・ストランド……漁師
ポーリー・フィスク……同右
ジェレミー・ストランド……ジョーの息子　ルーの同級生
ポーリー・フィスク・ジュニア……ポーリーの息子　同右
マーシャル・ヒックス……ルーの同級生
メアリー・タイタス……マーシャルの母　〈ノコギリの歯〉のウェイトレス
タイタス船長……マーシャルの継父　環境保護活動家
アグネス……〈ノコギリの歯〉のウェイトレス
ジョーヴ……サミュエルのかつての仲間
フレデリック・ナン……サミュエルとジョーヴが襲った屋敷の主
タルボット……雇われの拳銃使い
モーリン……タルボットの妻
エド・キング……犯罪組織の大物　元ボクサー

ホーリー

ルーが十二歳になったとき、父親のホーリーはわが子に銃の撃ち方を教えた。彼の部屋には銃器がいっぱいに詰まった整理戸棚があり、それ以外にも家じゅうの箱のなかに隠していた。ルーも夜には実物を見ることがあった。父親がキッチンのテーブルに何時間も座り、銃を分解して掃除したり、油を差したり磨いたりブラシをかけたりしていたからだ。触ってはいけないと言われていたので、ルーは少し離れたところで眺めながら、銃の秘密について学べることを学んでいった。やがてその日、皿の上に十二個のチョコレート・リング・ディングが星形に並べられ、上に刺した十二本のロウソクをルーが吹き消したあとで、ホーリーはリビングにある木の戸棚を開け、ずっと待ち焦がれていたプレゼントを娘の腕のなかに置いたのだった――祖父のものだったライフルを。

それからルーが廊下で待つあいだに、父は正面のクロゼットから弾薬の箱を引き出した。そこから・二二口径リムファイアー式薬莢《やっきょう》――ロングライフル弾とマグナム弾――

のほかに、九ミリのホーナディの百十五グレーンを取り出す。バッグに滑りこませると、ボール紙の容器のなかで弾《たま》がカタカタと音をたてた。ルーは父親が選んだ銃を、あとでテストに出るとでもいうように、細かな点まで頭に刻みこもうとした。ホーリーが手に取ったのは、ボルトアクションのレミントンM5、ウィンチェスターM52、そして自分のコルト・パイソンだった。

ルーの父親は家を出るとき、決まって銃を一挺持っていく。どの銃にもそれぞれ逸話があった。ルーの祖父が戦争のときに持ち歩き、殺した数だけ刻み目を入れたライフル。それがいま彼女のものになった。ホーリーがワイオミングの牧場でしばらく馬を追う仕事をしたあとに持ち出してきた二十番径のショットガン。アリゾナでポーカーの形《かた》に取った、ぴかぴかの木のケースに入った銀の決闘用ピストル。クロゼットの奥の袋に仕舞ってあるスナブノーズのルガー。たんすの一番下の引き出しに隠した真珠のグリップのデリンジャー一式。その隣には、コネティカット州ハートフォードのスタンプの付いたコルト。

コルトはとくに決まった置き場所がなかった。父親のベッドのマットレスの下で見つかったり、キッチンテーブルや冷蔵庫の上にあったり、一度など浴槽の縁に堂々と置いてあったりもした。この銃は父親の影だった。彼が通り過ぎたあとに、じっとうずくまっていた。ホーリーが部屋の外に出たとき、ルーはその銃把に触れてみることがあった。グリップは紫檀《したん》製で、指になめらかな感触が残ったが、手に取ってみたり、父親が置いた場所から動かしたりはしなかった。

ホーリーがいま、そのコルトをつかみ上げてベルトの下に差しこむと、ライフルを肩にかけた。「おいで、じゃじゃ馬娘」と言ってドアを開け、ふたりは外に出た。父は娘の先に立って家の裏の森に入り、小さな谷を下りていった。ここにできる流れは苔むした岩をいくつも越えたあと、海に注いでいた。

よく晴れた一日だった。木の葉が枝からすっかり落ちて森の地面に積もり、赤、黄、橙《だいだい》色の絨毯《じゅうたん》がカサカサと乾いた音をたてた。父が古いカエデの木の前で足を止める。枝から錆びたペンキの缶がぶら下がっていた。彼はナイフでその蓋をこじ開け、取っ手に結びつけてある刷毛を使い、松の木に白いペンキで小さな丸を描いてから、百メートル離れた娘と銃のところへ歩いて戻った。

ホーリーは四十代だが、歳よりも若々しく見えた。尻はまだきゅっと細く、脚は強靱だった。ロングボート並みに背が高くて、広くがっしりした肩幅は、ルーをトラックの助手席に乗せて国じゅうを運転して回った年月を物語っていた。手にできたたこは、ときどき片手間にやる自動車の修理、家屋のペンキ塗りといった仕事の名残だ。指の爪にはグリースの筋ができ、黒い髪はいつも伸びすぎてもつれ合っている。それでも目は深い青色、顔はきつく荒々しくてもハンサムといって通る目鼻立ちだ。ふたりが旅の途中でどこかに立ち寄ると、それが朝食をとりに入ったハイウェイ沿いのダイナーでも、しばらく滞在した小さな町でも、自然と女たちが吸い寄せられてくるのがルーにもわかった。でも父はいつも口を結び、あごを引き締めたままだったので、必要以上に近づいてくる女はいなかった。

最近はトラックに乗っても、海辺にしか行かなくなっていた。そこでふたりは貝を掘り、バケツを何度もいっぱいにした。ホーリーはホンビノスガイと呼んでいたが、大きさや色によっては、リトルネック、トップネック、スティーマー、チェリーストーンと呼ばれたりもする。ホーリーは貝採りに熊手《コウホッグ》を使ったが、ルーは長く薄いスコップを使い、貝が砂のなかへもぐりはじめる前にすくい取るのが好きだった。毎朝早い時間から、父と娘はズボンの裾をひざの上までまくり上げ、ゴム長靴に足を差し入れた。貝が採れる場所は、砂浜から潮が引いたときに現れる、塩性の沼沢《しょうたく》や干潟《ひがた》だった。

ホーリーは肩からレミントンを外し、ルーに装塡のしかたを教えた。五つの弾をひとつずつ、なかに滑りこませる。そして弾倉を閉じる。

「手始めはこいつだ。練習用の銃だ。あまり威力はない。安全装置はいつもかけておく。標的と、標的の後ろに何があるかを確かめる。撃ちたくないものには決して向けるな」

ボルトを開け、後ろに引き、それからまた閉めて、一発目の弾を薬室に送りこんだ。そして娘にライフルを渡した。「両足を構える。ひざをゆるめる。息を吸う。半分だけ吐き出す。そのとき引き金をしぼる。息を吐くときだ。引くんじゃない——しぼるだけだ」

レミントンは手に冷たく、ずっしりと重かった。銃床を持ち上げて肩に当てるとき、両腕が少し震えた。父親の銃を自分の手で持ちたい、ずっと何年もそう夢見てきたので、いまも夢のなかにいるみたいだった。照星を水平にして狙いをつけ、レバーを手前に引き、ひじを持ち上げ、そして最後の最後に、安全装置を外した。

「何を撃つ？」

「あの木」

「よし」

頭のなかに、弾丸が描く軌跡が見え、何キロも進んでそれ自身の歴史をつくっていくのが想像できた。この銃のことは隅々まで、歯車もボルトもぜんぶ知りつくしていた。そしてその一つひとつが――バネやキャリアやピンや薬室が――いま、引き金に指を触れた瞬間に連動し、なめらかに所定の位置へ移るのを感じとった。

続いて起こった破裂音は、轟音ではなく、パンという乾いた音だった。肩につけたライフルの銃床がごくかすかに動いた。何か体がゾクッとする感じがあるかと期待していたけれど、感じたのはただ、小さな泡のような安堵感だった。

「見てみろ」父親が言った。

ルーは銃身を下げた。遠くの白い印を見たが、何も変わったところはない。「外れちゃった」

「誰だって外す」ホーリーは鼻の頭を掻いた。「おまえの母さんも外した」

「母さんも?」

「初めてのときはな。ほら、ボルトを動かして」

「母さんもこの銃を使った?」

「いや。ルガーが好きだった」

ルーがレバーを手前に引くと、飛び出した空薬莢が宙を飛んで地面に落ちた。またボルトを元の位置に押し戻し、つぎの弾を薬室に送りこむ。母親のリリーは、娘が物心つく前に死んだ。湖で溺れて。ホーリーはその事故が起こった場所を、ウィスコンシン州の地図でルーに示してみせた。指先で触ると隠れるほどの、小さな青い円だった。

ホーリーはそのことをあまり話したがらなかった。父がその話をすると、空気がほのかにゆらめきだす。まるでリリーという名前が危険な何かを呼び出すかのように。ルーが母親について知っていることの大部分は、形見の品が詰まった箱のなかにあった。その移動式の祭壇を、父はふたりが暮らす場所すべてのバスルームに再現した。モーテルの部屋や仮住まいのアパートでも、森のなかの小屋でも、いまいるこの丘の上の一軒家でも。この場所が自分たちの家だと、ホーリーは言っていた。

写真がまず最初に、浴槽と洗面台の周りに配置された。父は一枚一枚、はがれないように注意深く貼りつけていった――ルーの母親とその長い黒髪、白い肌、緑色の目の写真を。つぎに半分使ったシャンプーとコンディショナーのボトルを、コンパクトと赤い口紅を、曲がった歯ブラシを、背中に竜の刺繡《ししゆう》の入った絹のバスローブを、そしてリリーの好きだった食べ物——パイナップルやひよこ豆の缶詰——を並べ、ちょっとした手書きの、死んだあとで見つかった紙きれたち、スーパーで買ってくる品のメモ、つぎの日曜までに片づけたい用事のリスト、駐車違反の切符の裏に走り書きした夢の断片——〈蝶番《ちょうつがい》で折りたたんでスーツケースに入れられる古い車〉。ルーはトイレを使ったり風呂に入ったりするたびに、母親の字と言葉に向き合い、長年のあいだに滲んでしまった手紙を、シャワーの湯気で薄れたインクを眺めていた。

その死んだ女性は、ふたりの暮らしのあらゆる場面に存在していた。ルーが何かうまくやると、父親は「おまえの母さんそっくりだ」と言い、うまくやれないと、「おまえの母さんが承知しないぞ」と言うのだった。

ルーは引き金をしぼった。何度も何度も、再装塡しながら一時間以上撃ちつづけた。たまに幹から樹皮が少しはがれることはあったが、標的からはことごとく外れ、そのうち足もとに真鍮《しんちゅう》の薬莢がたくさん溜まり、腕が銃の重みで痛んできた。

「的が小さすぎる。ぜったい当たんないよ」

ホーリーがポケットからタバコ入れの袋を取り出し、娘に向かって左右に振ってみせた。ルーは銃を置いた。父親のところへ行って袋と、そして手巻き用の紙の束を受け取った。薄い紙を指先で一枚引き出して半分に折り、折り目に沿ってタバコの葉を載せていく。それからフィルターを置いてくるくる巻き、両端をつまんで潰し、紙の縁をなめて封をする。紙巻きを父親に渡すと、ホーリーは火をつけて手近な岩の上に腰を下ろし、陽射しに向かって身を乗り出した。父は最近、ひげを伸ばしはじめていた。毎年寒い季節になるとそうするのだが、いまもそのひげを掻いていて、指がごわごわした褐色の毛の森のなかを動いていた。

「おまえは考えすぎなんだ」

ルーは袋を彼に放ると、またライフルを手にとった。父親はこのレッスンのあいだ、彼女がもう撃ち方を知っていると思ってでもいるように、ほとんど何も言わなかった。ルーも初めは興奮していたものの、いまは気後《きおく》れがしていた――バスルームのなかで、母親が字を書きつけた紙きれ、母親の好きな食べ物の缶、何もしなくても十分きれいな母親の写真に囲まれているときのように。

「むりだよ」

潮が満ちてきていた。谷の向こうから海の音が聞こえた。波があとからあとから岸に押し寄せてくる。ホーリーは巻いたタバコをまたポケットにしまった。

「おまえとあの木のあいだには何もない」

「あたしがそのあいだでじゃましてる」

「だったら、そこからどくんだ」

ルーは安全装置をかけ、またライフルを置いた。土に埋まっていた石を指で掘り出し、力いっぱい遠くまで投げた。石は白い印に向かっていく途中で落ち、茂みに飛びこんだ。

鳥がばたばたと舞い上がる。頭上を飛び過ぎる飛行機の音がした。ルーは枝葉の隙間から、上空に光るアルミの塊を見た。もし十キロ離れていたとしても、そちらのほうがやさしい標的に思えた。

ホーリーが彼女を見ているあいだに、タバコの火が消えていた。マッチを擦り、もう一度火をつけた。父がそれを唇に持っていき、一度、二度と先端が明るく光った。吸い殻を岩に押しつけて消した。口からほうっと煙を吐き出す。

「おまえには仮面が要るな」父が大きな両手を持ち上げ、自分の顔を覆った。それから指を開き、目の周りを囲むように鼻の上に橋を作った。まるで知らない人間の顔のようだった。やがてホーリーが仮面を外すと、また父親の顔に戻った。

「やってみろ」

ルーの手はあまり大きくなかったが、それぐらいのことはできた。周囲の森と、自分の落胆とがさえぎられる。ちょうど馬に付ける遮眼革のようだった。目を左や右に向けようとすると、ものがぼやけるか視野から消えてしまう。

「これでどうやって撃つの」

「これで集中してから、銃を持つんだ」

ルーは標的のほうを振り向いた。太陽が沈みはじめていた。白いペンキの印がその陽射しを受け、ぼんやり光っている。木を取り巻くもの――地面や空や枝葉――が遠くへ退いていく。こんなふうにものを見なくちゃいけないのか、と思った。世界全体が標的の円になった。

そのとき、印の向こうで、葉ずれの音が聞こえた。森で何か動いている。ルーは顔から手を離した。息を詰める。聞こえるのは風がたてる物音だけ。樺の木の葉がカサカサと騒ぐ音。雲の向こうから響く飛行機の遠いこだま。木を駆け上がるリスの爪が樹皮を引っかく音。だが父親は、何か別の音を聞いていた。あごが下がり、目が左のほうをにらんでいる。顔が緊張し、待ち受ける。

ホーリーはいつも見ていた。いつも待っていた。街へ買い物に出たときも、郵便配達が家へ来たときも、外の道路に車が停まったときも、リビングの床を歩くときも、窓に錠が下りているか確かめるときも、同じ表情をしていた。砂浜で貝を掘るときも、ずっと海を背にしていた。どれもちょっとしたことだが、それでもルーにはわかった。そしていま、父親の全身が静まるのがわかった。その手がベルトの後ろに伸び、コルトをつかんで戻ってくる。

ルーはぱっと振り向き、ライフルを手にした。指がグリップを強く握る。森を見渡した、でも何も見えない。父親は立って、木のほうを見ていた。谷を隔てて百メートル先にある、小さな白い印を。

「ルー！　いまだ！」

彼女の名前を叫んだ。それに自分たちふたりの命が懸かっているというように。そして連続した動きでコルトが腕の一部のように宙に突き出され、彼は森に向けて発砲していた。銃が光を放ち、轟音がつぎつぎ周囲の丘にこだまする。ルーはライフルを胸に持ち上げ、ボルトを引いて撃ち、ボルトを引いて撃ち、またボルトを引いて撃ち、そして五度目に撃ったときに初めて、父親がもう撃つのをやめているのに、自分の弾も切れているのに気づいた。カチッ、カチッ、カチッ。

ルーはライフルの銃身を下ろし、待った——だが、何を待っているのか自分でもよくわからなかった。森のなかでこちらをうかがう怪物か。父親の過去から来た影か。でも見えるのは、細い松の木に新たにできた、ホーリーのコルトが幹から樹皮をはぎ取ったときのような黄色く細長い跡。そして五十センチ下の、彼が白く塗った場所の真ん中に開いた、三つの暗い穴だけだった。

ルーの父親が小走りに、標的を確かめにいった。ブーツのポケットからナイフを取り出し、弾丸のひとつをほじり出す。ルーのほうへ歩いて戻ると、それを彼女の手のひらに落とした。金色をした小さな金属の塊。ルーのライフルの弾丸だった。小さくてぴかぴかして、硬くて潰れている。標的に当たった衝撃でさらに変形していた。ホーリーが微笑み、目を輝かせた。

そして言った。「おまえの母さんそっくりだ」

グリーシーポール

ルーは生まれてからずっと、あちこちの場所を転々としながら過ごしてきた。何もかも残して立ち去ることに慣れていた。ホーリーはひとつの町に六か月か一年ほどは腰をすえるけれど、ある日ルーが学校から帰ってくると、父親がトラックに荷物を積んで待っていて、その日はひと晩じゅう走ることになった。二晩になることも、何週間も続くこともあった――いろんなモーテルで暮らし、ときには後ろの座席で古い熊皮の敷物《ラグ》をかぶり、ドアをロックして眠ったりもした。小さなころはそれが冒険みたいで楽しみでもあったけれど、何年もたつにつれて、新しい学校で新しい友達をつくることや、いつも内輪の冗談もわからずにいることが重荷になってきた。つぎの場所に移るのが怖くなりはじめ、でも心のどこかにはそうしたくてならない気持ちもあった。いまいるところに溶けこもうとするのをやめて、本来の居場所に戻れるからだ。ハイウェイを疾走する父親のトラックの助手席に。

ふたりの持ち物はほんのわずかだった。父親が持っていくのは銃器類と、バスルームから片づけたリリーの形見の入った箱。ルーが手に持つのはふたり分の歯ブラシと、きれいな靴下が何足か。ホーリーが星を観られるようにと買ってくれた、手持ちの望遠鏡。

それに星座早見盤——プラスティックとボール紙でできたディナー用平皿ほどの円い星図。もともと母親の持ち物だった。ルーの六度目の誕生日に、父親がこれをくれた。新しい場所へ行くたびに、彼女は暗くなるのを待ってダイヤルを回し、日付と時刻を合わせる。すると星図がカシオペア座、アンドロメダ座、牡牛座、ペガスス座の位置を教えてくれる。たとえ街灯が多すぎて、北斗七星やオリオン座の三つ星しか見えないところでも、それがあればどこでもわが家のように感じられるようになった。

荷解《にほど》きをすると、父が自分たちふたりの新しい服とルーの新しいおもちゃに、ほかにも必要なものがあれば買ってくれた。それはある意味、楽しみな出来事だった。そしてまた、もう三度も読んだ教科書の背表紙に新しい折り目をつけることになる。出ていくときには、近所の人たちにも先生にも、たとえよくしてくれた相手でも別れのあいさつはしなかった。もし友達がいたとしても、さよならを言うこともなかったが、たいていそんな友達はいなかった。

父子で紅茶用のカップに熱い湯を入れ、ラーメンをこしらえて食べた。ハンティングナイフでキャンベルの缶スープを開け、缶の固形燃料で温めた。特別な日には中華料理を注文した。カリフォルニアにいようとオクラホマにいようと関係なしに。〈フォーチュンパレス〉はどこにでも見つかった。揚げ春巻と雲呑《ワンタン》のスープ、葱油餅《ツォンヨウピン》の海鮮醤味がルーのお気に入りだった。

ルーの十一度目の誕生日のときはサンフランシスコにいて、中華料理店がいっぱいあったので、ホーリーはメニューを十何枚も集めてルーに好きなものを選ばせた。彼が炒飯と麻醬麵《マージャンメン》と木須鶏《ムーシユーチキン》の入った紙袋を手にモーテルの部屋に戻ってきたとき、ルーは床の上にチェスのゲームを広げていた。このボードは誕生日のプレゼントで、新聞の漫画のページでくるんであったのを、今朝ルーが開けたのだった。午後からずっとふたりでチェッカーをやっていたのだが、セットにはチェスの駒もついていた。

「それはひとりでやってくれ。おれはやり方を知らない」

「遊び方の紙があるよ。どの駒もちがう動き方をするの。ルークは上と下と、右と左へ行く。ビショップは斜め。クイーンはどっちでも好きなほうへ行ける」

「食い物が冷める前に食べよう」

ホーリーはビールを開け、テレビをつけた。ふたりいっしょにベッドに座り、米と麵を口に押しこみながら、昔のマルクス兄弟の映画を観た。それが終わると、ホーリーは食べ物の容器を手にとって袋につっこみ、ルーは床の上のゲームに戻った。夕食のあとはたいていカードをやる。ジンラミーにクレイジーエイツ、ヘッズアップポーカー。チップにはホーリーの小銭を使い、勝ったほうは自販機から好きなデザートを選べる。でもルーは新しいものをやる気になっていた。その日の朝に箱を開けたとたん、チェスの駒に目が吸い寄せられていたのだ。彼女はまた遊び方の説明書に目を通した。

「手伝わなくて平気か?」

「自分でわかるようになりたい」

「まあ、好きにやってろ」ホーリーはズボンのベルトにコルトを差しこみ、上からシャツの裾を垂らした。鍵を手にとって部屋を外からロックすると、やがて父が紙袋を持ってコンクリートの通路の先にあるゴミ容器のほうへ向かう音が聞こえた。

ルーはナイトの駒を選び、前へ二マス、左へ一マスと、Lの字の形に動かした。それから立ち上がり、ボードの反対側へ行って腰を下ろした。彼女はパズルのようにゲームを解こうとしていた。ポーンのひとつを動かす。また立ち上がってボードの反対側へ行き、同じことをする。

鍵がドアに差しこまれた。ホーリーが入ってきてまた錠をかけなおし、コルトをベッドわきのテーブルに置くと、タバコを巻いて部屋の窓を少し開けた。テレビではゲーム番組が流れ、観客が拍手をしていた。だがルーは音を耳から締め出すことができた。思い出せるかぎりの昔からそのやり方を知っていた。それに、この真ん中に折り目のあるボール紙の上の、黒と白の四角形のマス目でくり広げられるゲームには、何かわくわくさせられるものがあった。白の駒を動かしているときはすごい戦略が浮かんでくるけれど、黒のほうに回るとそんなアイデアが、やはり勝とうとしているこちら側の背景のなかでは色あせてしまう。

やがてモーテルの窓の外で空が暗くなり、ハイウェイのネオンサインの灯がボードの上に光りはじめるころには、キング二個と黒のルーク一個しか残っていなかった。王手詰みになるまでこのルークを近づけることができず、ただボードの上で白のキングを押して動かすのに使っているだけになった。黒と白のどちらのキングも別々の方向へ一度に一歩しか動くことができず、ルーはもう我慢ならなくなり、腕をぱっと振って残った駒をぜんぶなぎ倒した。

テレビがつけっぱなしだった。いまは別のゲーム番組をやっていた。解答者たちが正解を当てようとしている。大きな時計がぐるぐる回ってチッチッと秒を刻み、観客が息を詰めて見守る。でもホーリーは注意を向けていなかった。画面のほうを向いてもいない。窓ぎわの椅子に座っていた。窓台の上の灰皿はタバコの吸い殻が縁まであふれ、彼の目はずっとルーに注がれていた。

「どっちが勝った?」

「どっちも勝ってない」

バスルームに入ってドアを閉めた。なぜだかわからないけれど、腹が立っていた。あのゲームは、始まったときは可能性に満ちていたのに、最後のほうは空っぽのマス目に囲まれ、一歩一歩進んでもどこにも行き着けなくなってしまった。歯を磨きながら、母親の形見の品に目をやった。ぺっと吐き出し、洗面台の左側、鏡の横にテープで貼られた両親の写真に顔を近づける。どこかの沿道のお祭りの屋台で、ふたり肩を寄せ合っていた——四枚続きで撮ったスナップ写真で、ルーの母親がおどけて顔をしかめ、父親のほうはフレームから外れかけていた。ふたりでルーには知りようのないすてきな秘密を分かち持っているようだった。

バスルームから出ると、テレビは消してあり、ゲームのボードはのけられていた。父親がルーのベッドを整え、カバーを引き下げていた。いつでもどこでも、トラックの後部にいても、寝るときには必ずそうしてくれるのだ。ルーはブランケットの下にもぐりこみ、父親がカバーを引き上げた。

「つぎにどこへ行くかを決めた」

「どこ?」

「おまえがひとりで遊ばなくてよくなるところだ」

「だって、ひとりで遊ぶの好きだよ」

「わかってる。だがもう、やめたほうがいい」

月が明けた六月、ふたりはマサチューセッツ州オリンパスに着いた。母さんの生まれた町だ。ホーリーはそう言った。リリーは氷のように冷たい大西洋で育った、ルーも同じ経験をしたほうがいい、波乗りをしたり灯台まで歩いたり、メガラ川をカヌーで下ったり岬からタイア島へヨットで渡ったりして。ふつうの暮らしだ。本当の家があって、近所の人たちが、同じ年ごろの友達がいて、自分の居場所を見つけられる学校がある。

海に面したモーテルにチェックインし、浜辺に下りた。ルーは大きな砂の城を作り、塔に指で窓を開け、濡れた砂で割れ目をふさいだ。ホーリーのほうは満ち潮を防ぐ壁を作り、深い堀を掘って、染み出した海水が水路を満たすようにした。ドアにはイガイの貝殻を使い、城壁の上には海藻を飾った。ホットドッグを食べながら陽が沈んでいくのを眺め、寒くなってくるとふたりとも怪物になったふりをして、城をばらばらに壊し、うおーっと声をあげてずんずん歩きまわり、王様や女王や村人たちを足で踏み潰した。

翌朝、ホーリーはルーをトラックに乗せ、メイベル・リッジに会いにいった。ルーの母親の母親、つまりルーの祖母に当たるひとだ。ホーリーは落ち着かない様子で、新品のシャツを着こんだ。ルーにもワンピースを着せて、めったにないことだが、髪をブラシで梳《と》かせることまでした。もつれたところをほぐすのに小一時間かかった。それもむりなところは鋏《はさみ》で切ったが、おかげで髪全体が短く不揃いに、体の片側を噛みちぎられた動物みたいになった。

メイベルの家は、オリンパスとグロスターとロックポートの中間に八キロにわたって続く、ドッグタウンという岩がちな森林地にあった。ホーリーはこの土地のことをルーに話して聞かせた。いまはもう誰も住んでいないが、三百年前にはまず清教徒《ピューリタン》の農民たちが暮らしはじめ、そのあとに夫を漁で亡くした女たち、解放奴隷、浮浪者や追放者たち、野生化した犬が住みつき、それでドッグタウンという名前がついた。いまは土地の大半が野鳥保護区になってトラストに管理され、ハイキング用の踏み分け道が縦横に伸びているが、古い石造りの家に掘られた地下室の跡がまだ残っていて、浮浪者がうろつき、たまに森のなかで人が刺されたり、強盗に遭ったりもする。

「だから行っちゃいけない。約束してくれ」

ルーは約束した。「なんでそういう話を知ってるの？」

「母さんから聞いた」ホーリーはトラックを寄せ、ある家の前に停めた。ひどく荒れた感じの家で、階段は傾《かし》いで塗装ははげ、錆だらけのポンティアックが車回しに置いてあった。

「母さんはここで育ったの？」

ホーリーがうなずいた。ルーはウィンドウに顔を押し当てて家のほうを見た。ドアにパイナップルの形をした古い真鍮のノッカーがあった。

「お祖母さんとちょっといろいろ話をしなきゃならない。しばらく車にいてくれるか」

「あたしもなかに入りたい」

「入れるさ。でもまず、招待されないことにはな」

父親はトラックから下りると、重い足取りでポーチの階段を上っていった。ドアからぶら下がった真鍮のパイナップルを慎重に持ち上げ、落とす。ノッカーは半分しか憶えていない夢に出てきたように、どこかなじみがある気がした——葉っぱの冠が花のように広がり、陽を浴びて金色に光っていた。

ドアが開き、ゴーグルをかけた年配の女が、シャツの前で両手を拭きながら出てきた。ルーの絵本に出てくるお婆さんとはだいぶちがった。鹿を撃ってはらわたを抜いたりできる女のひとみたいに見えた。

ホーリーが何か二言三言いった。メイベル・リッジが言い返した。女の手がドアノブにかかったが、ホーリーがまた何か言うと、その手が止まった。女が体を屈め、ホーリーの背後をのぞきこんだ。少女と女の視線がつかのまからみ合った。ルーが不揃いな髪の毛を触ると、メイベル・リッジがドアをばたんと閉めた。ホーリーがトラックに戻ってきて、ダッシュボードを勢いよく殴りつけ、ラジオを壊した。怖くて何があったのとも訊けず、ふたりとも黙ったままモーテルまで引き返した。父の指から血が流れ、シャツの袖に落ちていた。

部屋に戻ると、ルーはワンピースを脱いでまたジーンズに着替え、ホーリーは血のついたシャツを頭から引き抜いて隅に投げた。ふたりで海辺のボードウォークまで行き、ソフトクリームを買うと、きのう砂の城を作った場所に腰を下ろした。潮が何もかも洗い流していたが、貝殻やそのかけらはあとに残り、堀にはまだ水が溜まっていた。

「この場所は好きか？」

「うん」

「いやなら、出ていってもいいぞ」

「着いたばっかりだし」

「それはそうだが」

父親がコーンをなめると、指の裂けた関節が曲がってまた血がにじむのが見えた。ルーはまたソフトクリームをかじり、チョコレートが舌の上で溶けるのを感じた。

「ここにいようよ。あんなババア、くそくらえだ」そう言った。

「そんなことは言うもんじゃない」ホーリーが笑いながらたしなめた。「おまえの母さんが承知しないぞ」

つぎの日の朝、父子は住む場所を探しはじめ、そして短期契約で借りるかわりに、ボストンの貸し金庫から出した現金で、海辺の古いヘンダーソンの屋敷を買った。地所は湾のへりをぐるりと取り巻き、二万平米にも及んだ。ふたりが階段のある家に住むのはこれが初めてだった。ルーの寝室は二階で、窓が二つあり、窓の下には小さな屋根が張り出していて、その上に出ることもできた。父親の部屋は廊下の奥だった。初めのうちはあたりが静かすぎて、新しいベッドに寝かしつけられ、熊皮を肩に引き寄せられても、なかなか寝つけなかった。ほっとできるのは、ホーリーが夜中に歩きまわる音に耳を澄ませるときだけだった。父がルーの様子を見にくると、部屋に細長い光が射しこんできた。彼女は目を閉じた。ぐっすり眠っているように見せようとして。

「嘘つきめ」父は言った。

そしてドアが閉まり、ルーは彼の足音が遠ざかっていくのに耳を澄ませるのだった。

ときどき祖母が市場にいるところや、日曜日にカトリック教会へ向かうところを見かけることがあった。道端でルーたちを見ると、老女は近くの店に入り、ふたりが通り過ぎるまで待っていた。ルーがそのことを知らせると、ホーリーはただ、おまえは母親に似ている、いずれメイベル・リッジの風向きも変わるだろうと言った。

「おれたちは家族だ。あのひとがどう思おうと」

ひと月たち、またひと月たった。ルーは少しずつ、新しい家の静けさに慣れ、もうハイウェイの車の音は聞こえず、かわりに夜中に床がきしんだり、古い防風窓がカタカタいったりするのにも慣れていった。ホーリーが家にいるときは、その静けさを切り裂くように、ブーツを蹴って脱ぐ音や、階下からルーの名を呼ぶ声がした。だが父親は、静かにするすべも知っていた。一度ならずキッチンでこっそり忍び寄ったり、ふいに窓の外の屋根に現れたりしてルーをびっくりさせた。ついさっきまではいなかった。なのに——そこにいるのだ。そして咳払いをしたりマッチを擦ったりし、そのたびにルーは飛び上がるのだった。

ある朝、外のチリンチリンというベルの音に目を覚ました。下へ駆けおりると、ホーリーが新しい黄色い自転車に乗って目の前を走り過ぎていった。ルーの初めての自転車だった。父親が家の前の道で乗り方を教えてくれた。ルーがバランスをとれるまでサドルの後ろを支え、そばについて走った。ほぼ一日がかりになったけれど、とうとう通りの端まで行ったあと、ブロックをひと回りしてきた。ルーは父親が手を離していたのにも気づかなかった。

ふたりで釣具の店へ行き、魚釣りや貝採り用の胴長靴や道具類を買った。ホーリーが釣り糸の投げ方やイガイの掘り方を教わったのは彼の父親からだったが、その知識をわが子に教えられることにわくわくしているのがルーにも伝わってきた。ホーリーは日の出の直前にルーを揺り起こし、木立の向こうの海岸まで連れていった。これほど潮が遠くまで引いたのを見るのは初めてだった。海がずっと遠くの一本の線にしか見えない。むき出しになった砂地には貝や蟹が散らばり、おそろしく小さな穴が無数に開いていた。「見ててごらん」父親が言うと、屈みこんでから跳び上がり、ひざを高く持ち上げた。百九十センチを超える体が浮かんで一瞬宙に止まり、そして両足が大きな、派手な音をたてて砂を打った。すると周りじゅうで砂に埋もれていた貝がぴゅっと水を噴き出し、秘密の噴水のように空中にまっすぐ飛びかかった。その瞬間ルーは、自分たちはここにずっといるんだ、この場所はほかのどこともちがってるんだと思った。この早い朝、浜辺全体がにわかに命を持って息づき、そして父はわが子にこの世界で最高のものを見せてやれたというように、満面の笑みを浮かべていた。

夏が終わると、ルーは地元の中学《ジユニアハイ》に入った。ホーリーは娘の転校ファイル――過去の通知表、最近のテストの成績、出生証明書の写し、予防接種を全種受けたことを示す記録――を引っぱり出すと、校長室まで届けにいった。ルーはこれまでに七つの州で、七つの学校に通っていた。今度が八校目だった。

クラス分け試験のあと、ルーは優秀だということで、一年飛ばしで八学年に入ることになった。校長はグンダーソンという、小太りで穏やかな口調のスウェーデン系の男だった。髪はほとんど白に見えるほど淡いブロンドで、落ち着かなくなるたびにげっぷをする癖があった。校長はにっこり笑うと、肉づきのいい指でルーと握手をした。

「きみのお母さんとは、学校がいっしょだったんだよ」

「ここ？　この学校？」

「改築はもちろんあったけれどね、そう、これと同じ建物だ」

ルーは暖房用のスチームパイプや大きな窓、大理石の階段、並んだ古い金属製のロッカーを見まわした。生徒たちが通りしなにちらちら見てくる。男子も女子もすごく親しみやすそうだった。８はラッキーな数字なのかもしれない。

「すると、あいつを知ってたんですね」ホーリーが言った。「リリーを」

「友達同士でした」

「聞かせてください」

「何を？」

「あいつのことを」ルーの父は校長のほうに詰め寄るように近づいていた。グンダーソンよりゆうに三十センチは背が高く、父がこの男を落ち着かなくさせているのがルーにはわかった。ホーリーは左の耳たぶがなく――軟骨に傷痕があり、耳の穴のすぐ下のあたりでねじ切れている――校長はそちらを見まいとしていた。

ルーがもっと小さかったころ、この耳は鳥がくわえて持っていってしまったんだとホーリーは言っていた。やがてそれが馬になり、ライオンになり、牛になり、犬になった。ルーはその動物がそれぞれに父の皮膚に歯を立てるのを想像しては、彼の髪を引き下ろして耳を隠したものだった。

「彼女は自由なひとでした。みんなリリーが好きだった」

「本人はそうは言ってなかった」

「いやその、つまりですね」グンダーソン校長は息を大きく吐き出し、またぐっと呑みこもうとした。「わたしがリリーを好きだったんです。たぶんそう言ったほうが正確かと。リリーのことは大好きでした」

ホーリーは詰め寄った体勢のまま、何かあらを探そうとでもするように、目の前の男をじっと見下ろしていた。やがて後ろにさがると、握手の手を差し出した。「ありがとう。ルーを受け入れてくれて」

「あなたたちが早く馴染めるように、もしお手伝いできることがあれば、いつでも言ってください」校長は見るからにほっとして、早口でしゃべっていた。自分に課せられたテストに合格したとでもいうように。「ぜひ〈ノコギリの歯《ソートゥース》〉に来てください、うちの家族がやってるレストランです。町一番のフィッシュアンドチップスを出しますよ」

「貝はどう?」ルーが訊いた。「貝もお客さんに出す?」

「ああ、貝の料理もあるよ」

ホーリーは娘をちらと見た。そして手を持ち上げ、耳たぶのない耳を引っぱった。

サミュエル・ホーリーが獲った魚貝を直接グンダーソンの店に売っているというわ

さが漁師たちの耳に入り、あちこちから文句が出はじめた。とくに大騒ぎしたのはジョー・ストランドとポーリー・フィスクで、このふたりは毎週立つ市場でエビや貝を売っていたが、よそ者や商売敵が大嫌いだった。ジョー・ストランドもポーリー・フィスクもオリンパスの生まれ育ちで、町から出たことがない。フィスクはでっぷりと太った男で、いつも同じ〈Ｈｏｎｇ Ｋｏｎｇ〉の文字を前に縫いつけた野球帽をかぶっていた。ストランドは下唇の下側のひげを伸ばすのが好きで、それで女たちの気を引けると思いこんでいる。ふたりとも妻とは別れ、息子と同居しながら、わが子を可愛がるのに四苦八苦していた。

どちらの男も表だってホーリーと一戦交えることはしなかったが、彼の採った牡蠣《かき》で具合が悪くなった連中がいるとうわさを広めたり、ホーリーの地所の海岸線に漂白剤をぶちまけたり、大量のホンビノスガイを殺して捨てたりといったまねは仕掛けてきた。

そんなことが起きているあいだ、ルーの父親は何も言わずにいた。だがある日の午後に帰ってきたとき、自分の胴長靴が消え、道具類が汚されているのを見た。そのあと彼は〈フライング・ジブ〉まで直行し、ジョー・ストランドのあごをたたき折った。それからフィスクを追っていき、彼がホーリーの胴長靴を穿《は》いて桟橋をうろついているのを見つけ、海へ投げ落とした。胴長靴に水が入り、フィスクは底のほうへ引きずりこまれた。もしホーリーが飛びこんで助けなければ、そのまま溺れ死んでいただろう。

ルーは父親のトラックからその一部始終を見ていた。ホーリーが桟橋の向こうからよろよろと戻ってくると、ドアを開けた。運転席に滑りこんできた彼は、全身ぐしょ濡れで水を滴らせ、髪には血がにじみ、指の関節が腫れ上がっていた。荒い息をつきながらハンドルを握る。その顔はどことなくつややかな感じで、年齢を表すしわが良心とともにどこかへ消えでもしたようだった。そして家に帰り、ホーリーがルーの母親の形見の品とともに閉じこもってから数時間後、体をタオルにくるんでバスルームから出てくると、ルーはウィスキーをグラスに注いで持っていった。そうして初めて、父は父に戻ったように見えた。

その一件以来、漁師たちはホーリーを無視するようになった。ほかのみんなも寄りつかなくなった。週末の市場で魚貝を売り台に並べても、グンダーソン校長以外の誰も買おうとしなかった。寒い気候になって残り少ない観光客も消えてしまい、売り買いする相手が地元の人間だけになると、事態はさらに悪化した。冬のあいだも春になってからも、ホーリーはほかの町を四つも五つも回るはめになった――ロックポートやニューベリーですら近すぎた。そして客を呼ぶために、ルーを連れていかなくてはならなかった。ルーにとっては父と旅をする先々で慣れっこになった役どころだった。初対面の相手の気分をやわらげる。父親の口からは訊けないことをたずねたりもする。ルーは一日じゅうバケツを空けたり、ポケットナイフを研いだり、貝の殻を滝が落ちるような模様に並べて売り台の周囲を飾ったりしていた。誰かが足を止めてその手際をほめると、ルーはそのたびにホーリーのそばに立ち、そこで父があらためて値段をつけるのだった。

このころにはルーは十二歳と半年になり、背丈はもう大人の女とほぼ変わらなかった。男手で育てられた子どもらしく構わない身なりだが、顔は汚れていてもどこか清潔に見えた。小さな町に住み着いたとはいえ、それでルーの暮らしがふつうになり、自分の属する場所ができるということはなかった。父親が爆発して以来、漁師連中は子どもたちにルーから離れているように言い渡し、そして周囲から浮いた子どもにはままあるように、ルーはどこか異質な少女に育っていった。

そしてまもなく、彼女自身が標的になった。

口火を切ったのはジョー・ストランドとポーリー・フィスクの息子たちだった。このふたりはルーと同じクラスにいた。ポーリー・ジュニアはクラスの会計係に選ばれたあと、生徒から集めた金で自分の新しいギターを買い、学校のタレントコンテストで舞台に上がったときにそれをたたき壊した。ジェレミー・ストランドは窓際の席に座り、ザウアークラウトのにおいをさせていた。このふたりの一番の楽しみは、町はずれの石切り場を取り巻いている崖から飛び降りることで、二番目の楽しみは、ほかの子どもたちをなだめすかしてその崖から飛び降りさせることだった。花崗岩《かこうがん》の石切り場は、以前に水没したときに捨てられた建設用の機械だらけで、ときには誰かがその上に着地することもあった。ある日ジェレミー・ストランドがそのひとりとなり、脳に傷を負って警察のヘリで搬送されたが、また歩けるようになるとすぐに戻ってきて、ポーリー・ジュニアといっしょに二十メートルの高さから飛び降りるようほかの子たちをけしかけつづけた。

　クラスの校外学習で地元のクジラ博物館に出かけたとき、少年ふたりはルーに向かって食べ物を投げつけた。髪にボローニャソーセージのにおいがつき、バスルームでそれを洗い落とした彼女を、ふたりは外で待ち構えていて、足を引っかけた。クラスのみんながそれを見て笑い、彼女が床から教科書を拾い集めたときも、ジェレミーとポーリー・ジュニアにリュックを階段の下に放り投げられたときも助けようとはしなかった。男子も女子もそっぽを向き、くすくす笑ったり目玉をぐるりと回して、自分がつぎの標的にならないようにしていた。そのあと女の先生が現れてパンパンと手をたたき、全員が見学の列を作って並んだ。ルーは階段の下へリュックを取りに走った。やっと追いついたとき、ほかの生徒たちはクジラの心臓の実物大模型の周りに集まっていた。

　クジラの心臓は赤とピンクのプラスティックでできていて、それを巨大な静脈と動脈が木の根っこのようにねじれて取り巻いていた。模型は子どもの遊び小屋並みに大きく、這《は》って内部に入れるほどだった。実際に入ってみるよう子どもたちに勧める掲示があり、クラス全員がつぎの展示に移っていったあと、ルーは試した。両手両足をついて這い進みながら、動脈のトンネルを抜け、弁を通り過ぎて左心室に入る。その空間はルーほどの体格向きには作られていなかったが、なかを動きまわるのに十分な広さがあった。快適ですらある。プラスティックに背中を押しつけた。側面は細かな突起と影に覆われ、体重を移すたびに音が反響した。

しばらくのあいだ、人の目を避けていられることにほっとした。人前で張りつけている仮面を外せることに。いつもずっと別人のふりをしているように、自分の内側が鍵をかけた扉だらけのように感じていた。心臓の壁にこぶしを打ちつけてみた。ドン。ドン。周りにある筋肉に命が宿って動き出し、血が音をたてて二百トンの体のなかを駆けめぐるところを想像した。先生が前に言っていたが、人間の心臓の大きさは左右の握りこぶしを合わせたくらいだという。ルーは両手をぐっと握った。自分をクジラになぞらえてみる。もし誰かがクジラになった彼女の心臓に入りこもうとするなら、チェスの駒ぐらいの大きさに縮まなくてはむりだ。

模型の外側から、ドンドンと音がした。ルーが頭を突き出してみると、ジェレミーとポーリー・ジュニアがまた大静脈のすぐそばで待ち受けていた。マーシャル・ヒックスという冴えない男子がいっしょだった。自家製のメープルシロップを瓶に詰めて学校に持ってきて、カフェテリアでパンケーキのメニューが出るたびにそれを売ろうとするので有名な生徒だ。心臓の壁をたたいていたのはそのマーシャルで、ルーを見るとばつの悪そうな顔になった。ふたりはしばらく見つめ合い、やがてマーシャルが食べた物を吐く直前の犬のように微笑むと、ジェレミーとポーリー・ジュニアがルーを押さえつけてむりやり靴を奪い取った。ルーは父親から、告げ口屋にはなるなと教えられていたので、先生には靴をなくしたと嘘をついた。そして見学が終わるまで、左右不揃いの穴だらけの靴下で過ごした。帰りのバスのなかでジェレミーとポーリー・ジュニアは、ルーのスニーカーで彼女の頭をたたいた。みんながそれを見ていて、翌日にはほかの子たちもルーへのいじめを始めた。

初めのうちは、ぜんぶ黙って受け入れていた。いろんな悪口を浴び、椅子の上に画鋲《がびょう》を置かれ、弁当を盗まれ、教科書に虫を入れられ、家へ帰る途中で土や石を背中に投げつけられたりした。なぜかはよくわからなかったけれど、原因は自分の欠陥にあるにちがいないという気がしていた。自分には何か欠けたところがあって、みんなそれがわかっているのだ。どんなに静かにしようとしても、自分が歩くたびにその空っぽの穴が音をたてるのだと。

父親には学校で起きていることを話さなかった。そして教室の隅のほうに座るようになった。宿題はちゃんとやっていたが、授業中は答えがわかっても手を挙げようとせず、しまいには教師たちもルーの異質なにおいを嗅ぎとったみたいに、声をかけてくるのをやめた。ほどなくルーは、ほとんど透明な存在として一日じゅう過ごすようになった。

その現象は両方の手首に現れはじめた。ルーが自分の体のなかで一か所だけ、ほっそりしてきれいだと思っている場所で、そこがいつも最初に透けかかっているように感じた。やがてそれが指に広がり、腕を上って肩に達し、下へ下がって両脚とつま先に広がり、それからまた胃のほうへ戻ってくる――ほどけるような、漏れ出して消えていくような、首にからみつくような感覚のあとに、頭が軽く空っぽになる。学校の廊下を歩きまわっても誰も見ようとせず、街に出てもみんなが顔をそむけ、海まで下りていって砂浜をふらついていると、もう人間でなく幽霊になったように感じた。

夜になると浴槽のなかに座り、母の写真を見つめた。鋭い緑色の目を細めた顔、歯を使うことをためらわないようにむき出して笑っている顔を。バスルームに存在するその女性は、キャンディのようなにおいの真っ赤な口紅をつけ、駐車違反の切符の裏に自分の見た夢のことを書き、缶詰の缶からじかに桃を食べる人だった。ルーの母親は何年も前に死んだけれど、決して透明になったりはしなかった。もし誰かが椅子に画鋲を置いたら、その画鋲を取って相手の鼻にねじこむだろう。

そうしてある日、今度はマーシャル・ヒックスが、ルーの靴を盗もうと決めた。

彼は少しのあいだ、周囲からセレブ扱いされていた。ジェレミーとポーリーと友達づきあいをしていたからというのではなく、彼の義理の父親がテレビに登場したからだ。環境活動家の〝タイタス船長〟は最近、退役した沿岸警備隊の監視艇を手に入れて、いまは北氷洋で捕鯨船に体当たりするのに使っていた。ドキュメンタリー番組のクルーは船長の無鉄砲な行動をカメラに捉えていた。公共テレビ放送の番組で、せっかくのテレビなのに静止画だったが、マーシャルは間接的に有名人になり、ルーの教室にいる女子たちはそわそわして、笑い混じりの小声で彼のことをしゃべるようになった。ほかの男子たちはそのことがおもしろくなく、それでマーシャルがこっそりルーとヤってるというわさを広めた。そしてセックスのときは、ふたりともマーシャルのシロップをおたがいの体にかけ合っているとも。

マーシャルはひどく狼狽《ろうばい》し、黄金色のシロップの瓶を持ってくるのをやめたが（ぼくが地元の樹木から採ってきたんだ、そう言ってとても自慢していたのに）、彼が否定すればするほど、ほかの男子たちはますます彼をからかった。そしてとうとう、ルーとヤっていないことを証明するために、マーシャルは学校から彼女を尾《つ》けていって砂浜に押し倒し、サンダルを奪って海に投げこんだ。ずいぶん遠くまで飛んでいったので、ルーは流されてしまわないうちに泳いで取りにいくはめになった。潮の流れに引きずりこまれ、海の底で転がされて砂と塩水をしこたま飲み、それが目から出てくるのを感じた。やっと岸までたどり着くと、服が皮膚に張りついていた。父親があの日、桟橋によじ登ってきたときと同じように。這いつくばって咳きこみ、必死に立ち上がって歩き出すころには、海に入ったときとは別人になっていた。もう何も怖いものはなかった。

ルーは流木をひと切れ拾い上げると、よろめく足でマーシャル・ヒックスを追いかけた。そして相手が気を失うまでぶちのめした。それから人差し指を選んで後ろに強く曲げた。骨が折れるパキッという音とともに、自分の恐れを封じこめた。銃のスライドが銃身を覆ってがっちりと閉じるように。

浜辺を離れる前に、ルーは大きく重い石をひとつ拾い、家に持ち帰って父親の靴下に詰めた。翌朝それをリュックサックに入れて学校へ持っていった。マーシャルから仕返しがあるか、少なくとも停学を言い渡されるかと思っていたが、彼は何もしようとせず、木から落ちたんだとみんなに言っていた。指は副え木を当てて、きつく包帯で巻いてあり、ルーと廊下ですれちがうたびに、彼の顔には戸惑ったような表情がよぎった。

ルーは陸海軍の払い下げ品専門店に行き、いつものサンダルをつま先に鉄の入った安全靴に履きかえた。石の外れた指輪を両手にはめ、尖った金属の爪が前に突き出すようにした。みんなが彼女にやったことを残らず思い出し、全員の名前をリストに書き出した。一番上にジェレミー・ストランドとポーリー・フィスク・ジュニアの名があった。

石入りの靴下を隠したまま、機をうかがった。そのときが来ると、男子用トイレにそっと忍びこみ、個室に隠れた。小便器のほうでジェレミーとポーリー・ジュニアの声が聞こえ、両手がふさがっているタイミングを測り、石を振り回しながら飛び出してふたりの顔にたたきつけた。鼻が折れ、血が鏡に飛び散った。ふたりは悲鳴をあげ悪態をついて、白いタイルの上でのたうちまわった。ルーはトイレのドアをばんと開けて通りかかった全員に見えるようにすると、また戻ってつま先に鉄の入ったブーツでふたりの尻を蹴り上げた。何度も何度も、本気で痛がっているとはっきりわかるまで。

この騒ぎのあとで、三人はグンダーソン校長の部屋まで引っぱられていった。校長は少年ふたりの顔を氷嚢《ひょうのう》で冷やし、そして全員の親を呼びつけた。まもなく父親たちが部屋に顔をそろえた。ジョー・ストランドとポーリー・フィスク・シニア、そしてサミュエル・ホーリー。男たちが一戦交えてから数か月たっていたが、ストランドのあごは完治していなかった。最近二度目の手術をしたばかりで、口はワイヤーで固定されていた。

だがフィスクのほうはいくらでもしゃべることがあった。

「これは道理の話だ！」フィスクがテーブルをたたいた。「物事には道理ってもんがある、だがこの娘は道理なんか屁《へ》とも思っちゃいない。そんな言葉、聞いたこともないってみたいに！　わけもなく人の鼻をぶちのめすのは道理なんかじゃない。ちょっと胴長を借りたからってその相手を殺そうとするのも道理じゃあない」

「フィスクさん」グンダーソン校長が言った。「この子だけが悪いわけじゃありません。おたくのお子さんも悪さをしたことを認めています。きっと話せばわかると思いますよ」

ストランドが唇を開き、ぎりぎり歯を食いしばってうめいた。あごのワイヤーを指さすと、ホーリーに向かって身振りをしてみせる。

「まったくだ」フィスクが言う。「あごを折った相手には治療費を払うのが道理だな」

ストランドがまたうめいた。手振りで目に見えないグラスに何かを注ぎ、グラスを天井に掲げてみせる。

「なんと言っているんです」

「せめて一杯おごるのが道理ってもんだろう」

ホーリーはフィスクの講釈もストランドの唸《うな》り声も無視していた。だがグンダーソンからルーが使った血だらけの石入り靴下を見せられると、顔をひどく曇らせた。ジェレミーとポーリー・ジュニアが鼻の穴にトイレットペーパーを詰められ、保健室に連れていかれたあとで、ホーリーは問題の石を片手で拾い上げ、もう一方の手をルーの肩に置いた。娘をドアから外に押し出し、廊下に並べられていた椅子のひとつに座らせる。

「父さんだって、おんなじことをやったよ」ルーは言った。

「ここまではやらない。これはやりすぎだ。じっさい捕まった」

「わかってる。でもこれで、あいつらも二度と忘れない」

父がひげをこすった。

「どこかへ行こうよ。別のところへ。そしたらこんなこと、もうどうでもよくなるし」

ホーリーは娘の安全靴とぼさぼさの髪の毛を、Tシャツに飛び散った血をじっと見た。石を両手で持ち上げた。「どうでもよくはならないんだ」そう言うと、校長室に戻ってドアを閉めた。

それから一時間、ルーは廊下に座って男たちの声を聞いていた。除籍だの停学だの放課後の居残りだのの脅しや酌量《しゃくりょう》の言葉が飛びかっていたが、長い協議の結果、三人の生徒はみんな処分もなく、学業記録もきれいなまま放免となった。ただしこの寛大な処置の代価は、それぞれの父親たちが支払うことになる。このときストランドとフィスクとホーリーは正式に、グンダーソン校長のギトギト柱《グリーシーポール》チームのメンバーとなることを誓わされたのだった。

〈グリーシーポール・コンテスト〉は一世紀近い歴史のあるオリンパスの伝統行事だった。毎年六月、港の船に祝福が与えられる合間に、アカマツから削り出した十四メートルの木のマストに、ラードやらグリースやらが何センチもの厚さにべっとり塗りたくられ、桟橋の上に突き出すように設置される。ポールの先に釘づけされているのは小さな赤い旗。最初にポールの先までたどり着き、旗をつかみ取ったチームはその快挙を誇り、〈フライング・ジブ〉で一年間ただ酒を飲める権利を得る。コンテストは数時間で終わることもあれば、何日も続くこともある。それでも旗がつかみ取られるまでは終わらない。もともとは酒に酔った水夫たちの余興として始まったのだが、いまは街の各地区同士の真剣な戦いの場となっている。そこへあらゆる世代の老若男女が集まり、オリンパスの男たちが脳震盪《のうしんとう》を起こしたりくるぶしをひねったり、腕を折ったりポールから海へ滑り落ちたりするのを眺めるのだ。

グンダーソン校長は幼いころから、このグリーシーポール・コンテストに勝つことを夢見てきた。毎年その執念を生徒たちに伝染させるべく、このコンテストの歴史や勝てるチームを作るという目論見を吹きこんだが、その原動力になっていたのは、毎日海に出てメカジキを獲っている兄弟たちにからかわれつづけた数十年だった。兄たちは胸毛があって屈託なく笑い、視力も悪くなければ扁平足でもなく、妻に逃げられてもいなかった。それで毎年春になると、グンダーソン校長はポールの旗をつかみ取ろうと躍起になり、生徒や教師たちの応援の声を浴びながら、最後には悲鳴をあげて海へ墜落していくのだった。

コンテストに勝つための主な戦術は三つある。ひとつめは、ゆっくりと一定したペースで進むこと――マストを平均台に見立てて歩いていく。これだとだいたい少なくとも半分までは行けるが、最後には必ず失敗が待っている――足の下に厚い脂《あぶら》の層ができてもうこらえきれず、宙を舞うことになるのだ。二つめは、這っていくこと――両手両ひざをついた姿勢で進んでいくのだが、ほぼ必ず最後には、くるりとマストの上で半回転すると逆さに抱きつき、滑りやすいポールにしばらくぶら下がったあと、観衆が楽しげにあげるカウントダウンの声のなか、つかんだ手を離すことになる。一番華々しい三つめの戦術は、勢いよく滑っていくこと――全速力でポールの上へ駆け出し、脂の上を端まで滑りきろうとするのだ。これは観衆には一番受けがよく、だいたい最後はいろいろなパターンのケガで終わる――裂傷を負って出血する、歯が折れる、間抜けな格好で海面につっこむ、顔を打つ、股間を守ろうと握る、あらゆる体勢で腹打ち飛び込みをする、などなど。

コンテスト当日、グンダーソン校長は古い木の桟橋にチームを集め、ノートと鉛筆を使いながら、そうした戦術をひとつずつ説明していった。彼が長年かけて磨き上げてきたスタイルは、バランスをとる、四つん這いになる、勢いよく滑るの組み合わせだった。ストランドとフィスクは持参してきたプラスティックのクーラーボックスに腰かけ、グンダーソンがあらゆる墜落のパターンを図に描いて示すのを眺めていた。おそらく体（とプライド）に負うであろう傷を思ってか、ふたりの士気は下がり、いまはそれをビールで盛り上げようとしていた。フィスクはボトルをあおった。ストランドはストローでそろそろと吸い上げた。

ほかの三人が服を脱いでショーツだけになるのを尻目に、サミュエル・ホーリーはシャツとジーンズを着たまま、いつ帰ってもいいという様子だった。一日じゅう桟橋の上に残って、ほかの参加者を静かに観察し、グンダーソンの話を聞き、ストランドとフィスクから一杯もらったりもしたが、このイベントを楽しんでいるようには見えなかった。彼がグリーシーポール・コンテストに参加している理由はあきらかにひとつだけで、その理由とはルーだった。

ホーリーの娘は桟橋のすぐ下の浜辺にいた。独りぼっちで安全靴を履いて腰を下ろし、石をひとつずつ、六つか七つほど積み上げていた。海べりにいくつも小さな石の塔ができていく。周りで大勢の人間がささやき合っていた――ホーリーとあの敵《かたき》ふたりがいっしょにいるじゃないか。ケンカ沙汰が始まるのを期待するような声もあった。だがその日の朝、ルーの父親は三十分近くバスルームにこもり、浴槽に浸かって妻の写真を見つめていた。ルーが朝食を作るのをおごそかな顔で眺めたあと、家を出しなに彼女のあごを軽くつねった。それで娘は、父親が怒っているのでないことを知った――ただ案じているのだと。

グンダーソンのチームがコンテストに備えて位置につくころには、陽は高く昇って観衆をじりじり照らし、桟橋の下の海面はいよいよ男たちを差し招くように見えた。グリースは百人の漁師の汗と失望を吸いこんですえたにおいを放っていたが、小さな赤い旗はそうしたすべてを嘲《あざけ》るように、マストの先で風にそよいでいた。町じゅうが総出でこの見世物を観にきていた――港にはモーターボートやヨット、ゴム製のいかだやディンギーが数珠つなぎになってひしめき、酒に酔った男女がかたまり合っている。みんなかねて準備の船用のホーンをけたたましく鳴らすなか、漁師たちがつぎつぎ脂まみれのポールから下で大きくうねる波のなかへ落下していく。ほかの見物人たちは浜辺にいて、持参したローンチェアやクーラーバッグの上に陣取り、クラブケーキやロブスターロールやジェラートを頬張りながら優勝者が出るのを待っていた。

メイベル・リッジまでが、男どもが墜落するざまを見物にきていた。公園のベンチに腰かけて、両手で編み針を動かしている。初夏の暑さは汗ばむほどだったが、この老女は冬着のままで、ジャケットの襟は立て、ひざの上では真っ赤な毛糸玉がくるくるほどけていた。糸を指に巻きつけては鉤《かぎ》を差しこみ、編み針を上下させてから結び目を正しい位置まで引っぱる。そうしてつぎつぎ結び目を作っていく。マストの上に男が登場するごとに一列。そしてひとチーム失敗するごとに編んでいる四角形をくるりと回し、また新しい列を始める。

普通サイズのブランケットがかなり編み上がったころ、グンダーソン校長の番が来た。彼はチームの先鋒《せんぽう》としてグリーシーポールを渡ると言い張った。先延ばしにしたいという気持ちと、成功したときの栄誉を自分だけで味わいたいという気持ちがせめぎ合っていた。まずじりじり進んで最初のこぶを越え、それから両ひざをついてゆっくりと、顔をグリースに押しつけ、両腕をマストに回し、不格好だが愛しげな抱擁の体勢をとると、痙攣《けいれん》するような動きで一メートルほど進んだ。そのとき、えくぼのある片方のひざが外れ、彼はもんどりうって落ちていくと水しぶきを上げた。

つぎはストランドだった。恐怖にこわばった笑みを浮かべ、あごに入れたプレートをいつにも増してきつく引き伸ばしている。だがビールをやりすぎたせいか、ポールを完全に踏み外し、足がかりを得る前にくるりと前のめりになって桟橋の縁を越え、海中に消えた。それでも海面に顔を出すと手を振り、伝統にのっとってグンダーソンのそばで立ち泳ぎをしながら、チームのメンバー全員が終わるまで待っていた。

フィスクがホーリーのほうを向き、そして死の運命に雄々しく立ち向かう戦士のように何事かささやくと、ひとり残ったチームメイトと握手をした。ルーの父親は驚いた様子だった。ふたりはうなずき合った。そしてフィスクは〈Ｈｏｎｇ Ｋｏｎｇ〉の野球帽をまっすぐかぶりなおし、十字を切る仕草をすると、何歩か後退してから全速力で駆け出し、声を限りに叫びながら足からのスライディングを試みた。ほかの誰よりも遠くまで進み、グリースの上に尻の跡を残していく。だがコントロールを失ってぐらりと傾くと縁から外れ、両足を開いた格好でなおも叫び声をあげながら海面に落下し、盛大に水しぶきを上げた。

いよいよホーリーの番になった。桟橋の端に立ち、観衆が徐々に静まるなか、ブーツと靴下を脱ぎ、ワークシャツのボタンを外していく。下ではグンダーソンとストランドとフィスクが波間に浮かんでいる。ルーの父親が約束を果たそうとするいま、男たちは純粋な同志愛に駆られたらしく、両腕を水の外に持ち上げて手をたたき、そしてホーリーのシャツが下に落ちるのを見守った。

彼の体は、盛り上がった傷痕だらけだった——銃弾が穴をうがち、それが治ってふさがった痕。ひとつめは背中、二つめは胸、三つめは腹、四つめは左の肩、もうひとつは左の足。傷痕は黒っぽく、ところどころしわが寄っていて、まるでサミュエル・ホーリーの体内に入った弾丸が肉を食い進んだようだった。風が起こってポールの先の旗がひらめき、町じゅうが見つめるなか、ホーリーがしゃがんでジーンズの裾をまくり上げる。するとさらに二つの穴があらわになった——左右の脚にひとつずつ。

観衆がいっせいに息を飲み、やがてつぶやき声が始まった。反応を見せないのは、相変わらず浜辺で石を積み上げている彼の娘ただひとりだった。父親の体の痕はずっと、物心つくころからあった。ことさらルーに見せようとすることもなければ、隠すこともなかった。あれを見ると、夜に望遠鏡で観た月のクレーターを思い出す。冷たく硬い岩肌に彗星や小惑星が衝突し、取り巻く大気がないせいで燃え上がりもせずにできた丸い穴。そんなクレーターと同じで、ホーリーの傷痕は、ルーが生まれるずっと前に彼の人生に降りかかった禍《わざわ》いの証《あか》しだった。そしてホーリーは月のように、いつもルーから離れずに宇宙のなかをめぐっていた。ときには光を反射しながら、ごく細長い線となって。それから三十日ほどたつごとに大きく満ち、空の上で光り輝く物体となって。ちょうどいまのように。その彼がジーンズの裾の始末を終えると桟橋の端に立ち、指でひげを梳《す》いてから、グリーシーポールの上に足を踏み出し、ダンスを始めた。

少なくともそれはダンスのように見えた。足が目で追えないほどの速さで動き、両ひざが上下動し、両腕が横にばたばた振れる。丸太乗りのような横向きの体勢でポールを進み、足の裏からグリースをはね飛ばしていく。何度かかかとが前に行きすぎて後ろに倒れかけ、観衆が大きくどよめくが、反対の足首がくるりと一回転して体勢を立てなおすと、また手をばたつかせはじめる。ひとつめの刻み目を過ぎ、グンダーソンが落ちたところを過ぎ、フィスクの跡がとぎれるところまで来た。そこを越えたときにグリースの塊を踏み、長身の体が空中でよじれたが、なんとかこらえると、また足を目まぐるしく上下させてジグを踊り出し、オリンパスの町じゅうが歓声をあげた。

メイベル・リッジが編み針を持ち上げ、はずみでひざの上から毛糸玉が落ち、細く赤い線を後ろに引きながら波打ち際のほうへ転がっていく。その先ではルーが立ち上がり、パンツをひざまで濡らして見守っていた。船からけたたましいホーンの音がとどろき、彼女は耳をふさいだ。一歩、また一歩と海へ向かって踏み出しながら、目は片時も父親から離さなかった。

ホーリーのダンスのリズムに合わせて、マストの先の旗が弾んでいた。あと二身長分、そして一身長分と、端に近づくほど木が細くなる。胸と顔に黒いグリースが飛び散り、体は逆光で黒い影になっている。自然の力に立ち向かう男、調子の狂った回転木馬。獲物はすぐ目の前にある。手を伸ばした瞬間、彼はすべてを置き去りにした——生きつづけるために作られたおのれ自身の存在のすべてを。

そこで突然、終わりが来た。体を投げ出したはずみでバランスが崩れ、後ろ向きに宙を舞った。その輝かしい一瞬、彼は上下さかさまになり、足はまだ激しく宙を漕いでいた。そしてサミュエル・ホーリーの全体重がグリーシーポールの先にぶつかり、マストの端を真っ二つにへし折った。木っ端が港の上に散らばり、町じゅうがいっせいに立ち上がるなか、木とグリースと人間が混じり合って海に転落し——そのあとから小さな赤い旗がゆっくり、ひらひらと舞いながら、歓喜の表情で待ち受けるグンダーソン校長の広げた両腕のなかへ落ちていった。

銃弾#1

ニューブレトンでの仕事は楽なうえに、いい儲けになるはずだ。その屋敷は山のなかにある豪華な別荘のひとつで、冬場は閉められている。夏には有力者連中が街から連れてきたゲストたちが、木製のアディロンダックチェアに座り、夜な夜なアビが鳴きかわす声を聞きながら、自然の一部になった気分を味わって過ごす。だが一月ともなれば数キロ四方にわたって人気《ひとけ》は絶え、湖も分厚く凍ってトラックでも越えられそうなほどだ。パントリーにはたくさんの銀食器が変色しないようにビロードにくるんで置いてあるし、宝石類も、高い絵画も一枚や二枚あるんじゃないか。それに時計だ、そこかしこに時計がある――この屋敷の持ち主は時間がわからないと落ち着かなくなるらしい。部屋という部屋に時計があって、しかも部屋はおそろしく多く、五十かそれ以上だって話だ。もしツキに恵まれりゃ、ほかに何が見つかってもおかしくない。

ホーリーは相棒のジョーヴと組んで仕事をしていた。出会ったのはミズーリの線路の上だった。ホーリーはソーシャルサービスから逃げ出してきたところで、まだほんの子どもだった。独りぼっちで怯《おび》えきり、腹は空いてツキにも見放され、暗いなかで貨物列車の横をよろよろ走っていた。いきなりジョーヴの手が上から現れ、指を開いて伸びてきたときのことは忘れられない。その指にしがみついたとたん、ぐいと貨車のなかまで引っぱり上げられたことも。

その後ふたりは組んで二つ三つ仕事をしたが、大きな実入りはなく、せいぜいつぎの場所へ行くまで凌《しの》げる程度だった。なのにジョーヴには、船を買ってハドソン川を下っていくという夢があった。帆の操り方はまだ知らないが、おれはあの川で育ったんだと、いまは口を開けばその話ばかりだった。灯台が岸辺に街灯みたいに並んでいて、流れが速いので風も必要ない。ホーリーより年上で、もう二十五に近く、蓄えた濃い口ひげからもそれはうかがえたし、ベルトの下の腹まわりには三年の刑務所暮らしの名残があった。このころホーリーは十七にもなっておらず、まだなんの自信もなかったので、決めるのはジョーヴにまかせた。

だが、もっと分別をきかせるべきだった。壮麗な石造りのポーチに上《のぼ》りはじめたとたん、あばらがきゅっと痛むのを感じた。まるであの弾丸がもう背中に食いこんででもいるようだったが、青すぎるホーリーはまだ、自分の体の反応にどう向き合えばいいかわからず――体はただ自分を運んで動きまわるものでしかない――おとなしく毛布を掲げていた。ジョーヴがその陰で窓を破り、窓枠から体を滑りこませて外の寒さから逃れた。

正面広間の家具は白いシーツで覆ってあった。どの輪郭も奇妙な形で、暖炉の周りにぼんやりした影がいくつもできている。どの隅を見ても時計があった。階段のそばの、長い金色の振り子がついたグランドファーザー時計。それ以外はすべて壁に掛けられ、数字や月の満ち欠けを示していた。部屋の端から端まである食卓は、三十人以上が同時に食べられるほどの広さだった。その上に吊り下げられたシャンデリアは鹿の角で作られ、中央で結び合わされた何本もの枝角が木の根のように伸び出していた。

贅沢な夏のパーティーのために作られたような家だった。ジョーヴはずっと以前、刑務所時代の朋輩《ほうばい》にこの別荘へ連れてこられたという。キングという名前のボクサーで、八百長試合でKO負けしたあとに招待されたのだ。ジョーヴがこの山懐に抱かれた大豪邸を知っていて、いまは無人だと見当がつけられたのもそのおかげだった。彼は何度も何度もその豪勢な夜のことを話した。都会から来た金持ち連中に混じってキャビアやスモークサーモンを食べ、シャンパンをたらふく飲んだものだと。ホーリーは空っぽの貨車のなかで震えながら、ハイウェイでヒッチハイクをしながら、モーテルの部屋ですえたビールを飲みながら聞いているうちに、自分もそのパーティーに出て、マネーロンダリング王にして豪華な屋敷と時計のコレクションの持ち主のフレデリック・ナンを相手に、カクテルグラスを触れ合わせている気分になった。その場所に自分がいま立っていることが、なかなか信じられなかった。

ジョーヴが白いシーツを何枚か引き下ろすと、飛んでいる姿のまま剝製にされた窓台のそばのカモや、鼻の下に指のようなひげを蓄えたナンの肖像画があらわになった。マントルピースの上のほう、やはりアンティークの時計の上に突き出しているのは、ごつい雌のヘラジカの首だった。剝製の首の下には小さな真鍮板があり、このヘラジカが見つかって殺された日付が刻まれていた。

「やつが自分で仕留めたんだろうな」ジョーヴが言う。

「だろうね」ホーリーはしゃがみこんで、暖炉の前に敷いてある熊皮のラグに触れた。指先に感じる毛のなめらかさに驚いた。熊の目の部分には硬いガラスが取り付けられ、口は少し開いている。毛皮は鼻面の周りで切り離して接着され、鼻面そのものは皮革と蠟で作ってあり、まるで誰かが鼻の穴をつまんで閉じようとでもしたように、かすかにねじれていた。

ふたりで部屋の豪華さにしばらく見とれていると、吐く息が白く冷たい煙になって梁《はり》のほうへ消えていった。やがてジョーヴが鼻をぬぐい、スイングドアを押してキッチンに入った。奥まった空間はがらんと広く、使用人が大勢働けるように作られていた。火口が十六もついたコンロに、天井から吊るされた銅製の鍋の収納ラック、流し台が四つ、ウォークイン式の冷凍室、ベッドほど大きな肉切り台、何列にもずらりと並んだナイフ。パントリーで見つけた食器類は想像していたよりはるかに上等で、銀だけでなく金メッキのものもあり、百人分のフォークやナイフ、それにありとあらゆる食べ物――サラダ、カタツムリ、魚、ステーキ、シャーベット、スープ、バターまで――に合わせたとりどりの複雑な器具がそろっていた。

持ってきた袋いっぱいに詰めこんだ。ジョーヴがランドリーの近くで枕カバーを何枚か見つけ、それにも詰めた。ホーリーは勝手口のドアを見つけ、頭を外に突き出してみた。フェンスで囲まれた庭があり、その先にガレージへ続く道が見えた。なかにどんな車があるのだろうと思ったが、さすがに不安で調べるどころではなかった。銀器類の袋を引きずり、破って入った窓の前まで戻った。そして二階の寝室を物色しているジョーヴを待った。

床から熊皮のラグを引きはがし、寒さをしのごうと肩に巻きつけた。皮の裏側はスエードのようにやわらかかった。腕の部分を自分の首に回して結ぶ。縫いこまれた爪の先の感触があった。頭が彼の肩の上に垂れた。熊の口に触れてみる。歯は本物で、牙は黄ばんで太かった。

ジョーヴから聞かされたパーティーのことを思い、雪と氷が溶けた下から芝生が現れて生き返り、真夏のような乾いた熱気がこの床板に戻ってくるのを想像した。家のなかは客であふれ、みんな酒を飲んだり笑ったり、カードをやったり音楽を聴いたり、椅子を暖炉の周りに引っぱってきたりしている。窓は開け放たれ、湖から暖かい風が吹いてくる。外のポーチにも人がいて、月明かりのなかでタバコを吸ってしゃべっている。ホーリーと同じ年頃の少年もいるかもしれない。もしかすると少女も。

そんな少女がすぐそこに、柱のひとつを自分のもののようにしてもたれかかっているところを思い描いた。銀色のドレスを着て、髪を櫛で梳いて固めている。やがて少女がドア口をするりと抜け、うっすら笑みを浮かべてこちらへ向かってくる。ホーリーの心臓が鳥の群を呑みこんだみたいに跳ね、さらにやかましくなったとき、その音が自分の内側から来るものではないのに気づいた——部屋の向こう側、マントルピースの上の時計。ヘラジカの首の下にある。それがカチカチと音をたてていた。

キッチンのドアのそばの時計も、カチカチいっていた。階段そばのグランドファーザー時計も。なぜいままで気づかずにいたのか。ああいうタイプの時計は毎日ねじを巻く必要がある。つまり誰かが巻いているのだ。誰かが鍵を持っていて、屋敷のなかの時計の針をチェックし、冬の間じゅう一分たりとも狂わないように時間を動かしつづけているのだ。

頭上で激しい足音が響いたかと思うと、ジョーヴが階段を駆け下りてきた。コートの左右のポケットが大きくふくらんでいる。「行くぞ」ジョーヴが枕カバーをひとつつかみ、ロックを回すとドアを押し開けてポーチに出た。裏口から誰かが屋敷に入り、キッチンを抜けてくる音が聞こえた。ホーリーは残った袋をつかみ上げ、外にいるジョーヴを追いかけた。肩の周りに結びつけたままの熊皮がケープのように後ろにはためいた。

また雪が降り出し、雪片が横なぐりに吹きつけるなか、ふたりは手すりを飛び越えて屋敷から遠ざかった。後ろで叫ぶ声が聞こえたかと思うと、ホーリーの背中に痛みが走った。さっき窓を破る前に感じたのと同じ場所に。一瞬、何がなんだかわからないまま、命からがら逃げていく人間のアドレナリンに押されて芝生の上を駆けつづけた。そのとき激痛が突き上げ、ホーリーは喉元をつかむと、袋を取り落としながら森の縁の木のあいだへ飛びこんだ。

つぎに目覚めたのは、山羊だらけの小屋のなかだった。奇妙に暖かく、周りは暗かった。ジョーヴがラグの上に彼を仰向《あおむ》けに寝かせ、金色の角砂糖ばさみを灯油ランプの火で滅菌しているところだった。血のにおいがした。

山羊は四頭いて、そろってこちらを見ていた。囲いの板の隙間からのぞく頭はみんなじっと静かで、耳だけが前後にぴくぴく動き、奇妙な目が琥珀《こはく》色の光を映してきらめいている。身じろぎをしたとたん、すさまじい痛みが背中を貫き、肺を圧《お》し潰した。

「目が覚めないほうがよかったな」ジョーヴが言う。

「ここはどこだ」ホーリーはむせた。片手を動かし、指で干し草を探って握りしめた。

「おれにもわからない。かなり遠くまで来たから、当座はだいじょうぶだろう」

「医者が要る」

「おれは医者だ――言ってなかったか？」ジョーヴが火にかけた角砂糖ばさみを裏返した。「資格もあるぞ」

ホーリーは着ていたシャツを見下ろした。去年の誕生日に買ったシャツ。自分への贈り物を買ったのは初めてだった。ふたりで初めてそこそこの稼ぎを挙げたあと、ポキプシーの店で見かけて試着もせずに、レジへ持っていって金を払った。最高にいい気分だった。ジョーヴと連れだって夕食に出かけ、メニューの半分を注文してぜんぶ平らげ、そのあと映画館に行って出来の悪いコメディを観た。それでも腹を抱えて笑いころげ、気分が盛り上がったところでバーへ繰り出し、カウンターの向こうにきれいな娘がいたのでチップを気前よくはずむと、娘はつぎつぎ酒を注いで、一杯ずつおごってくれさえした。それからホーリーは新品のシャツのことを思い出し、バスルームへ行って着てみると、サイズはぴったりだった。バーに戻ったとき、彼のグラスの横にロウソクを一本立てたパイがひと切れ待っていて、ジョーヴと娘が〈ハッピー・バースデイ〉を歌ってくれた。

そのシャツが、いまは見る影もなかった。前のボタンがちぎれてはだけ、両脇は血で濡れそぼっていた。ジョーヴがその縫い目を引き裂いて、ホーリーの背中を診《み》た。

「弾があばらに食いこんでるな」

山羊の一頭が鳴き出した。鳴くと喉が痛むとでもいうような、やわらかい声だった。ホーリーは顔を横に向けて干し草に埋《うず》め、バーの娘のことを思った。あの晩はしこたま飲んだせいで、どうやって帰ったかも記憶にない。だが名前は憶えていた。ローラ。その後三度ほど行ってみたが、娘は店にいなかったし、いつ働いているのかと誰かに訊くのもはばかられた。

屋敷のポーチで思い出したのは、あの娘の顔だった。娘の笑顔はドアを通り抜け、部屋を横切ってきた。手が上に伸び、彼の腕をつかんだ。あの夜バーで身を乗り出してきて、「すてきなシャツね」と言ったあと、「あんたは何がほしいの」とたずねたときのように。

いまもあの娘の姿を思い描こうとした。この暗がりのなかにふたりきり、あるのはおたがいのあいだに置いたランプの光だけ。娘の指が彼の服をはぎ取って血をぬぐい、その息遣いが背中にかかる。娘の重みが彼の皮膚に強く押しつけられる。時計という時計がカチカチと動いていることに気づいた、あの恐ろしい瞬間は思い出すまいとした。

「少し痛むぞ」ジョーヴが言って、ホーリーの体に角砂糖ばさみを差しこんだ。

女やもめ

ひとりめの女やもめはチーズケーキを持ってきた。でもただのチーズケーキじゃなくて、リコッタで作ってあった。その女やもめ自ら乳清《ホエー》を集めて濾し、小さな丸っこい型に入れて固めたもの。「うちの秘伝のレシピなの。特別なときにしか作らないのよ」

戸口に出てきたルーは、父親のお古のシャツを着て、髪はぼさぼさで裸足《はだし》だった。オリンパスで暮らしはじめて一年になるけれど、これまで訪ねてきたひとは誰もいなかった。家のポーチは朽ちかけた海藻の入ったバケツでいっぱいで、玄関には砂が散らばっていた。女やもめは微笑みながら重たい皿を渡してよこしたが、そのあと奥の部屋に探るような視線を投げ、チーズケーキがルーのためのものでないことをはっきり示した。

つぎの女やもめは、庭で摘んだブルーベリーを持ってきた——たくさん採れすぎてうちでは食べきれないの、そう言った。庭木がいくらでも実をつけて、一日じゅう摘んで疲れきって、指が紫色になっても、まだ終わらないのよ。手伝いがいてくれるといいんだけど。脚立《きゃたつ》を持ってきて、高い枝にまで手を届かせられるひとが。背の高いひと。強いひとが。

また別の女やもめは、子どもをふたり連れてやってきた。小さな男の子たちで、髪はきれいに梳いてあったけれど、顔には内心のみじめさが表れていた。そしてそのみじめな様子は、女が子どもたちの目の前でチョコレートの箱と、リボンを添えた香水つきの手紙をルーの手に押しこんだとき、さらに強まった。

何人かは文字どおりのやもめで、夫が海で死んだり心臓発作で倒れたり、酒酔い運転で立ち木につっこんだりした女たちだった。ノックをするときもひどく申し訳なさそうで、ひどく自信に欠けていた。それ以外は漁の季節限定のやもめで、男たちがタラやマグロの群を追ってビター・バンクスに出ていくか、メカジキを追って海岸を南下するかして、何週も何か月も家を空けているあいだ家に取り残された女たちだった。みんな食べ物を持ってきたが、ルーには当人たちこそが飢えているように映った。一度ホーリーが海から帰ってきて、家の前庭でそんなひとりにつかまったとき、相手がひどくぴりぴりして甲高い笑い声をあげたせいで、父はすっかり引いてしまい、それからは昼間のうち家へ戻るのを避けるようになった。

ルーのなかには、相手の鼻先でドアを閉めるのを後ろめたく思う気持ちもあった。でも女やもめたちが強引に家のなかへ入ってきて、目で何かの手がかりを探しながら、ケーキやら焼き菓子やらをキッチンテーブルの上の、ホーリーがいく晩も銃を磨きマグからコーヒーを飲んで過ごすうちにできた水染みのそばに置いたりするのはたまらなくいやだった。バスルームを借りていいかと訊かれたときは、断る口実を思いつこうとすらしなかった。ただ相手の顔をじっと見つめて、だめと言った。

グリーシーポールでの輝かしい瞬間を自分のものとした結果、ルーの父親はこの町の悪意を一掃した。オリンパスの男たちは彼を海から引っぱり上げて肩にかついで運んでいき、オリンパスの女たちは彼の傷痕だらけの背中を流れ落ちる水を見つめ、唇をきゅっと結んだ。

いまでは〈フライング・ジブ〉に、ホーリー専用のスツールが用意されていた。漁師たちは彼が毎朝市場に来るのを歓迎し、ホーリーは問屋や〈ノコギリ《ソートゥース》の歯〉以外のレストランにも直接売ることができた。そうこうするうちに、あの傷痕はどうしてできたのかといううわさ話が広まった――いわく、昔は警官だった、兵士だった、マフィアの殺し屋だった、などなど。真相はどうあれ、ホーリーは口をつぐんでいた。そしていまは誰も彼の娘の靴を盗まなくなった。ルーは宿題すらしなくてよかった。グンダーソン校長が退出許可証をくれたので、学校へは好きなときに行って帰ってきた。ほかの男子や女子は相変わらずルーを変わり者扱いしていたが、なかには友達になろうとしてくる子もいて、ルーはそんなときたいていいつも、ぎこちない対応をしてしまっていた。そうして父親が〈フライング・ジブ〉でストランドやフィスクと飲んでいるあいだ――このふたりは市場で自分たちの隣の台を彼に提供した――ルーはいつもどおりの生活を続けていた。ただしケンカだけはすることがなくなった。学校の誰ももう仕掛けてはこなかった。ルーがそうしたいと思ったときでも。

誰かをぶちのめしたいと感じたとき、決まってルーの口いっぱいに広がる味があった。

赤錆のような金臭《かな》い味。あごの両側にある腺にその味が感じられる。まちがって舌を嚙んでしまったときのように。その味がしてくるのは、初めの何度かはゆっくりだったが、じきに何かしら悪い事態になるたびに口のなかにあふれ出すようになった。やがてその味はルーの五感をとらえ、つかのま彼女は一線を越えて別の人間になる――力のみなぎる人間に。それは誰かに殴り返されるまでしか続かない感覚ではあったけれど。

しばらくはあっちも殴り返してきた。ジェレミー・ストランドとポーリー・フィスク・ジュニアの鼻をぶち折ったあと、短い空白の時期があり、そのひと夏は父親と魚を釣ったり貝を採ったりして過ごし、じゃまをするのはキャセロールを置いていく女やもめたちだけだった。そして九月になると学校に戻り、またケンカを始めた。自分から吹っかけることを覚え、たいていはそうした。最初はレイチェル・ミルデン（髪を引っぱる）から、スン・キム（すぐ嚙みつく）、ワンダ・グレグソン（足を引っかける）、ケイティ・ジェフリーズ（いつもつねる）、ラリー・ハムナック（すぐ泣く）、そしてリア・グプタ（意外にすごい左フック）まできたとき、とうとうグンダーソン先生から校長室へ呼び出され、また座らされるはめになった。これ以上学校で暴力沙汰を起こしたら、きみの退出許可証を取り上げなきゃならない。「何人かの親から、きみを退学にするようにと要請が来ている。わたしにそんなまねをさせないでくれ」

ルーはかんしゃくを堪《こら》えようとしたが、学校から帰ってきてもまだ腹が立っていたとき、ケンカができそうな相手は鳥みたいに家へ押し寄せる女やもめたちだけだった。これまではまだ、ルーがどれほど無礼な態度をとっても、誰も餌に食いついてはこず、平手打ちしようとすらしなかった。それでもドアにおずおずとしたノックの音がするたび、ルーの口にはあの味があふれてくるのだった。

ルーが十三歳になって何週間かたった、十一月にしては季節外れに暖かいある日、いつもとはちがうノックの音がした。せっかちに二回、勢いのある、強い意志のこもった音。ドアを開けると、ポーチに立っていたのは女やもめではなく、子どもだった。少なくともルーには子どもに思えた。でもそのあと、ビルケンシュトックのサンダルとインディアンスカート、そしてタンクトップからのぞく脇のむだ毛に目がとまり、この子どもはひどく背の低い、クリップボードを持った中年女なのだと気づいた。肌はぱさぱさに乾き、歯は白いが少し不揃いだ。その横の、階段の下のシャクナゲの茂みのそばに男の子がいた。ルーが指を折ってやったクラスメイト。マーシャル・ヒックスだった。

「お父さんはいる?」

「いないけど」

「そう。今日はとても大事なお話があって来たの」女はクリップボードを掲げてみせた。「十年以内に北大西洋からタラがいなくなるって知ってた？ ここの海に海洋保護区《サンクチュアリ》を作らないと、環境ホロコーストを目の当たりにすることになるのよ」

ルーはドア枠にもたれて、マーシャル・ヒックスを見下ろしていた。シャツにネクタイを着けていて、学校では見たことがないほど格好がよかった。ひたいを汗で光らせ、やはりクリップボードを持ち、母親の上着も抱えていた。シャクナゲの茂みの真ん中をじっと見ながら、そこに呑みこまれてしまいたいと思ってでもいるようだった。

女はルーの手にパンフレットを押しつけた。〈海から魚が消えたらどうなるでしょう？　ビター・バンクスでの商業的な乱獲を止めよう。北大西洋のタラを守ろう！〉。つぎのページをめくる。魚の死骸でいっぱいの網が漂っている写真があった。

「お父さんの協力が必要なの。たくさんの命を救おうとする計画なのよ」話している女の唇は、ひくひく動いていた。目はドア口のルーを捉えて離さない。

「もうじき帰ると思うけど」

女はにこりと笑って、なかに足を踏み入れた。「ねえ」と肩越しに声をかけた。「先にこのブロックを回ってて。あとで追いつくから」

「母さん」マーシャル・ヒックスが階段の下からこちらをにらんでいた。少し彼が気の毒になってくる――クラスの女子にたたきのめされたことにも、友達に嘘をつかなくてはならないことにも、こんな困った母親がいることにも。でもまた、思いなおした。

「じゃ」ルーは言って、彼の目の前でドアを閉めた。

マーシャルの母親はもうリビングを歩きまわっては、部屋にある写真や本の背表紙に視線を走らせていた。本は床から天井まで積み上げてあった。ホーリーはガレージに本棚を作って置いてあり、ルーはそこに大河ＳＦ小説や星座の教科書を詰めこんでいくのを楽しみにしていた。

「何か持ってきたの」ルーは訊いた。

「え、なんのことかしら」

「みんな何か持ってくるから。父さん目当てでくる女のひとは」

つかのま、マーシャルの母親は狼狽したようだった。そしてクリップボードを置いた。バッグに手をつっこんで、ワインの瓶を取り出す。「わたしはメアリー・タイタス」そう言って手を差し出した。

ルーはその手を握った。「ヒックスっていう苗字かと思ってた」

「それはマーシャルの父親の名前。わたしは再婚したとき、二人目の夫の苗字にしたの。〈ホエール・ヒーローズ〉っていうテレビ番組を知ってる？」

「知らない」

「マーシャルのいまの父親は〈アテナ〉号の船長なの。日本の捕鯨船にぶつかっていく船よ。いまは東シナ海で撮影をしてる。でも、離婚したわ」メアリー・タイタスはワインの瓶を持ったまま立っていた。「コルク抜きはある？」

ふたりともキッチンテーブルの椅子に腰を下ろした。メアリー・タイタスがふたりぶんのワインを注いだ。ホーリーは決して娘に酒を飲ませなかったので、ルーは少しためらったが、グラスを手に取った。以前に冷蔵庫からビールを一本くすねたときは、結局ほとんど流し台に空けてしまった。このワインはもうちょっといけそうだ。甘い香りと、蜂蜜のにおいがした。少しだけすすり、口のなかに溜めているあいだに、メアリー・タイタスが請願書のことを話し出した。この町で賛成の署名を五千筆集めれば、ビター・バンクスを海洋保護区にするという請願書を海洋大気庁《NOAA》に提出できる。ビター・バンクスはオリンパスの沿岸から百キロ沖合にある海台で、海面まで養分が運ばれてくるために、あらゆる種類の魚類、とくにタラの広大な繁殖場所になっている。漁師たちは何世紀も昔からバンクスまで出ていって、たくさんのタラを獲ってきたけれど、いまはトロール網と巨大な商業船がはびこり、タラは種の存続を脅かされている。

「タラはクジラほど目立たないけれど、食物連鎖のなかで大切な位置を占めるのよ」

ルーはグラスをぜんぶ空けた。ワインのせいで寛大な気分になっていた。それにメアリー・タイタスには、どこかこちらを惹きつけて離さないところがあった。すごく激しい感情の崖っぷちを歩いてでもいるような。トロール漁のことを話しているとき、この女やもめの目に涙があふれそうになったが、つぎの瞬間には大声で笑い出した。それから、自分がウェイトレスをやっている〈ノコギリの歯〉で、ルーの父親を見かけたのだと言った。

「寂しそうに見えたわ。お父さんが寂しそうだと思ったことはない？」

「べつに」

メアリー・タイタスはテーブルからルーの星図を取り上げた。「これは何のため？お父さんは星占い《アストロロジー》が好きなの？」

「天文学《アストロノミー》だよ」

「わたしは蟹座。蟹は愛らしいけど、危険な生き物なの」両手を挙げ、指を二本ずつ分けて蟹の爪のようにしてみせる。「あなたの誕生日は?」

「十月の二十五日」

「じゃあ蠍座ね。あなたには隠れた毒針があるってこと」

「毒針?」

「セックスよ」

ルーは瓶に手を伸ばし、空いた自分のグラスに注いだ。

メアリー・タイタスは未成年と酒を飲んでいることにも無頓着だった。テーブルの上に手のひらを滑らせる。こぼれたミルクが乾いて木の表面にへばりついていて、彼女はそれを爪ではがしはじめた。「どうしてここへ来たんだろう、ばかみたい」小さな脚をテーブルの下で前後に振っている。目にまた涙があふれていた。「泣いてるのは、夫が恋しいからよ」

「離婚したんじゃないの」

「二度目の夫とはね。恋しいのは最初の夫。ほんとうに愛してた。マーシャルが七つのときに死んだの」

ルーはワインを飲みながら、メアリーが死んだ元夫のことを話すのを聞いた。その夫がバンクス近くで嵐に遭って船から投げ出されるところ、波に呑まれるところ、魚がその皮膚を細かくちぎって食いつくし、フジツボやイガイが骨にくっついていくところを想像せずにいられないのだという。その事故があってからは、くるくる巻いた毛布をベッドの自分の隣に、ただ温かさを感じるためだけに置くようになった。ときには彼の手が自分の背骨の付け根に触れている、彼の声が首の後ろでつぶやいていると思いこんだりもした。朝起きたときには、自分の肌に彼のにおいがした。自分が正気をなくしかけているようにも感じた。

「そんなときに、マーシャルのいまの父親に会ったの。でも、あのひともわたしを置いていった。クジラのために」メアリー・タイタスはため息をつき、インディアンスカートの縁で頬をぬぐった。そして布地に顔を埋めた。ルーはどうすればいいかわからずにいた。誰かにこんなふうに秘密を打ち明けられたことはなかった。それでメアリー・タイタスの頭をぽんぽんとたたいた。

思い出せるかぎり以前から、女たちが父親に目を向けてくることには気づいていた。そして彼の気を引けないとわかると、女たちはルーをだしにして近づこうとした。カンザスシティの外れにあるダイナーのウェイトレスは、ルーを化粧室へ連れていって、髪をおさげに編むやり方を教えた。ニューメキシコの女店主はルーが初めてブラを着ける手伝いをした。ヴァージニアの家主の奥さんはタンポンの箱と、『わたしたちの体、わたしたち自身』という本をそっとよこした。お母さんのいない女の子なのね、そう女たちは言う。なんて悲しいの。なんて可哀そう。そして目元をぬぐう。顔を近づけてくる。だがそうした注目も、ただホーリーをじっと考えこませるだけだった。するとまもなく、ルーが学校から帰ってくるなり車に荷物を積みこみ、どこか別の場所へ移ることになる。新しい場所へ。そうしてまた一からやりなおし。

メアリー・タイタスに、涙を拭くようナプキンを渡した。「大切なひとを亡くしたのは、あんただけじゃない」そう言うと、彼女をバスルームに連れていき、母親の祭壇に通じるドアを開けた。

なかはまだホーリーが出かける前に浴びたシャワーの蒸気がこもっていて、紙や写真がしけって縁が丸まっていた。壁一面に流れ落ちる滝のようにテープ留めされた思い出の品々に、メアリー・タイタスの目が大きく見開かれた――どれも同じゆがんだ笑顔の写真、また写真。さらに手紙、クリームの瓶に口紅、食べ物の缶詰、先を嚙んだ鉛筆、病院のブレスレット、ルーの母親のサインが書かれた小切手、本からちぎり取ってアンダーラインを引いた小説のページ、鏡のそばにピン留めされたひと房の黒髪。

メアリー・タイタスが浴槽の端に腰かけた。「これぜんぶ、このひとのもの?」

「そう」

女やもめが壁にテープ留めされたレシートを手に取る。ルーはその売り物のリストを自分の名前ほどによく憶えていた。フレンチラベンダーの石鹼二個、殺虫剤のスプレー、単四の乾電池、ユニのボールペン一箱、ミントキャンディ、バースデイカード。そのカードはルーの最初の誕生日のものだった。ルーが生まれてからすぐに母が買ってきたもの。それにサインを書き入れる間もなく母は死んでしまった。壁の上の、レシートの隣にテープで留めてあった。ロウソクを一本だけ立てたカップケーキの絵が描かれている。ルーは毎年、誕生日のたびに開いてみた。なかはいつも空っぽだった。メアリー・タイタスが壁からレシートをはぎ取った。「わたしよりいかれてるんじゃない」笑いながら言う。「なんてこと」

この部屋にあるものが、ルーが知っている母親のすべてだった。隅に積み上げたいろんな品に、たいていの日は目にもとめない壁の紙きれに慣れきって育った。けれどもメアリー・タイタスが写真や缶詰を生き返らせ、その意味や細部に焦点を結ばせた。ナイアガラの滝で撮ったポラロイドは透明なフィルムに挟んであり、そのビニールがゴムのようにゆがんでいるせいで、母親の顔は染みができたように見えた。鏡の横に置いた髪の房には枝毛があった。隅にある香水の瓶が開いていた――今朝早くにはそんなことはなかったのに。そのとき、父親が香水のにおいを嗅いだのだと思い当たった。小さなガラスの栓を抜いて、鼻からあごの上にまで滑らせたのかもしれない。すると突然、この大人たちの世界がどうしようもなく複雑なものに感じられ、ただメアリー・タイタスが笑うのを止めたいという思いで頭がいっぱいになった。

「やめろ」

女やもめがこちらを見たが、笑い声はやまなかった。いまでは目が涙に濡れ、口から歯があらわになっている。自分でも気づかないうちに、錆の金臭い味が舌の上に這い上ってきた。さっきほんの短いあいだ、メアリー・タイタスに感じた友情のようなものは、壁の上の母親の筆跡と同じように薄れ、自分の両手が持ち上がって女やもめを思いきり突き飛ばすのが目に映った。女が後ろ向きに浴槽へ倒れこみ、その短い脚が宙を蹴ったかと思うと体がねじれ、頭が蛇口に激しくぶつかった。女やもめは目を泳がせ、上体を起こすと、頭の後ろに触った。前に持ってきた指が赤い、カウンターの古い口紅と同じ色に染まっていた。メアリー・タイタスは空の浴槽のなかで脚の位置を変えると、後ろにずるずるともたれ、服を着たまま風呂に浸かっているような格好になった。血が髪を濡らし、首筋に落ちていた。まだ笑ってはいたが、それ以上に泣きじゃくっていた。

そのとき、ホーリーが帰ってきた。ポーチから父親のブーツの音が、市場で長い一日を過ごしたあと、ゆるやかで一定した重い足取りで近づいてくる。ルーがなんとかバスルームのドアを閉めてロックすると、すぐに父親が彼女の名を呼んだ。

「静かにして」ルーは女やもめに言った。

「あのひと?」相手がクックッと笑う。

メアリー・タイタスの口を手でふさいだ。もし浴槽に湯が溜まっていたら、顔を浸けて溺れさせていただろう。ホーリーがキッチンに入ってきて、ワインの瓶を手に取り、においを嗅いで、テーブルの上の二つのグラスを目にとめるところが浮かんだ。父がまた名前を呼んだが、今度は問いかけだった。

「バスルームにいる」ルーは答えた。

「誰か来てるのか」ホーリーはドアのすぐ向こうにいた。父親が体の重心を移す音が聞こえた。「飲んでるのか」

　これまで父親に嘘をついたことはなかった。でもいまはついてしまった。

「ううん」

「そこで何をしてる」

　そのときルーは、外の人間をうちのバスルームに入れるという過ちをしでかしたことをさとった。誰にも見せてはいけないものを見せてしまった。メアリー・タイタスはルーの手の下でもがいていた。磁器の浴槽を小さなかかとで蹴っている。そしてルーが父親の声に答えようとしたとき、女やもめが少女の手を強く噛んで逃れた。

「サム・ホーリー！」メアリー・タイタスがわめいた。「あんたはわたしよりいかれてる！」そしてまたヒステリーの発作に陥った。

　ドアの向こうにはただ、沈黙があるだけだった。しばらくして、父親がノブを回そうとした。回らないとわかると、蹴り一発でロックを壊した。なかに入ってくる。メアリー・タイタスは浴槽の血だまりのなかで左右にぐらぐら体を揺らし、ルーは自分の手をつかんでいた。手のひらにくっきりと、女やもめの歯型がついていた。

　狭いバスルームのなかにホーリーの体が加わると、残っていた空気がすべて漏れ出していった。ルーは父親を見つめて、待った。この世界で誰よりもよく知っているひと。失望し腹を立て、誰かを桟橋から投げこむのを見たことはあっても、この女やもめが妻の写真を指して笑ったときにその顔に浮かんだほどの険しい表情を見たことはなかった。

ホーリーの両肩が入口をふさいでいた。魚のはらわたと塩水のにおいがし、手はナイフで牡蠣を開く作業のせいで赤く荒れていた。彼はその手を使ってメアリー・タイタスを両腕に抱え上げた。おそろしい大股で二歩進み、犬のように彼女をポーチに放り出すと、ドアを閉めた。そしてルーのいるバスルームへ戻ってきた。

「痛むか」

「ううん」ルーは言ったが、やはり嘘だった。

「見せてみろ」と言われ、ルーは手のひらを裏返した。ホーリーが嚙み痕に指を走らせる。便器の蓋を閉め、ルーを上に座らせた。それから後ろを向いて洗面台の下のキャビネットを開け、応急手当のキットを引っぱり出した。明るいオレンジ色の工具箱で、蓋に赤色の十字がついている。ずっと昔、アラスカでホーリーの命を救ったことがあるこのオレンジの箱は、ルーが生まれてからずっといっしょに国じゅう旅してきた。中身はガーゼや包帯、懐中電灯、水のボトル、フリーズドライの食料、ヨウ素の錠剤、ナイフ、ダクトテープ、ビニールの防水シート、マッチ、ハンドルを回して充電できるラジオなど。ふたりのどちらかがケガをすれば、それを治す答えは必ずこのなかにあった。

ホーリーは素早い一回の動作で、ルーの母親の歯ブラシと香水と深紅の口紅をかき集め、引き出しに入れた。空いたスペースに工具箱を置き、留め金を開けてウィッチヘーゼルの塗り薬の瓶と綿の玉を出した。振り向いた顔は、さっきより穏やかになっていた。浴槽の縁に腰かけて、綿を液体の薬で湿すと、皮膚が破れて腫れ上がった箇所に押しつける。ふたりの耳にメアリー・タイタスの声が聞こえた。もう笑ってはいず、金切り声をあげながら、玄関ドアをこぶしでたたいていた。

「おまえが手を出したのか」

「うん」

「まずいな」

ルーの手が痛み出した。ドアをたたくぐもった音を聞くまいとしながら、オレンジ色の工具箱に意識を集中する。母親の写真のように、そして皮膚の傷痕のように、この箱はルーよりずっと前から父親の人生に入りこんでいた。たぶんもう千回もそうしたように、正面にある手書きの文句を読んだ。〈生き残るであろう者たちのため、われらはかく行ないを為《な》す〉

「あたしは恐ろしいやつなんだ」ルーは言うと、ホーリーに握られていないほうの手で、赤い血の飛び散った浴槽を、はがされて床に落ちた母親のレシートを、自分の酔ったありさまを示した。こうして父親がいるいまはもう、なぜバスルームのドアを開けてしまったのか、なぜ自分たちの世界に他人を引き入れてしまったのかがわからなかった。

ホーリーがタオルを当てて、痛く感じるまで押しつけた。首を横に振る。「恐ろしいってのがどういうことか、おまえは知らない」

メアリー・タイタスはいま、近所じゅうに響き渡るような大声で、彼の名をくり返し呼んでいた。「サムホーリーサムホーリーサムホーリー——ドアを開けて！　ドアを開けないか！　わたしはここで死んでやる、そしたらぜんぶあんたのせいよ、サム・ホーリー！」

ルーの父親は洗面台の下から包帯を出し、ルーの手をミイラみたいにぐるぐるに巻きはじめた。彼が外科用テープをはがして包帯を留めると、痛さが少しやわらいだ気がした。

外でメアリー・タイタスが金切り声をあげつづけている。

「あたしたち、またみんなに嫌われちゃうよ」ルーが見つめる前で、父親はラックからタオルを引き出し、水に浸すと両手でぎゅっとしぼった。そしてルーの顔を拭きはじめたとき、ルーは初めて、自分が泣いているのに気づいた。

「ほうっておけばいいさ」

銃弾#2

ホーリーが砂漠へ出ていくのは、母親が死んで以来のことだった。いまから四年前の、まだ二十一歳のころ、病院がこちらの居所をつきとめて知らせてきたので、シャイアンからはるばるフェニックスへ行くバスに乗った。警官に安置所まで連れていかれ、遺体の確認をさせられた。外の暑さとはうらはらに湿って冷え冷えとした場所で、薬品と漂白剤のにおいが漂っていた。蛍光灯の下に立っていると、壁の引き出しから母親が引き出されてきた。

死んでから二週間以上たった体は、まったく静かで、車にはねられた道路わきの動物を思わせた。頬は落ちくぼみ、歯はほとんど抜け落ちていたが、角ばったあごと、あの長く華奢《きゃしゃ》な、ホーリーが子どものころに暗いなかで髪を梳いてくれた指はそのままだった。彼は病院近くの墓地に、独りで母親を埋葬した。そしてまたバスでシャイアンへ戻った。

いまはホーリーも自分の車を持っていた。二十五歳の誕生日に現金で買った古いフォード・フレアサイド。ハイウェイをエンジン全開で飛ばすのは楽しかった。ウィンドウをぜんぶ下げると、灼けつくような熱気が流れこみ、髪のなかに砂が吹きつけてきた。

遠くの崖が赤を塗り重ねたような色合いに染まっていた。運転席の後ろには二十番径のレミントンのショットガンと、九ミリのベレッタ・セミオートマティック、シグ・ザウエルのピストル、タイヤを換えるための十字レンチ、父親が戦争から持ち帰ったライフル、そして七千ドルの現金があった。

しばらく前にジョーヴから葉書が届いた。フラグスタッフの外れにあるインディアンのカジノで働いているという。まだ船を買ってハドソン川を下る夢は捨てていないようだが、彼には稼いだ金をあっという間に溶かしてしまう悪い癖もあった。いまはそのカジノから儲けをかすめ取る計画を立てていて、ホーリーに一枚嚙まないかと言ってよこしたのだ。

州境を越えてアリゾナに入ったころには、もう夜だった。国道一九一号線から一六〇号線に乗り換え、一時間かそこら走ると、何キロ行ってもほかの車に行き合わなくなった。バックミラーを見てもあるのは暗闇だけ、フロントガラスの向こうにも自分の車のヘッドライトが溶けていく先の闇しか見えない。さらに一時間たつと砂嵐にまともに巻きこまれ、タンブルウィードが勢いよく飛び過ぎていき、ときおりフロントグリルにぶつかったりトラックの下側に引っかかったりした。突風が何度も吹きつけ、フォードを横揺れさせて道路から押し出そうとする。もう時刻も遅く目もかすんでいたが、タイヤをまっすぐに保つためにひたすらハンドルとの格闘を強いられた。

それが延々と続いたあとで、前方に明かりが見えた。十字路にモーテルが建っていた。

駐車場に乗り入れ、部屋を取った。フロントデスクにいたのは、ナバホインディアンの男だった。白い襟のついた赤いボウリングシャツを着ていて、心臓の上に二本のピンの刺繍があしらってある。デスクの奥に引っこんだ部屋があり、やはりナバホの男と、もうひとりそばかすの男がテーブルでカードをやっているのが見えた。夜通しずっと遊んでいたらしく、ビールの空き瓶が床にずらっと並び、灰皿はいっぱいだった。

「あんたは無鉄砲すぎるぜ」そばかすの男が大声で言った。

「おれの山から持ってけよ」フロント係の男が答えた。「あんたもやるかい?」とホーリーにたずねる。

テーブルの男たちは椅子から身を乗り出していた。もうひとりのナバホはホーリーに一瞥《いちべつ》をくれただけで、ビールに注意を戻した。だがそばかすの男はずっとこちらを見ていた。髪はモーターオイルの色で、小さな染みが発疹のように顔と首じゅうに散っている。そのそばかすを見ていると、なぜかホーリーの胃のあたりが疼《うず》いた。

「なんのゲームをやってる?」

「ホールデムだ」

ホーリーは気を引かれた。カードはもう一週間近くやっていない。そばかすの男が手を伸ばし、フロント係の男の山からチップを何枚かつかみ取り、テーブルの中央に放った。手首がタトゥーで覆われていた。いかにも素人臭い、刑務所で囚人が入れるようなやつだ。片方の手には、九つに分かれてねじれた首と九つの頭を持った蛇が袖の内側からのぞいていて、もう一方の手には数字の187があった。カリフォルニア州刑法典で〝殺人〟を示す条項。インクはまだ新しく、縁の部分も薄れていなかった。

フロント係がカウンターに部屋の鍵を置いた。

「どうも。今日はやめとこう」

目に砂が入らないように、シャツの裾を顔まで引き上げながらトラックへ戻ると、運転して建物の裏手を回りこみ、部屋の番号がアスファルトの上にスプレーで書かれた駐車スペースに駐めた。銃と金を詰めたダッフルバッグを持って、階段を二階へ上っていく。金は黒い甘草味《リコリス》のキャンディの瓶に隠してあった。札は丸めて底に押しこみ、上のほうには靴ひものように細長いキャンディを何重にも詰めてある。ホーリーはリコリスが苦手だった。たぶん大方の人間も同じはずだ。

モーテルの部屋は、コーンチップスとタバコのようなにおいが満ち、一方の壁に穴がひとつ開いていた。ベッドわきのテーブルには時計があった。ぼうっと数字が光るデジタル式のタイプだが、動かし方がわからなかった。自分の腕時計はデンバーで止まっていたので、いまが何時かもわからない。銃を詰めたバッグをクロゼットに仕舞った。それからサイドポケットのファスナーを開け、ベレッタを取り出してベッドわきのテーブルに置いた。

ホーリーは子どものころ、母親から銃の扱い方を教えられた。息を止めて。そう、息を止めて、半分だけ吐き出すの。あまりに何度も言われたせいで、銃を手にしていないときでも、だいたいいつもそんなふうに呼吸するようになった。できるだけ大きく息を吸いこみ、半分吐いて残りを肺に溜めると、体勢を安定させられる。それから来る日も来る日も、何年たっても、そうして引き金をしぼってきた。

バスルームに入り、明かりをつけた。トラックドライバー特有の日焼けがひどく、ウインドウを開けた左側だけが真っ赤になっていた。シャワーをひねって冷たい水のなかに足を踏み入れ、髪についた砂を洗い落とした。バスルームから出てタオルに身を包み、しばらくしてまたジーンズをはいた。そしてテレビをつけたとき、ドアにノックの音がした。

娘がいた。二十歳ぐらいだろうか。ホーリーと同じくらい背が高かった。目の周りが黒ずんでいて、ブロンドの髪はきつく引っつめて後ろに束ねてあった。耳に七つか八つ開けたピアスの穴から小さなフープが重なり合ってぶらさがり、一番上のリングからは釣りの毛鉤のような羽毛が垂れていた。

「オートロックで閉め出されちゃって」娘が言った。

ホーリーはドア枠に手をかけたままでいた。「フロントに言えば、開けてくれるんじゃないか」

「誰もいないの。ここの明かりがついてるのが見えたから」

娼婦《スリング》だろうか、と思った。そのとき、娘が赤ん坊を抱えているのが目に入った。六か月ほどの子で、抱っこひもに入れ、上からコートを羽織ってファスナーを上げている。

「ちょっと待て」ホーリーは娘の前でドアを閉め、リコリスの瓶をダッフルバッグから出した。蓋がきちんと閉まっているのを確かめてから、トイレのタンクに沈めた。ベレッタをつかみ、弾倉をスライドさせて装塡されているのを確かめると、ジーンズの腰の後ろに差してシャツの裾を上から垂らした。そしてまたドアを開けた。「いっしょに見にいこう」

砂嵐のなかを突っ切り、建物の反対側まで行った。娘は風の来るほうに背中を向けながら、コートの左右をしっかり合わせて赤ん坊を守っていた。モーテルの玄関ドアは錠が下ろされ、明かりは消えていた。ガラスに手を当て、なかをのぞきこんだ。暗くて何も見えない。

「言ったとおりでしょ」

ホーリーは窓を何度かたたいた。錠をこじ開けようかと思った。赤ん坊がむずかりはじめ、娘がつま先立ちでかかとを上げ下げして揺すってやる。そのときまた強い突風が吹きつけ、ふたりは顔に砂をまともに浴び、赤ん坊が泣き出した。

「戻ろう」今度は娘を後ろに従え、自分は両腕を伸ばして砂のほとんどを浴びながら、娘と赤ん坊をかばおうとした。そして部屋まで着くと、ふたりをなかに入れた。

「あそこの連中も、一、二分もしたら帰ってくるだろう」

娘がコートのファスナーを下ろした。目の黒いあざはほんの数日前についたものらしく、まだ充血していて、鼻筋に暗い紫色の筋ができていた。「この子のおむつを換えてもいい？」

「どうぞ」

娘がスリングから赤ん坊を出し、ベッドに置いた。男の子らしく、象の柄の青いパジャマを着ていた。横の部分がスナップになっていて、娘がそれを外すと紙おむつの前を開け、片手で赤ん坊の両脚をつかんで尻を持ち上げながらおむつを抜いた。すると赤ん坊はすぐに泣きやんだ。

「いつからこのモーテルに？」

「一週間くらい前。いるのはここのひとたちと、あとカリフォルニアから来たお客だけ」娘が手提げのバッグを開けて新しい紙おむつを取り出し、赤ん坊のお尻の下に敷いた。それから白いクリームのチューブを出すと赤ん坊の脚のあいだに塗り、おむつを閉じてパジャマの横のボタンを留めた。赤ん坊はベッドの上からその様子を見上げ、両腕を前後に動かして手を開いたり結んだりしながら、ずっと母親に抱かれたがっていた。

娘は汚れた紙おむつを丸め、ビニール袋に入れて口を締めた。「ゴミ箱はある？」

ホーリーは部屋を見まわした。「バスルームにあるんじゃないか。ほら」と言って手を伸ばし、娘から汚れた紙おむつを受け取ると、部屋の向こうまで持っていった。指に温かくて重い、生き物のような感触があった。おむつをゴミ箱に入れ、手を洗った。戻ってみると、娘はベッドに腰かけて、ウォッカのボトルをテーブルに置いていた。

「一杯やる？」

酒はいつでも歓迎だった。「ああ」

「カップを持ってないんだけど」

ホーリーはまたバスルームに行き、洗面台の横からビニール袋に包まれたグラスを二つ持ってきた。娘にひとつ渡し、ふたりとも小さな袋を裂いて開け、中身を取り出した。娘が両方のグラスに指関節ひとつ分注いだ。そして「乾杯」と言った。

ホーリーはふだんはウィスキーかビールしか飲まなかった。ウォッカはにおいがしないという理由で、アル中がよく飲むものだ。母親もよくウォッカを飲んでいた。どんなボトルだったかも憶えていた。母親が出ていったあと、しばらく一本だけ取っておいたが、父親に見つかって捨てられてしまった。このウォッカは安物で、飲むと喉が焼けつくようだった。娘はぐいぐい飲んで空にし、また一杯注いだ。

「きみの名は?」ホーリーは訊いた。

「エイミー」

「可愛い名前だ」

娘が黒ずんだ目で不思議そうに見つめ、ホーリーは落ち着かない気分になり、離れてドアのほうへ行くと、壁にもたれかかった。娘はベッドに座ったままでいた。赤ん坊はその隣で眠りこみ、顔を横に向け、ホールドアップのような格好で両腕を頭の上に伸ばしていた。

「痛くなかったか?」娘の耳を指しながら、ホーリーは訊いた。

娘の指がイヤリングのほうに持ち上がり、紫色の羽毛をなでた。「一番上のところは、ちょっとね。でももう、ふだんは忘れてるぐらい。何か大事なことがあって、ずっと憶えてたいと思ったら、そのたびにピアスをするの」エイミーは自分用の三杯目を注いだ。勢いよくあおり、ふうっと息をついた。「その時間、合ってる？」

ベッドわきのテーブルの時計を見ると、午前四時十六分。ここに着いたときと同じ数字だった。いまは午後の二時か、ひょっとするともう五時か——外の砂嵐のせいで空が暗い黄色に変わっていて、知りようがなかった。ホーリーはまたウォッカをすすった。

「合ってないな、たぶん」

「すごく疲れちゃって」エイミーが言った。目をつぶって、指でこする。

「連中が戻っていないか見てくる」ホーリーはテーブルにグラスを置くと、ドアの錠を外して開け、廊下に出た。風はまだ激しかった。小走りに階段を下りて建物を回りこみながら、エイミーの耳に開いたたくさんの穴を思った。もし逆に忘れてしまいたいことが起こったら、どうするのだろう。フープのピアスを外して、皮膚が元通りに戻るのを待つのか。

あらためてモーテルのドアを試した。まだ錠がかかったままだった。窓をたたいても、誰も出てこない。車を調べてみた。建物の前に駐まっているのは二台。アリゾナのプレートのピックアップトラックと、カリフォルニアから来たバンだが、どちらも空っぽだ。建物の隅を回りこんだ。自分のフォードが駐めたとおりの場所に見えた。三つほど離れた区画に、助手席側に大きな凹みのある青のハッチバックがあった。ウィンドウごしに、積み上げた衣類とテープを貼ったボール箱、後部座席のベビーシートが見える。駐車場に立って、自分の部屋を見上げた。モーテル内のほかの窓はどこも暗かった。

ドアを開けると、エイミーはベッドの赤ん坊の隣に寝そべっていた。肩の動きから、眠っているのがわかった。音をたてずにドアを閉めて、バスルームに入り、トイレのタンクを調べた。リコリスの瓶はちゃんとあった。水で顔を洗ってから、銃の入ったバッグをクロゼットのさらに奥へ押しこんだ。ベッドの反対側まで行き、ズボンの後ろからベレッタを出すと、テーブルの引き出しを開けて備え付けの聖書の隣に置いた。そして靴を脱ぎ、ベッドに腰かけた。

モーテルの部屋の隅のほうは、まだタバコのにおいが残っていたが、ベッドはいまベビーパウダーとリンゴの香りに包まれていた。ヘッドボードに背をもたせかける。目もろくに開けていられないほどだったが、母子のそばに横になる気もしなかった。赤ん坊はかすかにため息を吐くような音をたててはまた吸いこみ、口が哺乳瓶をくわえるような動きをしていた。娘は顔のあざのある側をベッドカバーにつけていて、黒ずんだ目が隠れると、ずっと若く見えた。束ねていたのをほどいた髪が、枕の上に広がっている。

ホーリーは彼女と赤ん坊の寝息に耳を澄ませた。やがて手を伸ばし、明かりを消した。

目が覚めたとき、あたりはまだ暗く、エイミーが彼にキスをしていた。つかのま自分がどこにいるのかわからず、だがモーテルの時計の赤い光のなかで、のしかかっている彼女の顔が見えた。数字は4:16のままだった。押しつけられた体はやわらかく、温かかった。こちらから触れるとそれが終わりそうな気がして、ホーリーは動かずにいた。ゆっくりとした、注意深いキスだった。もうじっとしていられず、思わず手を腰に回すと、彼女は体を離した。だがしばらくすると、またすっと近づき、唇が触れるか触れないかのところで止まった。娘の顔が彼の顔の上にとどまり、息がたがいに混じり合うほどの距離にあった。

エイミーの髪が落ちかかって唇をなでたとき、リンゴがにおった——髪から漂う香りだった。その頭に沿って指を差し入れ、引き寄せた。指の関節が耳のフープの輪郭をこすったとき、娘の皮膚を貫く冷たい金属の感触があった。娘がホーリーのシャツを引っぱり、彼がそれを脱ぎ捨てると、彼女が裸の肩に軽く歯を立ててきた。それからおたがいのベルトをつかみ、暗いなかで外そうとした。彼女が先にホーリーのベルトを外して床に放り投げると、もたつく彼の指を押しやってベッドの上に立ち上がり、自分のジーンズから長い脚を抜き取った。むき出しの肌が時計の光のなかでぼうっと光った。

ホーリーはその腰を両手でつかむと、首筋に顔を埋め、ふたりいっしょにカーペットの上に転げ落ちた。彼がひざを押し開くと、エイミーは痛がるような声をあげた。その顔を見ようとしたが、娘は彼をいっそうきつく抱きしめ、ふたりの体がごろりと回転したはずみに、ホーリーの頭がベッドのフレームにぶつかった。そのとき、銃声が聞こえた。立て続けにパンパンと音が響き、やがて静かになる。

娘はホーリーの体の下で、まだ荒い息をつきながら震えていた。ホーリーが手でその口をふさいだ。暗いモーテルの部屋の床の上で、その姿勢のまま待つ。また銃声が響き、赤ん坊が目を覚まして泣き出した。

ホーリーは素早くテーブルまで這っていき、引き出しを開けてベレッタを取り出した。窓まで行ってカーテンを押し開ける。二台の車以外には何も見えなかった。振り返ると、エイミーがまだ床に寝たまま、天井を見上げていた。

「その子を静かにさせろ」

娘がひざ立ちになり、ベッドに上った。赤ん坊を胸に抱き寄せ、ゆすってあやしはじめる。ホーリーは暗いなかで自分のジーンズを見つけ、クロゼットへ行った。弾倉と父親のライフルをつかみ、急いで窓まで戻る。赤ん坊はまだ泣きやまない。泣き声がホーリーの神経をきりきりと締めつけた。娘はバッグのなかを手で探っていた。哺乳瓶を見つけたが、手が震えていて二度も取り落とし、やっとベッドに戻ると乳首を口にくわえさせた。赤ん坊が静かになった。

ホーリーは深く息をついた。エイミーに、明かりを消すよう声をかけた。それから、赤ん坊を連れてバスルームに入り、ドアに錠をかけるように言った。娘は何度か咳払いをし、何か言おうとするように口を開いたが、言葉には出さなかった。彼女が子どもと衣類をかき集めたあと、バスルームの錠が下りる音がした。目は駐車場から離さずにいた。空が白みはじめ、星はもう二つ三つしか見えなかった。それでもまだ背後にある時計が、動かない数字が熱を発するように、闇のなかで自分の顔の側面を照らしているのを感じた。

数分たったころ、褐色のバンが見えた。カリフォルニアから来たバンが、建物の横手をゆっくり回りこんでくる。駐車場をぐるりと回ってホーリーのトラックのそばで速度をゆるめ、エイミーの車のすぐ手前で停まった。運転席から男が、拳銃を手に降り立った。そばかすの男。ナバホのフロント係のものだった赤いボウリングシャツを着ている。あのタトゥーが、蛇の九つの頭がくねくねとひじの上まで這い上っているのが見えた。男がホーリーのトラックのナンバーを確かめ、エイミーのハッチバックのウィンドウをのぞきこんだ。つぎに、並んだ部屋を見上げる。

ふたりともこの男の顔を見ていた――ホーリーも、エイミーも。男がただ金を盗んだだけなら、このままバンに乗りこんで走り去るかもしれない。だがもしナバホのふたりを殺したのなら、こっちを追ってくるだろう。そばかすの男はバンに戻り、運転席の後ろに手を伸ばした。弾薬の箱を取り出し、リボルバーの回転弾倉を開けて装塡しなおした。そして両手を赤いボウリングシャツでぬぐうと、階段を上りはじめた。

ホーリーには銃を撃ったときの風圧を計算するための心得があった。木の葉の向きが変わっていたら、風はだいたい時速十一キロ。枝がたわみはじめていたら十五キロ近い。ただしここには、嵐の強さを測れる木も、フェンスに引っかかったビニール袋もなかった。あるのはただ、砂漠を渡ってきて、眼下のアスファルト上で渦を巻き、窓にたたきつける砂だけ。

そばかすの男が階段を上りきると、向きを変え、ドアの並んだ通路を進んできた。マスターキーの束を取り出し、エイミーの部屋に合う鍵を見つけた。男が部屋に入る。その瞬間、ホーリーは通路に出た。ライフルを構えたとき、激しい風が吹きつけ、背後からあおられそうになった。

まず足からよ。母親はそう言った。かかとは地面につけたまま。もし迷いが出たら、そこから立てなおす。ゆっくりと体重を後ろにかける。ふくらはぎにかかった緊張をほぐし、両ひざをゆるめる。腰のところで体をねじる。左ひじを腰骨に、右ひじを高くしてあばらに当てる。そして頬をそっと銃床の上に乗せ、照門の後ろへと引き下ろす。

息を深く、いっぱいに吸いこむ。半分だけ吐く。

そばかすの男がエイミーの部屋から出てきた。まるで無頓着な様子で、赤いシャツが標的さながらだった。頭を撃つこともできたが、ホーリーは肩を狙った。男が叫び声をあげてよろめき、階段のほうへ向かったが、下りる前に振り向くと、弾倉にあった弾丸を残らず撃ちつくした。ホーリーは後ろに下がろうとしたが間に合わず、右脇に燃えるような痛みを感じ、とたんに腕がライフルを支えられなくなった。銃が落ちた。そして落ちるのを見るなり、手がベレッタを探っていた。拳銃を持って、よろよろと手すりの端まで行く。血が出ていた。通路の上に流れ落ち、頭がぐるぐる回っていた。赤い血溜まりから下のほうへ、必死にバンへ向かっていく男に目をやった。ボウリングシャツが風を受けて横向きにはためいている、そのおかげで風の強さが測れた。時速五十キロ。そして銃口を上げ、撃った。

懸命に立っていようとしたが、肺がもう働かなかった――喉の奥がスポンジになったようだ。四つん這いで通路を進んでいく。コンクリートは容赦ない冷たさだった。エイミーの名を呼び、ドアを押し開けた。バスルームから出てきた娘は、初めて会ったときと同じ姿だった。服をぜんぶ着こみ、また髪を後ろできつく束ね、スリングに赤ん坊を入れてコートのファスナーを上げている。ちがうのは顔だけで、青白く弱々しかった。

「ここを出ないと」なんとかそれだけ言った。だがもう、床から立ち上がれなかった。

エイミーがバスルームに戻って濡らしたタオルを持ってくると、彼の脇腹に押し当てた。つぎに手提げのバッグから紙おむつを引っぱり出し、開いて下向きに押し当て、テープで皮膚に留めた。ホーリーは彼女に、銃の入ったバッグを取ってきて、自分の落としたライフルを拾って入れるように、それからトイレのタンクを開けてリコリスの瓶を引き上げ、それもバッグに詰めるように言った。エイミーはすべて言われたとおりにしてから、彼のそばにひざをついた。その顔に、可愛い名前だとホーリーが言ったときと同じ、不思議そうな表情が浮かんでいた。

どうやって階段を下りたかも、よく憶えていなかった。エイミーがなんとか彼を車の後ろに乗せ、つぎにトランクにバッグを積みこむと、反対側のドアを開けて赤ん坊をスリングから出し、ホーリーの隣のベビーシートに座らせてストラップをかけた。バンはエンジンがかかったままで、そばかすの男の体が運転席から半分はみ出していた。髪の毛の塊と骨片がアスファルトに飛び散り、フロントガラスが血しぶきに覆われていた。

エイミーがハッチバックの運転席に乗りこみ、ドアを強く閉めた。ハンドルを握り、バックミラーに目を向けたまま言った。「マネージャーは死んでると思う？」

「確かめたほうがいい」

車は建物の前側へ回りこんだ。エイミーが出ていき、モーテルのドアを試してみると、今度はロックされていなかった。ホーリーは赤ん坊といっしょに車に残った。赤ん坊は母親がいなくなった場所を見つめ、小さな足をばたつかせてよだれを流している。ホーリーは紙おむつを自分のあばらに押し当てながら、何度か気が遠くなりかけては、またわれに返った。やがてエイミーが戻ってきたが、しばらくじっとドアハンドルにしがみつき、吐き気に耐えているようだった。やはりふたりは死んでいたのだ。チェックインしてあのそばかすを目にしたとき、体が送ってきた合図を信じればよかった。そうすればいまごろは何キロも先でジョーヴとビールでもやっていて、車の後部座席で死にそうになっていることもなかったのだ。

エイミーがおぼつかない手つきでシートベルトを着けた。ギアをRに入れ、バックで駐車場から出す。「居留地に医者がいるわ。十何キロか行ったところ」

ホーリーの座席のクッションは血で濡れていた。シートベルトも血で染まり、床にも血がこぼれていた。「医者だと通報される」

「お金を出せばだいじょうぶ」

そのときホーリーは、この娘がリコリスの瓶の中身を見たのだと知った。

何か言ってやろうとしたが、舌がもつれて言葉にならなかった。隣のシートにくくりつけられた小さな男の子に注意を向け、懸命に意識を保とうとする。象の柄のパジャマにも血がついていた。エイミーの頭をじっと見つめ、両手を伸ばして母親をつかもうとしている。この世界で大事なものはただそれだけだというように。

陽が昇ろうとしているのか、空が無数の色合いのピンクとオレンジに染まっていた。何時なのだろう、そう思った。いまは弾丸が回転し、らせんを描いて彼を暗い場所へと引きこもうとしていた。脇腹に留めつけられた紙おむつに触れた。タルカムパウダーのにおいがして、両手に温かい、生きているような感触があった。ゆうべバスルームへ持っていって、ゴミ箱に捨てたこの子のおむつのように。

「もうすぐ着くわ」エイミーは言った。それから、「あたしは戻って、あなたの車を取ってくる」

どうかそうしてくれと、ホーリーは思った。このあと目が覚めて、ふらふらと医者のところから灼熱の砂漠へ出てきたとき、この娘が赤ん坊と金を持ってその場にいてくれるようにと。ただ自分の車だけが道路わきで埃《ほこり》をかぶっていて、なかに血だらけのタオルが積まれていないようにと。トランクを探って銃を持っていかれていないか確かめずにすむように、リコリスの瓶にせめて千ドルぐらいは残っているようにと。この娘はおれに借りがあるはずだ。少なくともそれぐらいの借りが。

タイヤががくんと何かを乗り越えた。後ろのウィンドウから路面を見た。ほかの車に轢《ひ》かれて死んだ動物だった。毛皮と羽が混ざり合っていた。ウサギとワシか。コヨーテとハゲタカか。隣の座席で赤ん坊がうーんとうめき、そして泣き出した。

「またお腹が空いたのね」エイミーは言った。だが車を停めるわけにはいかず、それで歌い出した。〈トウィンクル・トウィンクル・リトルスター〉に〈ロッカバイ・ベイビー〉。ホーリーは目を閉じて聴き入った。きれいな声ではなかったが、一生懸命歌っていた。

「きみはいい母親だ」ホーリーは言った。少なくとも言ったような気がした。やがて弾丸が彼を暗闇の奥へと、さらに深く引きずりこんでいった。

ドッグタウン

ルーは六歳のころ、郡共進会《カウンティ・フェア》で迷子になったことがあった。剣呑み男に気をとられ、渦巻く音や色のついた光に方向感覚をなくし、人混みに巻きこまれるうちに、ホーリーとはぐれてしまったのだ。その日父親は娘のために大きなテディベアをせしめていて、ルーはそのぬいぐるみをしっかり抱きかかえ、化繊の毛皮が皮膚にちくちくするのを感じながら、ホーリーを捜した。父親がいない世界は危険な場所に変わり、踏み出す一歩一歩がひどく重大な意味を持ちはじめた。ルーは泣き出しも、助けてと叫んだりもしなかった。鋼の刃をつかんで口に押しこむのに忙しい剣呑み男に背を向け、ゲームの屋台や綿あめやリンゴあめやポップコーンのにおいに意識を集中し、それを手がかりに来た道をたどっていった。やっとホーリーを見つけたときには、父親はひどく取り乱し、警備員につかみかかろうとしていた。そしていよいよ彼が引きずられていこうとする瞬間、回転木馬の前の、自分が手を離したのと同じ場所にいるわが子の姿が目に入ったのだった。

それでもお祭りに行くのは大好きだった。オリンパス周辺で一番大きな祭りがあるのは毎年十月、木の葉が色づいて空気は少しひんやりしはじめるころの、郡をあげてのフエアだった。テントや納屋のなかで農業青年クラブ《4H》が家畜の品評会や豚のレースをやった。輓馬《ばんば》のショーやパイ食いコンテスト、穫れたカボチャのサイズ比べもあれば、いろいろなゲームや乗り物もあった。

フェアが開かれるのはルーの誕生日ごろだったので、父親はいつも好きな乗り物に乗っていいと言った。十三歳のときはバンパーカーを選んだ。十四歳のときはふたりで観覧車に乗った。十五歳のときはホーリーといっしょにミラーハウスに入り、手を振り合ったり壁にぶつかったりした。そして十六歳になると、ルーは何か新しいものに挑戦したくなった。父親と会場を行ったり来たりして、見たところ一番怖そうな乗り物を選んだ。〈銀河系のラウンドアップ〉。ホーリーは電球に覆われた金属のホイールがどんどん速く回転し、巨大なアームに支えられて空へ斜めに持ち上がっていくのをひと目見るなり、今度は自分ひとりで乗ってくれと言った。

「出口で待ってる」彼はルーが抱えていたポップコーンの箱を受け取り、ゲートのほうへ歩いていった。

行列は短く、ルーはつぎに乗りこむ客のグループに入るよう指示された。急ぎ足でホイールに沿って、絵に描いた土星、金星、水星、海王星の横を通り過ぎ、ひとりだけで立って乗る場所を選んだ。詰め物をした壁に肩の後ろを押しつけ、ケージの両側のバーを手で握り、かかとをそろえて金属の縁にぴったりつける。ティーンエイジャーの係員が端から端まで歩いて、全員の準備ができたか確かめていく。彼は何やら文字の入った

Tシャツを着ていた。

「それ、なんて書いてあるの？」ルーは訊いた。

「歌の歌詞だよ」係員の男の子がぱっと笑みを浮かべ、安全バーを所定の位置に下ろした。ハンサムではないけれど、えくぼが可愛かった。「ちょっと怖がってるのかな」

「ぜんぜん」

「心配ないさ」係員がウィンクをした。「体重がなくなって、月面を歩いてるみたいに感じるから」そしてまた笑うと、乗り物から離れてスイッチを入れた。

モーターが動き出し、各惑星が回転を始め、ホイールの中央に描かれた太陽の周りを回り出した。乗客たちから悲鳴と絶叫があがった。金属のバーを握ったルーの手が汗で滑る。乗り物が持ち上がりはじめ、体重がなくなるどころか、体がどんどんどん重くなっていき、背中の後ろの詰め物をした壁に向かって押しつぶされた。動こうとしても、頭蓋骨が鉛で縫いつけられたみたいに頭が離れようとしない。だがそのとき、足元から床がスッと落ち、ルーと世界のあいだには何もなくなった。

悲鳴をあげ、そしてたくさん声をあげるほど、死の恐怖が薄れていくのに気づいた。空気が開いた口からフウッとたたき出され、銀河系が上下さかさまになり、何かばかでかい生き物が上から寝返りを打ってきてぺしゃんこにされたような感じがした。頭がくらくらし、自分の靴が空中に、牛乳瓶倒しやプリンコのゲームをやっている人たちの上まで持ち上がり、ポップコーンの箱をつかんだ父親がこっちを見上げていた。

「言ったとおりだろ」係員がケージのロックを外しながら、声をかけてくる。「飛んでるみたいじゃなかった？」

ルーはうなずこうとしたが、脚に力が入らずによろけてしまった。

係員の子がひじを支えてくれた。「気をつけて」

ルーはもう一度Tシャツの字を読もうとした。その意味を知っておくのが大事なことのような気がした。でもその字はうねうねした筆記体の殴り書きで、袖まで続いて消えていた。すると父親がすぐ目の前にいて、その腕がルーを包みこみ、さっと抱え上げるとゲートを抜けて乗り物から離れ、ゴミ容器まで連れていった。ルーはすぐにそのなかへ食べた物をもどした。

「誕生日おめでとう」ホーリーがナプキンを渡した。「まだポップコーンを食べるか」

ルーは首を横に振った。口元をぬぐう。

ホーリーが箱を放りこんだ。「あの野郎、おまえにちょっかいを出してたな」

「ちがうよ」と言って、〈銀河系のラウンドアップ〉のほうに目をやった。係員はまたあのえくぼを見せながら、金髪の女をケージに入れてロックしていた。

「いいや、出してた」ホーリーは言うと、手を腰の後ろに滑らせた。銃を確かめてるんだ。ルーにはわかった。そこに銃があることを思い出させてる。自分のなかのどこかが憶えていないというみたいに。あたしがそれを忘れてしまうとでもいうみたいに。

月曜日、ルーは学校へ行っても、まだフェアの興奮を引きずっていた。自分がもどしてしまったことも、あの係員からあっという間に忘れられたことも気にならなかった。大事なのはただ、自分が彼の注意を引きつけたということ。自分の内にある秘密の能力を発見したような、誰かに言われて初めてそれが表に現れてきたような気がした。

父子がオリンパスで暮らしはじめて、もう四年以上たった。この町がふたりの家になっていた。春が来るたびにホーリーは裏の菜園に苗を植え、夏には豆やトマトやとうもろこしが穫れた。週末には浜辺へ行き、陽射しの下で広げたタオルの上に寝ころんで波の音を聴いたり、貝を掘ったりした。落ち葉を小山になるほどかき集めて燃やしたり、年ごとに本物のクリスマスツリーを買ってリビングにしつらえ、スノーシューズを履いて森のなかを歩きまわったりもした。家のガレージをホーリーが作業場がわりにして針金やショベルや道具類を詰めこんでいたが、その空いた壁に棚を作り、ルーは図書館に返す必要のない本を並べていった。生まれてからずっと空っぽのクロゼットを見て育ってきたけれど、いまは家のクロゼットがぜんぶいっぱいになっていた。

ひとつだけ変わらないのは、ルーの評判だった。浴槽の蛇口にメアリー・タイタスの頭をぶつけたのが九学年のときで、それから三年たち、いまはハイスクールの最終学年になったが、まだ石入り靴下の件から逃れられずにいた。女やもめは訴えこそしなかったものの、町じゅうにサミュエル・ホーリーと頭のおかしな娘のことを触れまわった。良かったのは女やもめたちがもう家の周りをうろつかなくなったこと。悪かったのは町の人間がまたふたりを避けはじめたことだが、ポーリー・フィスクとジョー・ストランドだけは相変わらずホーリーの飲み仲間だったし、グンダーソン校長も変わらずルーに退出許可証を出しつづけてくれた。ジェレミーとポーリー・ジュニアは曲がった鼻でできるかぎり彼女を避けてまわり、ほかの生徒たちにもそうさせようとした。そのせいで学校でルーに話しかけてくるのはマーシャル・ヒックスひとりになった。

メアリー・タイタスはおしゃべりだったが、息子はちがった。ルーに指を折られたことを誰にもしゃべらなかった。もし彼がしゃべっていれば、ふたりのあいだに起きたあの出来事も空気が抜けて小さく縮み、記憶もだんだん薄らいでいっただろう。けれども彼が黙っていたせいで、あの指のことは秘密になった。彼が廊下ですれちがうときに会釈をしたり、歴史のテストで鉛筆が折れたときに貸してくれたりするたびに、その秘密が思い出された。そして生物の時間に先生が二人一組になるように言い、ルーがただひとり座ったまま、みんな自分から離れていくのを気にするまいと唇をかんでいた長い時間のあとで、彼がパートナーに選んでくれたときにも。

「虫《ワーム》だと思うよ。のたくる系の」マーシャルはそう言って、ワックス加工のトレイと金属のピンをルーの前に置いた。「いつも学期の始まりはワームからなんだ」

「海のやつ？　地面のやつ？」

「地面のやつ」マーシャルがリュックから色鉛筆の詰まった革の筆入れを引っぱり出す。

「きみが切るのをやってくれたら、ぼくがワークシートに書きこむよ」

向かいの台の女子ふたりが眉を吊り上げた。そのひとりがもうひとりの胸にメープルシロップを注ぐまねをした。ルーはメスを手に取った。「OK」

ふたりでワームを取ってきた。大きなやつだった。ルーは皮膚を切り、縁を裏返してピンでトレイに留めた。マーシャルは、これが環帯《かんたい》、これが砂嚢《さのう》と指していったが、生殖器官を見つけるのは苦労した。

「卵巣みたいに見えるけど」

「雄の部分と雌の部分があるんだよ」マーシャルがワームをピンで突いた。「両性具有なんだ。ヘルマプロディトスみたいに。アフロディテとヘルメスの息子。ニンフと恋に落ちて合体した。それでひとりのなかにふたりの人間がいるようになった」

「なんだかすごいね。ひとりだけど、ひとりじゃないなんて」

「それでも生殖するには、別のやつがいなくちゃならない」

「そういう話、どうやって知ったの」

「義理の父さんが海洋生物学者なんだ。ぼくが寝るとき、科学の本を読んでくれた」

ルーは、ホーリーが自分をモーテルのベッドに寝かしつけてくれたことを思った。ふたりで自販機から買ってきたポテトチップスの袋を開けながら、テレビでゴジラやフランケンシュタインを観て笑ったことを。マーシャルが革の筆入れから鉛筆を出し、ルーのワークシートを裏返すと、流れるような髪をした美しい女が裸で貝殻のなかに立って、翼のある天使たちに囲まれている絵を描いてみせた。それから女にひげを描き加えた。

その下に〈ヘルメス・アフロディテ〉と書き、その絵を曲がった指でテーブルごしに滑らせてよこした。

授業が終わったとき、ルーはワークシートを提出しなかった。その紙を大事に折りたたんで、家へ持って帰った。

マーシャルとルーはそれから何週間か、ふたりで解剖をした。カエルからコオロギ、ブタの胎児、そしてヒトデまで。毎日一時間、交替でメスを握り、実験シートに書きこみながら話をした。ルーはカエルはおろか、ブタでも平気だったが、なぜかアルコール漬けの巨大なヒトデのときだけは、その厚い皮膚を鋏で切っていき、幽門盲嚢《ゆうもんもうのう》をこそげ取りはじめたとたんに、ふっと気が遠くなった。ルーの顔から血の気が完全に引きかけた瞬間、マーシャル・ヒックスが交替してくれた。向かいに座った女子ふたりがそれに気づき、ひとりが唇をすぼめ、もうひとりが指を口につっこんで吐こうとするまねをした。ルーはぎろりと見返し、口のなかにあの金属の詰め物のような味を感じた。ゼロから二十まで数を数え、また二十からゼロまで数えたおかげで、すんでのところでメスをつかみ上げて吐くまねをした女子の目に突き刺さずにすんだ。

長く厳しい冬のあとで、オリンパスのティーンエイジャーたちの耳にも春を告げる知らせが届いた。野外でのビールパーティーだ。マーシャルと彼のいとこがハイネケンの二分の一バレルの樽をせしめ、森の一キロ先にある〝クジラのあご〟まで転がしていった。ドッグタウンの真ん中に自然にできた、ザトウクジラが海面を割って出てきたように見える形の岩だ。どの道路や家からも遠く離れているので音は聞かれないし、警察が来ても隠れる場所はいっぱいある。誰でも森までビールを飲みにきていいといううわさが学校じゅうに広まった。それでも、マーシャルからパーティーのチラシを渡されたとき――手書きの地図つきで、中央の〝クジラのあご〟が丸で囲んである――ルーはからかわれているのじゃないかと、思わず彼の顔を確かめた。マーシャルはにっこり笑い、ルーは行くと答えた。

パーティーの夜、ルーはキッチンテーブルで、本を前に置いて読んでいるふりをしながら待った。そのあいだホーリーはシャワーを浴びて、〈フライング・ジブ〉までフィスクと飲みにいく支度をしていた。じゃあ行ってくると父親が言うと、ルーは頭を傾けてうんと答えた。そしてトラックが車回しから出ていくと、大急ぎで服を脱ぎ、一週間かけて準備した、周到な何気なさを装ったコーディネートに身を固めた――ジーンズに、首まわりを裂いたTシャツの袖を肩までまくり上げ、ドラッグストアからくすねたフープ型のイヤリングを着け、いつもの安全靴を履く。バスルームへ行って母親の形見の真っ赤な口紅を塗る。硬く干からびた感触があった。髪は後ろにまとめて結わえる。いま十六歳のルーだが、鏡に映った姿は二十近くに見えた。よし行くぞ。

マーシャルの地図と懐中電灯をスウェットシャツのポケットに入れ、物置から自転車を出して町なかへ走り出した。家を出たときは薄明るかったが、森の端に着くころには空が暗くなり、車はみんなヘッドライトをつけていた。ドッグタウンへ続く脇道には、いろいろな大きさと形の車両の轍《わだち》がついていて、木立の下に何台も重なり合うように駐まっていた。どの車も冷たく静かで、何時間もその場所にあったようだった。

ずっとペダルを漕いできたせいで、ルーは汗ばんでいた。自転車を入口近くの木に立てかけ、懐中電灯をつけて踏み分け道を歩き出す。広い道路から離れるとすぐに木や枝が密になり、星や月をさえぎった。聞こえるのは自分の息遣いの音と、落ち葉を踏みしだく足音だけ。やがて懐中電灯が道端の大きな石を照らし出した。ひどく場ちがいな感じで時代もいまとはちがう、別の世界から来て打ち捨てられた宇宙船か何かのようだ。近づいてみると、その表面に彫られた文字が見えた。高さ十五センチほどで、彫像か墓石の字のように完璧に彫り出されている。

〈正直であれ〉

ポケットからマーシャルの地図を出し、光を当ててよく眺めた。踏み分け道の入口から近くに小さな丸い点があり、同じ文字が添えられていた。さらに道を進んでいくと、ほかにも石がつぎつぎと、地図上の黒い点に対応するように現れた。〈清潔〉〈節約〉〈真実〉〈勤労〉〈忠誠〉〈親切〉〈知性〉〈理想〉〈意思〉〈誠実〉〈霊力〉そして〈繁栄は奉仕の後に来る〉。そうした文字が道標になった。ルーは文字のひとつひとつに後押しされるように、それをたどって森を抜けていった。やがて人声や音楽が聞こえてきて、開けた空き地に出ると、暗いなかに照らし出されたクジラが見えた。

火は〝クジラのあご〟の真下で焚かれ、炎が花崗岩の岩肌にゆらめいていた。ざっと百人近いティーンエイジャーが石のクジラのいろんな部位の周りに集まり、側面をよじ登ったり鼻の真上に腰かけたり、噴気孔にもたれたりしていた。自分から進んでここまで来たのに、どうすればいいのかわからない。これまでパーティーに出た経験はなかった。

同じクラスの子がいるかと思っていたが、実際に二、三人見かけたものの、寄っていってあいさつするほどの仲ではなかった。ほとんどの若者は年上だった。みんな赤いプラスティックのカップを手に、飲んだりタバコを吸ったり、なかにはマリファナをやっている子やマシュマロを焼いている子もいた。ある女の子がマシュマロを火にかざし、全体が黒くなるまで回してから火を吹き消すと、焦げたところをはがしてまるごと口に押しこみ、それから隣の男の子に向いてキスをした。内側の白く溶けた部分がふたりの口のあいだに垂れ、残りの子たちはいいぞとはやしたてた。

マーシャルが奥の木立の下で、樽のポンプを押してビールを注いでいた。〈グリーンピース〉のTシャツに色落ちジーンズという格好だった。ルーは列に並び、彼からカップを受け取った。

「やっと来たね」マーシャルが言った。

「迷っちゃって。でも石が目印になった。すごく大きいんだね」

「だろ。小さいころ義理の父さんによくここへ連れてこられた。ストーンヘンジみたいな場所なんだ。あのでかい岩はぜんぶ、百万年も前に別の場所から氷河に運ばれてきて、氷河が溶けたときにここに残った。〝迷子石〟ともいってね。三〇年代にバブソンとかって男がそういう石にいろんなスローガンを彫り出したんだ」

マーシャルは早口で少しろれつが怪しく、酔っているのだとルーは気づいた。目はまっすぐ彼女を見ていて、いつもの科学の授業のときのようにふっと逸《そ》れたりはしなかった。

ルーはビールをひと口飲んだ。ぬるくて風味が抜けていた。口元をぬぐう。

「どれか好きなのはある？」

「〈やってみなければ〉」マーシャルは言った。「〈何も勝ちとれない〉」

何人かが近寄ってきて、おかわりをくれと言った。ルーはわきにどいて、マーシャルが栓を操作し、彼女が折った指でポンプを押すのを眺めた。もしあの指に触れたら、きっと骨の割れ目が感じられる、そう思った。マーシャルがまたルーのために、泡が立ちすぎないようカップを傾けてビールを注いでから、別の男の子に代わってくれと声をかけると、彼女を連れて焚き火のほうへ歩いていった。

「このひとたちは？」

「みんないとこの友達さ。去年の卒業生たち」

「ジェレミーとポーリー・ジュニアも来てると思ってた」

「あいつらはもうぼくとは口をきかないよ。うちの母さんが海洋保護区《サンクチユアリ》の請願を始めてから」

「かわりにぶちのめしてやろうか」

マーシャルは笑った。「いやいいよ」

ふたりは焚き火の前の丸太に、触れはしなくても近い距離で腰を下ろした。森のなかを長いあいだ歩いてきたあとで、火の暖かさは心地よかった。誰の姿も黒い輪郭だけになり、炎がその顔をゆらめかせていた。

「義理の父さんから、ここの森の木に栓をつける方法を教わったんだ」

「メープルシロップを採るやつ？」

マーシャルがうなずいた。「樹液は夜に、氷点下になってから流れはじめるんだけど、昼間は氷点下まで下がらない。二月と三月はほとんど毎晩ここへ来てたよ。仕事がいっぱいあった」

「想像つかない」ルーは言ったが、少しのあいだ実際に想像した――木の枝が葉を落として裸になり、雪がその周りに降り積もり、ブーツを履いたマーシャルがバケツと樹皮に管を打ちこむための小さな木槌を持って、凍りかけた吹きだまりのなかを歩いていく。

「見てみたい？」マーシャルが訊いた。

「何を？」

彼は目を火に向けたまま、ビールを長々とあおった。「〈やってみなければ、何も勝ちとれない〉をさ」

ルーは煙が立ち昇り、〝クジラのあご〟の周りで分かれていくのを眺めた。「見たい」

マーシャルは彼女を連れてパーティーから離れ、先に立って踏み分け道を歩いていった。また彫り出された別の文字が現れ、懐中電灯の光で読んでいった。〈頭を使え〉〈時間を守れ〉〈働かなければ価値は減る〉。

「こんなスローガンで、何かが変わったと思う？」

「変わってないな、たぶん」マーシャルがビールを飲み干すと、カップを森に向かって投げ、そしてルーの手を取った。折れた指の硬い隆起が手のひらに感じられた。彼の指は一生このままなんだ。そう思った。それでも自分がやったことに後悔は感じなかった。「もしここに住んでたら、バブソンってひとを憎んだと思う。あたしにああしろこうしろって指図するなんて」

「おいで」マーシャルが言い、彼女を木立のなかへ引っぱっていった。

パーティーの音楽はもう小さくなり、焚き火から離れたせいで明かりも薄れていた。ふたりで茂みのあいだに続く道を歩いていくと、森がさらに暗く静かになった。やがてまた別の、土に半分埋もれた巨石に行き当たった。マーシャルがその表面に懐中電灯の光を走らせた。文字は苔に覆われてかすかに読める程度だった――〈やってみなければ、何も勝ちとれない〉。「これだ」と彼は言って、懐中電灯を消した。周囲が闇に閉ざされた。あらゆる音が聞こえた。木々の葉ずれの音、そばにいるマーシャルの息遣いの音。やがてその手が触れてくると、彼はルーを石に押しつけ、キスをした。

彼の口はビールの味がした。唇が彼女の唇を押し開け、舌が歯をまさぐった。おかしな感じはしたが、怖くはなかった。彼の手が腰に触れると、今度は彼の親指をつかまえ、強く握った。彼の皮膚のすぐ下で打つ脈拍を――音のない、強い拍動を感じた。とたんにあのなじみのある、錆のような味が口のなかにあふれ、ビール味のキスを押し流した。握った親指をねじり上げた。マーシャルの体がこわばった。彼女から離れようとする。

「やめてくれ」

誰かが遠くで叫ぶ声がした。すぐそばで足音が起こったかと思うと、周囲の森に突然、激しい動きが満ちた。大勢が道を駆け抜け、懐中電灯の光が四方八方に躍り、男の子の絶叫と女の子の悲鳴があがる。

「おまわりだ！」誰かが走り過ぎながら叫んだ。ルーはマーシャルの指を放した。彼を暗いなかに置いて走り出す。自分の懐中電灯をポケットから探り出し、茂みに飛びこみ、四つん這いになって茂みをかき分けていくと、やがて道から遠く離れ、焚き火は木の枝を透かして見える光だけになった。

警察は全地形万能車《ATV》二台に乗りこんできていた。その一台から捕まえた子どもたちの名前を読み上げる声が響き、ほかの警官たちがビールの樽を荷棚に積みこむ音が聞こえた。警察の懐中電灯は誰のものより強力で、森を切り裂くような鋭い光線を投げかけていた。ルーは三十メートルほど離れた場所にいた。ひざが濡れて爪に泥が厚く食いこんでくる。そのとき足元の地面がすとんと落ち、ルーは穴のなかへ転がった。

墓穴に落ちたのかと思ったが、そこは石で表面が覆われた、古い家屋の地下室だった。穴は泥まみれで冷たく、石壁はさらに二メートルほど底にある土台の基部を支えていた。棘《とげ》のついた茂みがあり、両手を引っかかれた。頭上を懐中電灯の光が通り過ぎるのを見ながら、警官同士がかけあっている言葉に耳を澄ませた。さらに何人か見つけたらしい。やがて声が戻ってくると、焚き火を消したあと、全員が集められ、警察が引き上げはじめた。何人かはATVに乗りこみ、残りは若者たちを連れて歩いていった。女の子のひとりがしくしく泣き、別のひとりが親に連絡しないでと訴えていた。やがて声がかすかになり、みんな行ってしまうと、ルーひとりが森に残された。

必死に茂みを抜け、丸太を乗り越えていった。懐中電灯で道を探し、光に集まる蚊と蛾の群につきまとわれながら進みつづける。何度か岩をよじ登り、口のなかがクモの巣だらけになった。何時間も迷っていたような気がした。そのあいだずっと、上下に動く懐中電灯のすぐ先に影が見える気がして、誰かが跡をつけてるんだ、木の陰から見張ってるんだという思いにとらわれた。明かりを消し、隠れた。しばらく待った。それからまた駆け出すと、バブソンの巨石にぶつかった。石は土と金属とガラスのにおいがした。また懐中電灯をつけて、その文字に触れた。〈頭を使え〉。ルーはマーシャルの地図を引っぱり出し、また踏み分け道を見つけた。〈意思〉〈親切〉から〈忠誠〉〈勇気〉へとたどっていき、最後に〈清潔〉〈正直であれ〉へたどり着いた。

森の外に抜け出すと、安堵感が全身に染み渡った。もう時刻も遅く、ここまで来たとき道路に並んでいた車はすっかり消えていた。ホーリーがまだフィスクと飲んでいてくれたらいいけれど。オリンパスまで自転車で戻るには、最低でも四十分かかる。スウェットシャツを脱ぎ、顔をぬぐうと、袖をベルト通しに通して結んだ。そして自転車を立てかけた木まで行ったが、あるはずの自転車がなかった。

近くの森を探し、道路を行ったり来たりし、茂みをつつきまわり、踏み分け道をしばらく引き返してもみたが、とうとうあきらめ、縁石に座りこんだ。ハイウェイまで出て車を拾うこともできないではないけれど、ヒッチハイクをするのは気後れがした。歩いて町の向こうまで戻るしかない。夜通しかかるし、家のドアを開けるころにはホーリーが帰っているだろう。帰る道々、なんとか言い訳を考えなくちゃいけない。

立ち上がり、ジーンズを手で払うと、すっかり土と棘に覆われていた。靴下は水を吸っていた。暗い道路を一歩、また一歩と進むごとに、ブーツがずくずく音をたてる。前のほうに壊れた街灯があり、死んだ蛾や鳥の糞に覆われたアスファルトの上に散った破片がきらめいていた。だがそのすぐ向こうに家があり、ぼうっと光っていた。どの窓にも明かりがついている。家の塗装ははげかけ、ポーチはたわんでいた。ひどく錆びた自動車が車回しにあった。もし明かりがなければ、無人の廃屋だと思っただろう。そのとき、見憶えのあるパイナップル型のノッカーが目に入った。

ドッグタウンへ来る途中でメイベル・リッジの家を見かけていたとしても、ルーがここに立ち寄ることはありえなかった。でもいまは、自転車を失くしてどうしようもなく、くたくたで震えていて、体じゅう棘だらけだった――それでまっすぐ祖母の家の玄関へ向かった。階段がきしんだ。真鍮のパイナップルを手のひらに重く感じながら持ち上げ、落とした。一瞬おいてドアが開き、ルーは老女と正面から向き合った。メイベル・リッジはもう六十代なかばで、髪は白く背骨は曲がり、鼻と頰には点々と焼けたような赤みがあった。カーディガンを羽織って黒く長いゴム製のエプロンを着け、プラスティックのゴーグルをひたいの上に押し上げていた。

「ふん？」

ルーは自分のポニーテールをなでつけようとした。フープのイヤリングが片方なくなっていた。以前に訪ねたとき、父親に着させられたワンピースのことを思った。あのときホーリーのシャツについた血は、こすり落とすのに何日もかかった。

「あたし、ルーです」

メイベル・リッジは手のひらをドア枠にかけ、いつでも鼻先で閉めようという体勢だった。手の皮膚は染料のせいで、手首まで青かった。

ルーはまた言ってみた。「あなたの孫です」

ふたりのあいだの空気に変化が起こり、メイベル・リッジが頰をすぼめた。泣き出すのじゃないかと思ったが、老女のあごが前に突き出され、その一瞬は過ぎた。メイベルはルーをざっと眺め、ひどいありさまなのを見てとった。「ケンカでもしてきたみたいだね」

「森で迷ったんです」

「あのパーティーへ行ってたのかい」メイベル・リッジは袖口からティッシュを引き出すと鼻をかみ、また同じ袖口につっこんだ。「あんたの友達がうちの街灯を壊してくれたよ」

「あたしは友達なんかいません」

メイベル・リッジがドアを開け、ポーチに足を踏み出した。娘の肩にちらと目をやり、誰も暗がりに潜んでいないとわかると、青く染まった指であごをなでた。「ふん、じゃあ、なかに入ったほうがよさそうだね」

リビングに足を踏み入れると、家はさらに小さく見えた。部屋の隅に三本脚の紡《つむ》ぎ車があり、別の隅には張りぐるみのソファと古いテレビに挟まれて、ばかでかい木の機織《はたお》り機があった。壁ひとつの端から端までの長さで、空間のほとんどを占領していた。木の部品が組み合わされた四角い枠に足踏みペダル、その前に置かれた、織り手が座って作業をする小さなベンチ。別の時代から輸入されてきたような大きな器械で、糸同士を離しておく筬《おさ》が巨大な歯のように笑っていた。

メイベル・リッジが玄関ドアを閉め、錠を下ろすと、廊下のラグで足をぬぐった。

「あんたはパーティーに出るには、まだちょっと若すぎるね」

ルーは答えなかった。両手で懐中電灯をきつく握りしめ、にらみつけないようにこらえた。メイベル・リッジはルーの母親と同じ、緑の目をしていた。ルーが鏡に向かったときに見えるのと同じ色だった。

「電話を使いたいかい。父さんに連絡するのに」

「いえ」

老女は鼻を鳴らし、廊下の先のほうへ手を振った。「あっちに洗面台がある。使っていいよ」

そしてルーをキッチンに通した。カウンターに薬草のようなものを詰めた瓶が並べてあった。コンロに大きな鍋が四つかけられ、煮立って湯気をたてている。ラベンダーと古いじゃがいものにおいが部屋にこもっていた。

「気をつけな。そいつは吸いこまないほうがいい」メイベルはゴーグルを目に戻すと、椅子の背にかかっていたタオルをつかみ上げ、それで手を守りながら蓋をひとつ持ち上げた。火を消して、温度計で温度をチェックし、長い木のへらを手に取り、へらを使って一かせの青の毛糸を鍋のなかに浸けた。それから毛糸を引き出すと、色が変わりはじめ、やがてさらに深い藍色に変わった。ルーは鍋をのぞきこんだ。なかの液は暗色だろうと思ったのに、かすかに乳白色を帯びた黄色だった。

「それを洗ってるの」

「いいや。青くしてるのさ」ねじれた糸のかせを小さな木のラックに載せる。「藍はうまく出すのが一番難しい色でね。黄、緑、赤——そういう色のほうがやりやすい」ほかの鍋の蓋を開けると、そこには主なほかの色の液が煮立っていて、奇妙なスープのように糸が浮かんでゆらゆら泳いでいた。「青は何回も足してやらなきゃならない。何度も何度も、四、五十回も浸けては引き上げて、やっとちょうどいい暗さになるんだ」コンロのつまみをひねって弱火にすると、また蓋をしてゴーグルをひたいに押し上げる。それからルーにアイボリーの石鹸と、さっきまで使っていたタオルを渡してよこした。

「顔ぐらい洗ってきたほうがいいね」

ルーはタオルと石鹸を受け取って洗面台へ行き、タオルを水に浸した。キッチンキャビネットのひとつに小さな手鏡が打ちつけてあった。顔を近寄せて、身づくろいにかかる。赤い口紅はすっかりはげ落ちていた。ひたいにできた深い引っかき傷から血がにじみ、顔と首にはべっとり黒い泥がつき、左の頰には蚊に食われた赤い痕があった。できるかぎりきれいにすると、両手を濡らして髪を指で梳き、オナモミや小枝を払い落とした。何かの甲虫が一匹、洗面台に落ちると狂ったように円を描き、小さな虹色の翅《はね》をばたつかせて動きまわった。ルーはその上から蛇口の水を流し、虫が排水口に吞みこまれるのを見つめた。

「だいぶましになったよ。どっかの沼地の怪物みたいだったからね。警察が来たのかと思ったのさ――でなきゃたぶん出ていかなかったよ」

「あなたが通報したの」

「そりゃあしたとも。あのパーティーは手がつけられなくなってた。あたしはこのあたりのことはなんでも知ってる。みんな誰も見てないと思ってるが、あたしはいつだって見てるんだ」

老女は言いながら、しじゅうタオルを折りたたんでは、またたたみ直していた。このひとは正気なんだろうかと、ルーは思いはじめた。メイベル・リッジの挙動にはどこかおかしなところがあった。部屋の隅に巣を張ろうとするクモみたいに、指がしじゅう伸びてまさぐるような動きをしている。

「この毛糸、どうするの」

「国じゅうからあたしの手染めの糸がほしいって注文が来るんだよ。簡単な仕事だけれど、そこそこ金にはなる。だからガスのせいでうちがすっからかんになっても、あたしはこの家にいられたんだ」

「ガス？」

「リリーの父親さ」

あたしのお祖父さんだ。「ここに住んでるの？」

「もう死んだよ。ありがたいことに」

メイベルの青く染まった指が、洗面台の隣のドアを押し開けた。その向こうはバスルームで、ルーの家のと同じくらいの広さがあったが、写真やいろいろな思い出の断片のかわりに、そこには色があふれていた。緑、紫、黄、橙といった毛糸のかせが何組もの木のラックにかけ渡され、床に敷いてある新聞紙の上に滴った色水が染みをつくっている。ルーが手を伸ばしてかせのひとつに触れてみると、指に染みがついた。目を上げたとき、老女は微笑んでいた。

「おいで。見せたいものがある」

メイベルは先に立って廊下を歩いていき、織り機の前のベンチに腰を下ろした。ルーにも座るように合図をする。機械の下にはいくつかペダルがあり、メイベルが足でそれを押した。ペダルひとつひとつがそれぞれ別の糸の組み合わせを持ち上げ、模様を作り出すようになっていた。

「やってごらん。ピアノみたいなもんだ」

ルーは腰を下ろした。指を筬柄《ビーター》の上に滑らせ、前後に動かしてみた。〈銀河系のラウンドアップ〉の安全バーのようだった。

「何を作ってるの」

「ブランケットさ。この模様はね、オーバーショットというんだ。こんなふうに杼《シャトル》を通す」そう言って青い糸のボビンを内側にしっかり挟みこんだ楕円形の木片を手に取った。ペダルのひとつを足で踏むとハーネスのひとつが持ち上がり、筬の歯を通った糸が模様を作り出す。メイベルは一度の素早い動作で杼を下に通し、ずっと反対側まで滑らせた。そしてルーの手を取り、筬柄の上に置いた。「じゃあこれを使って、ぜんぶまとめるんだ」

ルーは筬柄を滑らせて、糸を手前に寄せた。この家にある何もかもと同じように、奇妙だけれどなじみがある気がした。

「あんたにその気があるなら、教えてあげるよ」

ルーが答えずにいると、老女の口がきっと真一文字に結ばれた。「あんたは家族のことが知りたいんじゃないかね」

「ここに母さんのものがあるの？」

メイベルは大きく息をつくと、ベンチから立ち上がって廊下のクロゼットを開け、ボール紙の箱を出して蓋を上げ、黒のレースの手袋を取り出した。四〇年代風のスタイルで、手首のところで短くカットしてあった。「ほら」と手袋を渡してよこす。

ルーは片手だけはめてみた。手袋の指のほうが長かった。別の誰かの皮膚をはめているようだった。「こういうのをするのは、年とった女のひとだけかと思ってた」

「リリーは芸術家肌でね。美術学校に行ってもいいくらいだった」

「どうして行かなかったの」

「ちょっと面倒を起こしてね。あんたが今晩そうなりかけたみたいに」

老女は顔をしかめ、そのとき初めてルーは理解した。自分の母親も昔はティーンエイジャーで、親に嘘をついたり森のなかで男の子とよろしくやったり、こそこそパーティーに行ったりしていたのだ。この織り機に触れ、洗面台の上に打ちつけてある鏡をのぞきこみ、真鍮のパイナップルでノックをしていたのだ。そう思うと、いろいろなものが可能性を秘めて輝き出した。ルーの指を包んでいるこの手袋から始まって、この家にあるものすべてが。

「あの子は目立つことならなんでもやったもんだ。危険なことでも。そういうとこは父親似だった。いっぺん沿岸警備隊に捕まったことがあったよ、防波堤から飛びこんで港を何往復も泳いで、水路を通る船のあいだを突っ切ったりして。あのときは大ゲンカをした。いろんなことで大ゲンカしたよ。でもあの子はそういうことがおもしろいと思ってた」

「おもしろい？」

「妙なユーモアのセンスがあったのさ」

メイベルは箱のなかをかき回し、いろいろなものを引っぱり出した。本や図画用鉛筆の缶。矢の形をした銀のベルトのバックル。アラスカの、ノースカロライナの、ウィスコンシンの絵葉書。二冊のアルバム。ルーは指を閉じたり開いたりして、そのたびに手袋が皮膚を締めつけるのを感じながら、そうしたすべてを記憶に刻もうとした。

「これはあたしのお気に入りでね」メイベル・リッジが古い、縁の折れた写真を差し出し、ルーは身を乗り出して見た。十一か、十二のころの母親が写っていた。頭から爪先まで海藻に覆われていて、浜辺に打ち上げられた怪物か、アマゾンの半魚人みたいだった。白目をむいて、手がカメラにつかみかかろうとしている。

「これ、持っていっていい？」

「だめだよ」

ルーはぎゅっと写真を握った。「あたしの母さんなのに」

「あの子は遺言に、持ち物ぜんぶをあたしに残すって書いていったんだ。服もノートも写真も。なんでそうしたと思う」

「わからない」

「あたしがあの子の母親で、あの子の家族だからさ」メイベル・リッジは言った。「あの男じゃなく」

ルーは家のバスルームの壁にある紙や写真のことを思った。住むところを移るたびに、ホーリーがどれほど注意してあれをはがし、また貼りなおしていたかを。

「あのときもそう言ったの？　あたしたちがここへ来た日に」

メイベルは左右の手のひらを合わせて、ぐっと押しつけた。「あの男があんたに会わせたいと言ってきたが、あたしは気持ちの準備ができてなかった。準備ができるかどうかもわからなかった」

ルーは手袋をはめた手を握りしめた。「あなたはあたしが憎いんだと思ってた」

「それはちがうさ」メイベル・リッジが言って、写真を取り返した。「あんたのことは憎くないよ。ちっとも憎くない。憎いのはあんたの父親だ」

感情のこもらない、宇宙の真理でも唱えるような声音《こわね》だった。それで十分だった。もう聞きたくない。母親の手袋を脱いでテーブルに放り出す。そして立ち上がった。

「うちまで帰るのに車が要るんだけど」

老女は青く染まった手をゴム製のエプロンで拭いた。目の上のゴーグルの位置を直す。

「もう何年も運転してないんでね。でも、あのファイアーバードに乗っていっていいよ」そう言いながら写真を箱に戻し、蓋を閉めて背を向けると、クロゼットへ持っていった。その隙にルーはまた手袋をつかみ、ポケットにつっこんだ。

メイベル・リッジはルーに運転できるかと訊きもしなかった。なんでもないことのように、ただ錆びついたポンティアックのキーを渡し、車回しまでルーを送っていくと、おやすみと言って車のドアを閉めた。それからウィンドウをこんこんとたたいた。ルーが窓を下ろすと、老女は黒い革の表紙がついた小さなアルバムを渡してよこした。

「これなら持っていっていい。ただしファイアーバードは返してもらわないとね。すぐでなくていいけど、近いうちに。そのときはもう少し長く話ができるんじゃないか」

「わかった」老女がポーチの階段を上がっていき、家のなかに入るのを見送った。窓の明かりはまだぜんぶついたままだった。

ファイアーバードの見かけは、何十年もセメントブロックの上を走ってきたかのようだったが、意外なことにエンジンはすぐにかかった。バックで車回しから出るとき、足の下でペダルがぐらぐらした。バケットシートはお尻が床に着きそうなほどたわみ、エンジンはガタつき、ブレーキは甘くて床まで強く踏みこまないと利かなかった。ルーはハンドルを握り、深呼吸をした。あんたならやれる。そう自分に言い聞かせ、ギアをドライブに入れて、がらんとした道路を走り出した。時速三十キロ程度しか出さなかったが、サーキットにでもいるように心臓がばくばく打っていた。

これまで運転をしたのは、ホーリーといっしょに空っぽの駐車場で練習したときだけだった。また教えてやろうと父親は約束したが、ルーはまだ免許を取れていない。幸いなことに、道路はどこもがら空きで、ごくたまに通り過ぎる車も同じようにゆっくり走っていた――酔っぱらいが警察に停められないよう気をつけているのだ。家から数ブロックのところまで来ると、ルーは車を歩道に寄せて停まり、エンジンを切った。両手がまだ震えていた。

メイベル・リッジがくれたアルバムを開いてみた。また母の顔が見られると思っていたのに、あったのは写真ではなく、古くなって黄ばんだリリーの死亡広告と、いくつかの新聞記事だけだった。記事のひとつには、母親の死体が発見されるまでに数日かかったことが報じられていた。湖の底に網を曳《ひ》いて捜したのだ。葬儀では〈バイ・バイ・ブラックバード〉が演奏された。きっと母の好きな歌だったのだろう。

ぜんぶ読み終わると、ルーはアルバムを閉じ、運転席の下に滑りこませた。車から降りて、ドアをロックした。家まで歩いていきながら、自分の指先に持ったあの写真を、海藻に覆われて古い白黒のB級映画の怪物のように見える母親のことを思った。メイベル・リッジの家のキッチンにある洗面台で、泥だらけの顔で髪から虫を払い落としていたときに鏡に映ったルー自身も、見た目にはそう変わりなかった。

家のある一角まで来ると、父親のトラックが外に駐めてあるのが見えた。しばらく足を止め、こっそり入りこめるチャンスがあるか考えた。それから玄関の階段を上っていった。錠に鍵を差しこむ。明かりのスイッチを入れるかわりに懐中電灯をつけたままにして、ぼんやり見える椅子やテーブルの横を通り過ぎ、階段を上った。ホーリーの寝室の前を通り過ぎたとき、父がいるのを感じた。閉まったドアの向こうで待っていたのを。

　父は起きている。もともとあまり眠らないひとだし、もし実際に眠っているなら、ルーには家のなかのちがいが必ず感じとれる――静けさがぐっと濃くなったようになる。いま、父の部屋の床板は微妙にずれていた。つまり彼が立っていて、ブーツを履いているのだ。娘を捜しに外へ出ていたのだ。たぶん、何時間も。

　ドアノブが回り、まぶしい光が廊下にあふれ出してきた。ルーは目の上に手をかざし、父親の憔悴《しょうすい》しきった表情を見た。まるで排水口が開きっぱなしで、顔から生気が残らず流れ出したようだった。いく晩も眠れずに、ただルーの母親が残した品を見つめていたあのころより、もっとひどい様子に見えた。

「だいじょうぶなのか」

「うん」

　ホーリーは震えていた。カウンティ・フェアで娘を見失ったあの日、われを忘れて警備員につかみかかろうとしたつぎの瞬間、回転木馬の前で待っていたルーを見たときのように。ルーは懐中電灯を消した。いまにも怒鳴り声をあげられるかと身構えた。でも聞こえたのは、銃が開けられ、弾が薬室から滑り出て父の手のひらにジャラッと落ちる音だけだった。

「じゃ、おやすみ」

「おやすみ」ルーの声はささやきにしかならなかった。続けて何か起こるのを待ち受けたが、父はただ自分の部屋に引っこんでドアを閉め、同時に明かりを消した。外で鳥がさえずっていたが、なかはドッグタウン並みに暗かった。ルーは壁を指先でたどっていった。そして自分のベッドのある自分の部屋に入り、ドアを閉めた。

マットレスの上に倒れこんだ。のろのろとブーツのひもをほどき、濡れた靴下を脱ぐ。服は汗と煙とつんとくる木のにおいがした。ポケットから母親の手袋を取り出した。左右の手にはめて、その指を目に押し当てた。黒いレースが視界をぼやけさせ、まるで水のなかで目を開けたようだった。

そのまま眠りかけたとき、父がまた廊下に出てくる音がした。何度かラグの上を行ったり来たりしたあと、ドアの外で止まった。木に向かって話しかけた声が、鍵穴からくぐもって響いてきた。

「だいじょうぶなのか」またそう訊いた。

「うん」

「なら、どこへ行ってたかは気にしないことにしよう」

「ごめんなさい」

「ごめんとか、すまないとか言うもんじゃない。これから一生言いつづけることになるぞ」

「それでもごめんなさい」

「もういい」

そのあと何分か、ドアの向こうでは父の息遣いの音しかせず、酒を飲んでいるのだろうかとルーは思いはじめた。やがてマッチを擦る音が聞こえ、タバコのにおいが隙間から染み入ってきた。階段を下りていく音が響いた。バスルームのドアがぎいっと開いて閉まる。今夜は朝まであそこにいるのだろう。ルーが自分の体並みによく知っていることだった。でもいまは、ほかにも知っていることがあった。父の古い写真や切り抜きや、書き残された言葉以上のこと。母が防波堤から飛びこんだこと。船の水路を泳いで突っ切るほど強かったことも。手袋をはめていたことや海藻のなかで転げまわっていたこと、そして母にも父親がいたことも。色彩にあふれた家で育ったことも。ずっとそんなふうに生きてきたあとで、サム・ホーリーに出会ったことも。

銃弾#3

ジョーヴとホーリーは自動車でポートランドからシアトルまで移動したあと、ムキルテオからホイッドビー島に渡るフェリーに乗った。初めて太平洋岸の北西部まで来たホーリーは、空気の感触がまるでちがうのに驚かされた。霧が皮膚にからみつき、モミの木や崖や山並みが海峡の縁の上にぬっと立ち上がる。ジョーヴが車を運転してそのまま船に乗りこみ、いっしょに売店でコーヒーを買うと、遠くにそびえ立つレイニア山の白い輪郭を眺めた。

ジョーヴが手すりから身を乗り出し、海のほうを指さした。「見てみろ、潮吹きだ」

「クジラか」

「たぶんコククジラだな」

「なんでわかるんだ」

「噴気孔が二つある」

ジョーヴは指の先でカップを持ち、左右の手で何度も持ち替えていた。ホーリーは自分のコーヒーからプラスティックの蓋を外し、ひと口飲んで舌を火傷《やけど》した。

「どのくらいでかくなる」

「十五メートルくらいかな」

男ふたりは無言で待った。ホーリーはクジラを見たことがなかった。ジョーヴが指したほうに目を釘づけにしながら、胃のあたりが奇妙にもぞつくような興奮を覚えていた。波の下に隠れたクジラの体を想像しようとする。あれだけの重さを背びれや尾びれで支え、皮は分厚くて硬く、その下で巨大な口がぱっくり開いて呑みこもうとするのだ。そのまま何分か過ぎた。生き物が海面に現れることはなく、ホーリーは思った。クジラもまた、自分が人生で見逃すことになるもののひとつなのだと。

「そのタルボットって男は、おれたちが来るのを知ってるんだろうか」

ジョーヴは首を横に振った。「それはありえん」

地図を出して広げると、ホーリーに見せた。島の北に向かって道路が伸びていて、その北端にタルボットの隠れ処《が》があるという。タルボットは雇われの拳銃使いで、ジョーヴやホーリーの同類だが、届けるはずのブツを手にしたまま姿をくらました。その品を取り返すのがふたりの役目だった。タルボットの先手を打てるかぎりは、簡単な仕事だ。盗られたものを取り返し、ジョーヴの刑務所時代の朋輩、エド・キングのところへ持っていく。首尾よくことが運べば、キングはまた仕事を回してくれると約束していた。そして実際、ホーリーとジョーヴは金が入り用だった。

「手のぐあいは？」

「だいじょうぶだ」

「もっと左を使ったほうがいいな」

ホーリーはコーヒーの蓋を海へ投げこみ、温かい紙コップを痛めた指で包みこんだ。ゆうべジョーヴがホテルのバーで酒を飲み過ぎ、居合わせたバイク乗りの二人連れが彼をスツールからたたき落として財布を取ろうとしたのだ。隣にホーリーが何時間も座っていたのに、二人連れは彼がジョーヴの連れだとは気づいていなかった。今朝はずっとそのことを考えていた――ああしてパンチを食らわし、骨がぐしゃっと砕け、バーの床に血が飛び散るのがどれほど爽快だったかを。そして周りから独りで飲んでいると思われるほど、自分が殻に閉じこもっていたことを。

コーヒーを飲み終わらないうちに、船がまもなく到着すると船長のアナウンスがあり、ふたりはシボレーへ戻った。ポートランドで盗んだ小ぶりな車で、脚を収めるのにホーリーはシートを目いっぱい後ろに下げなくてはならなかった。船の係員が手を振って合図をし、フェリーから下船して島に乗り入れた。ユースレス湾を過ぎてフリーランドへ向かう道に乗り、州立公園のなかを北上していく。目標の家があるのは、海を見下ろす高い土堤の頂を占める保護区だった。なんの標示もない砂利道に入り、森のなかを一キロほど進むと、やがて低い木製のゲートに着いた。ホーリーが外に降りてロープに付いたラッチを外し、ジョーヴが車を通したあとでまた支柱にロープをかけた。入口をふさぐ格好で車を停め、残りは歩いていった。

ホーリーは父親のライフルを持ってきていた。森のなかにいると、ライフルが心強く感じる。猟をするときに、耳を澄ませて準備をする、あの感じを思い出させてくれる。

ジョーヴは・四五口径のリボルバーを出すと、ズボンの腰の後ろに差した。道路を五百メートルほど歩いたところで、森を突っ切っていったほうがいいとジョーヴが言い出した。うねのある幹と、地面の上で大きく広がった根の続く杉の木立を抜けると、緑あざやかなシダに覆われた小さな谷に出た。梯子の形の葉がひざまで埋まるほど深く茂っているなかで、ホーリーはふと足を止めた。シダは厚くてみずみずしく、海の上でクジラを探していたときと同じ期待感があふれ出してきた。やがてジョーヴに名前を呼ばれ、またライフルを握って木々のあいだを歩きつづけた。

二十九歳のホーリーはいまだに、自分はいるはずの場所にいないという思いにつきまとわれていた。この何年かはただ、酒を飲みながら町から町へ渡り歩き、行きずりの女と関係を持ち、こうした取り立ての仕事をこなしていた。ときには窃盗も働き、チャンスがあるたびにカードをやってはひたすら負けつづけた。ひどい悪運続きのせいで、ひたいにそれを示す印でもついているのじゃないかという気がした。ずっと何かが起こるのを待っていた。何か外の力が加わってすべてを変えることで自分が新しい方向へ導かれ、ふつうの生活が送れるようになるのを期待していた。だが結局、ただ孤独な年月だけがあり、いまはまたここでジョーヴといっしょだった。

タルボットの家は、海を見晴らす開けた尾根の一角に建っていた。眺望はすばらしいが、それに比べて家は貧弱で、古ぼけた海の家と大差なかった。板材は雨風にさらされて白茶け、ポーチの階段は水にずっと浸かってでもいたようにたわんで下がっていた。崩れかけた煙突から煙がうっすら立ち昇っている。家の横にチェリーレッドのばかでかいピックアップトラックが駐めてあった。車高がずいぶん高く、大きなタイヤを二重に履かせてあり、なかは六人が乗れるほどの広さだった。

ドアが開いて、女がポーチに出てきた。見たところ五十代で、頰骨が高く、濃い灰色のカールした髪が顔を縁取っていた。着ている服は男物で、タンクトップの上にフランネルのシャツを羽織り、ジーンズの腰にビーズ飾りのあるインディアンベルトを巻いていた。ホーリーはすぐに、女の目がふつうでないのに気づいた。左目が乳白色に濁って動きが定まらない。だが右目のほうは澄んだ菫《すみれ》色で、好奇の光をたたえている。

「タルボットの奥さん？」ジョーヴが問いかけた。

女はうなずいた。「いま釣りに行ってるわ」そう言ったとき、男ふたりの銃に気づいた。口が少し開き、何か言いかけて、またきつく結ばれた。家のなかへ駆け戻ってドアを閉めようとする。だがホーリーがその寸前にドアをつかみ、ぐいと引き戻した。木の縁が鼻にぶち当たり、女がよろめいた。鼻血が流れ出し、唇とあごを汚した。

「エド・キングの使いで来たんだ」ジョーヴが言う。「エド・キングのことは知ってるか」

女は上体を折った姿勢で、シャツの袖を顔に押し当てていた。そしてうなずいた。

「タルボットにはがっかりさせられた」

「わたしもがっかりしてるわ」女がつぶやくように言う。

「あまりいい亭主じゃないってことか」ジョーヴが女の横を通り過ぎ、家に入っていった。

女が頭を上げた。白く濁った目がせわしなく動き、ドアを握ったままのホーリーに向けられた。ぎごちなく後ろにどいて、彼を通した。

入ってみると、ドールハウスのなかにいる巨人になった気がした。平屋建てで天井は低く、家具も丈の低いものばかり。火が燃えている暖炉、薪を入れた籠、すりきれたソファに二脚の椅子、そして隅には蓋つきの机とカードテーブルがあった。

「おれたちが何をしにきたか、もうわかってるだろう」ジョーヴが言う。「おとなしくあれを渡せば、これ以上の面倒はかけない」

女は答えなかった。まだ袖で鼻を押さえている。男ふたりと銃の前を通ってリビングのすぐわきのキッチンに入り、冷凍庫を開いて袋入りの豆を出すと、上体を曲げて顔に冷たい袋を当てた。空いたほうの手でやかんを取り上げる。流し台の蛇口から水を出して入れ、コンロにかけて火をつけた。鼻がすでに腫れ上がり、血があごにべっとりついていた。「あのひとはじきに帰ってくるわ。そしたらありかを訊けばいい」

ホーリーの経験上、こういう取り立てがどう転ぶかは、二つにひとつだった。せしめたブツを守ろうと相手が抵抗してくるか、もしくは震え上がるか。後者の場合はすぐに取引を持ちかけてくるか、わっと泣きくずれるかだ。ところがタルボットの妻は、テーブルクロスと皿を取り出していた。ガタのきたカードテーブルの上に布を広げ、ナイフとフォークとスプーンを置いた。まるで夕食に招いた客をもてなそうとでもするように。

ジョーヴはテーブルの前の椅子に腰を下ろし、ホーリーは戸口に立ったままでいた。ジョーヴが女がキッチンに戻ると、男ふたりは視線を交わし、それから銃を交換した。ジョーヴがライフルで女を見張るあいだ、ホーリーが・四五口径を手に家捜しを始めた。

バスルームからとりかかった。なかにあったのはシャワーカーテンの付いていない浴槽、ピンク色の陶製の便器と洗面台、縁に置いてある染みのついたプラスティックのカップ一個、歯ブラシ二本。ラックにかかったタオルは湿っていた。便器の水がちょろちょろ流れていた。洗面台の引き出しをぜんぶ引き抜き、中身をタイル張りの床に空けた。脱脂綿にバンドエイド、剃刀《かみそり》、ドライヤー。壁の戸棚を開け、錠剤や軟膏の瓶を洗面台にぶちまけた。

つぎは寝室へ行った。しわの寄ったマットレスの裏を探し、宝石箱を見つけると、中身をブランケットの上に空けた。古いトルコ石のネックレスに、安物の銀のブレスレット、彩色したイヤリングがあるだけだった。たんすを引っかき回し、衣類を床に放り出した。古い本棚に並んだミステリーのペーパーバックをはたき落とし、靴をひっくり返した。

思いつく場所はぜんぶ探し終え、廊下を渡った。もうひとつドアがあり、固く閉まっていた。扉の横に額入りの絵があった。片手に大鎌、片手に秤《はかり》を持った骸骨の絵で、大鎌と秤はどちらも骨——椎骨《ついこつ》と肩甲骨——でできていた。絵を取り巻いている台紙に手書きの文字があった。〈サンタマリア・デッラ・コンチェツィオーネ・デイ・カプッチーニ、ローマ〉。ホーリーは耳を澄ませて、しばらく待った。絵のほうを見た。それからドアの取っ手をつかみ、一気に引き開けて飛びこもうとした。そこに上からどっと段ボール箱が転がり落ちてきて、彼は床にたたき伏せられた。

「何やってる」リビングからジョーヴが叫んだ。

「クロゼットを開けたのよ」女の声がホーリーの耳に届いた。

たしかにそのとおりだった。クロゼットに物がぎゅうぎゅうに詰めこまれていて、ホーリーがなかに入ったとたんに崩れ落ちてきたのだ。いま彼の周りには、古い靴、筒に巻いた包装紙、未開封の郵便物、錆びた工具箱、古い掃除機らしきもの、壊れた椅子の部品、古い犬の首輪、メキシコ柄のブランケット、黄ばんだ写真や書類の詰まった箱などがぶちまけられていた。ぜんぶ調べるには何週間もかかりそうだった。

書類にざっと目を通した。税金の用紙に手書きの手紙の束、そして鉛筆とインクで描かれたタルボットの妻に似た裸婦のスケッチがあった。絵のなかの女は若く、髪もまだ明るい色で、体はほっそりとして、菫色の目が内気そうに見つめていた。顔を描いた線は背中と肩、腕と乳房の曲線へと連なっている。ホーリーは紙の類を下に置き、後ろに下がった。何もかも落ちてきたままの場所に残し、リビングへ引き返す。タルボットの妻はそのジョーヴはカードテーブルをソファの前まで引き寄せていた。

向かい側の椅子に、首をこわばらせた姿勢で座っていた。左手に冷凍した豆の袋を、右手に血のついたティッシュを持ち、それを交互に顔に押し当てている。ジョーヴの前に空のマグとティーバッグが置かれ、女の前にもマグがあった。ホーリーはもう一脚ある椅子に座った。

「熊と格闘でもしてるのかと思ったぞ」

「そんな感じだった」

「いつも片づけようと思ってるんだけど」タルボットの妻が言う。「ほかに置き場所がないのよ」鼻梁に押し当てた豆の位置を変える。

ホーリーは裸婦のスケッチのことを思った。あれはタルボットが描いたのだろうか。そういう出会いだったのかもしれない。女がモデルのようなことをしていて、ふたりのあいだに強い、大事な何かが起こり、その後に続いたはずのつらい時期にもタルボットから離れずにいるほどの絆が生まれたのか。

ジョーヴが部屋を見まわす。「隠れ家そのものってとこだな」

「わたしの父親の持ち物だったの」女が言った。乳白色の目が窓のほうにさまよっていく。目は光を浴びてさらに濁り、虹彩の上にシェードが引き下ろされたように見えた。

「世界の果てにいるみたいだ」ジョーヴが言う。「きっと誰にも見つかるまいと思ってたんだろうな」

三人ともしばらく、じっと座ったままでいた。ジョーヴは目の前のマグを指先でたたき、タルボットの妻は豆と血だらけのティッシュを交互に顔に当てている。ホーリーは喉の渇きを感じたが、女に飲み物を頼む気にはならなかった。やがてジョーヴがマグをたたくのをやめた。何か話を始めるつもりなのだとわかった。

「おれたちがなんて呼ばれてるか知ってるか？　取り立て屋だ。読んで字のごとしだ。いろんなものを取り立てる。ほしいものが取れなけりゃ、別のものを取る。なんでもいい。あんたらの大事なものならなんでもな」指先をテーブルクロスになすりつけ、ソファに深くもたれた。「もし目当てのものをあんたの亭主がよこさないなら、本人を引っぱっていくことになる」

ジョーヴの言い方は最後通告のようで、すでに闖入者《ちんにゆうしや》のために張りつめていた部屋の空気が、さらにぴりっとした。ジョーヴはこういうのが得意だった。その場にぐっと重圧をかけ、ほとんど空気も残らなくしてしまうのが。

「あのひとは誰にも逆らうつもりはなかった」

「だが、逆らった」

タルボットの妻が凍った豆を顔から外した。下の皮膚が赤くなり、鼻梁から濁った目元にかけて黒ずんだ内出血の跡ができていた。何かが窓に当たるかすかな音がした。小鳥か、大きな虫か。三人ともさっと振り向いたが、何も見えなかった。雲と波打つ海、モミと松の木立があるだけ。女が豆とティッシュを置いた。鼻がさっきドアを開けたときの倍の大きさになっていた。フランネルのシャツの袖口のボタンを外しはじめ、両方の袖をまくり上げていく。これから家の掃除にとりかかろうとでもするような、ゆっくりとした動きだった。

コンロにかけたやかんがシューッと音をたてはじめた。タルボットの妻がキッチンに入り、ホーリーはあとをついていった。ドア口に銃を持って立ち、女が火を消すのを見ながら、思いはクロゼットにあった絵のほうに向かっていた。あの美しさはまだ消えていない。腫れ上がった鼻の陰に、目尻のしわに、腰と肩のなだらかな線に残っている。

女が目を上げて見た。「なに？」

「いや」

タルボットの妻は背を向け、食器棚からマグをひとつ出した。「あなたも紅茶を飲む？」淡々とした声だった。「コーヒーもあるけど、インスタントなの」

一番上の棚のウィスキーのボトルが目に入った。あれを頼もうか。「紅茶でいい」

女が鍋つかみを手に取ってやかんを持ち上げ、マグに湯を注いだ。カウンターの箱からティーバッグをひとつ取って浸す。

「お砂糖とミルクは？」

「いや、おれはもう十分甘いから」

いつもウェイトレス相手にかける言葉が無意識に出てきて、それはふたりのあいだにぎごちなく、場違いに漂った。女は笑い声ともとれるような咳払いをすると、ホーリーにマグを渡した。白地に写真をプリントした、どこのショッピングモールでも買えるようなカップだった。女とタルボットがおたがいの体に腕を回して写っていた。男のほうが年かさで、おそらく十か十五は上だろう。灰色の濃いもみあげがあごの端までつながっている。アーミッシュの農夫か何かを思わせる風貌だった。

ホーリーがマグの写真をじっと眺めているのを、女が目にとめた。自分はもう何年もまともに見たことがなかったのだろう。だがいまは見ていた。「あのひとがバレンタインデーにくれたの」

「そうか」そのとき奇妙な感覚にとらわれ、もうこのカップでは飲む気がしなくなった。リビングまでマグを持っていき、ジョーヴの前のテーブルに置いた。側面の写真を指す。ジョーヴは身を乗り出したが、ソファから立ち上がろうとはしなかった。

「年寄りをぶちのめす気はないぞ」ホーリーは言った。

「まだ誰もぶちのめしちゃいないだろう」

「いちおう言ってるだけだ」

便器の水の流れる音がまだ響いていた。自分が直してやろうかと、ホーリーは思った。タルボットが早く戻ってくれないものか、そうすればすべて片がつくのに。これから何をしなくてはならないか考えるだけで、手のひらが汗ばみはじめた。胃のあたりが痛み、あばらの後ろにも痛みがあった。その場所に手を当てた。傷痕に触れる。ウイスキーをくれと言えばよかった。

タルボットの妻がやかんを持って出てきた。腕の先がキルトの鍋つかみにひじまですっぽり覆われていた。「カップにお湯を注がせて」

ジョーヴがマグを持ち上げた。ティーバッグのタグが陶器の側面に張りついていた。タルボットの妻が注ぎはじめる。湯が急にどっとあふれ出してあたり一面に飛び散ったかと思うと、テーブルに、マグに、床に、ソファに、ジョーヴの手と腕と顔と髪にかかり、ジョーヴが悲鳴をあげていた。

タルボットの妻がやかんをホーリーの頭めがけて投げつけた。首をすくめてよける。女が玄関に向かって走ったが、ホーリーは飛びつき、女の腰のあたりを捕らえた。女が彼の腕に爪を立てるが、きつく抱き寄せて逃さない。少しのあいだ、自分の横で女がもがくのを感じていた。

「ばかなまねをしたな」ホーリーが腕を背中の後ろへねじり上げると、女のひざががくんと折れた。カードテーブルを押しのけ、自分のベルトを使って女を椅子に縛りつける。ジョーヴはずっと力なく叫びながら、手で顔を覆っていた。服がぐっしょり濡れ、湯気をたてていた。ホーリーは近づいて抱え起こそうとしたが、熱のせいで自分の腕にも痛みが走った。そのとき指が触れたジョーヴの皮膚がずるりとむけ、めくれる感触があった。

「あぁくそっ！　こんちきしょう！」

ジョーヴがホーリーの触れたところに自分の手を押し当てる。皮膚が泡立って水ぶくれができていた。ホーリーはその体を支えてバスルームへ行った。なかに入ると冷水を出して勢いを最大にし、手を貸して浴槽に入らせた。ジョーヴはうめき声をあげながら磁器に背をもたせかけた。水がどんどん溜まり、痩せた体の周りでズボンとシャツがふくらみはじめた。

「このままじゃ気を失う」ジョーヴの顔はぴんと引き伸ばされ、火ぶくれが左右の頬に盛り上がりかけていた。ホーリーはタオルをつかんで冷水に浸した。それをジョーヴの首に押し当てる。

「何をすればいいかわからない。どうするか教えてくれ」

ジョーヴの手が水の外に出てきた。ホーリーの袖をつかむ。

「くそおおっっっっっ」

ポーチから足音が響いた。鍵がジャラジャラ鳴る音。ドアの錠が回って外れ、どんと重いものが床に置かれる音。そして年配の男の声が廊下の向こうから呼びかけた。

「モーリン？」

車の音はしなかった。タルボットは船に乗っていて、浜辺のほうから上がってきたにちがいない。ホーリーは・四五口径を抜いた。バスルームから廊下まではほんの一、二メートルだったが、こちらが動きはじめる前に女がわめきだした。

「あいつらが来た！　ここから逃げて！」

ドアが勢いよく閉まり、激しい足音がポーチを横切った。ホーリーはバスルームから飛び出すと角を回ったが、そこで廊下の真ん中にある大きなプラスティックのクーラーボックスにつまずいて倒れた。床から起き上がってドアを開け、外に転がり出たときには、タルボットは森まであと数歩のところにいた。

老人が木のあいだに消える瞬間、ホーリーの目にライフルが映った。こちらが芝生を越えないうちにタルボットは身を隠し、そこから猛然と撃ってきた。ホーリーは家まで駆け戻るあいだに、飛び過ぎる弾丸を数えた。銃撃がやんだとき、タルボットのライフルの弾倉は五発入りだと見当をつけた。玄関に飛びこんでドアを閉め、ボルト錠をかける。タルボットがライフルを再装塡するまで、ほんの一分。予備の挿弾子《クリップ》があるなら、もっと短いだろう。老人のさっきの狙いはでたらめだったが、いったん頭が冷えたときにどれだけ正確に撃てるかはわからない。

ホーリーはしばらく廊下に立ち尽くし、激しく息をつきながら、ほかのまずい事態になる可能性はないか考えていた。プラスティック製のクーラーボックスを開けてみた。鮭が二匹入っていた――一匹はまだ銀色をしたコーホサーモンで、濃い青の斑点が背中に沿って見えた。もう一匹は型のいいキングサーモンで、ゆうに十キロを超え、十五キロ近くありそうだった。丸く平らな、瞬《まばた》きをしない目がこちらを見上げていた。

クーラーボックスをリビングまで運んでいき、タルボットの妻の横に置いた。女はそれまで不安げだったが、いまは何かの勝負に勝ったというように笑っていた。その顔を張りとばしてやりたくなったが、なんとかこらえた。窓のほうまで行き、外の様子をうかがう。木と木の連なりは思った以上に密で、ほとんど何も見えない。女はもう縛めをほどこうとはしていなかった。ただ笑いを浮かべて座っていた。腫れた鼻から流れ出た血が口まで届いていた。

「あいつを愛してるんだろうな」

「たぶんね」

「あいつもあんたを愛してるんだな」

女が顔を窓のほうに向け、白く濁った目が光を帯びた。そしてうなずいた。

「確かか」

「確かよ」

「まあ、いまからわかる」実のところ、仕事の残りがうまくいくかどうかはそこにかかっていた。タルボットが妻のために戻ってくるなら、こっちは目当てのものを手に入れられる。戻ってこなければ、手に入るのは死んだ鮭だけだ。バスルームからまだ蛇口の水が流れ、ジョーヴがうめいているのが聞こえた。ホーリーの親指に貼りついていた薄い花びらのような皮膚の切れ端を、カーテンでぬぐい取った。

暖炉の火は消えかかり、薪がくすぶっていた。真昼の太陽がカーペットを照らし、部屋が耐えがたいほど暑く感じた。鮭は釣り上げられたばかりなのに、もうにおっていた。

ホーリーは・四五口径を手に窓の横に陣取り、タルボットを見張った。森の縁の木のあいだを影が動いたかと思うと、また消えた。

「これをほどいて」女が言った。

「それはむりだな」

「そしたら一杯持ってきてあげる。本物のお酒を」

キッチンで見かけたウィスキーのことが思い浮かんだ。それから首を横に振り、タルボットの妻に視線を投げた。こっちをたった五分ほど、いいほうの目で見るだけで、そのことを察したのか。

「夫は禁酒の誓いを立てたの。わたしとの結婚式の日に」

「だったらなぜボトルがある」

「やめたとは言ってない」

ホーリーが縛るのに使ったベルトは、女の手首に強く食いこんでいた。その跡がはっきり見えた。女が頭を傾け、鼻を服の肩のところで拭いている。血だらけの顔でも女は美しかった。男物の服を着ていると、タフでくたびれた様子に見えたが、それでもやわらかさを感じさせた。

「あのひとがそう手紙に書いてくれたの。最高にすてきな手紙だった。読んだとき、幸せすぎて涙が出たわ。あれ以上幸せなことはなかった」

「だが、約束を破ったんだろう」

女は菫色の目をぐるりと回してみせた。「愛っていうのは約束を守ることとはちがう。そのひとを、ほかの誰よりもよく知ること。あのひとのことを知ってるのはわたしだけ。知りたいと思ってるのも」

女は心から言っているようだったが、それには決して釣り合わない何かをホーリーは聞きつけた。キッチンの棚にあるウィスキーを思い、それが表すすべてを——弱さと嘘を思った。もし自分がいまここを出て、この女をいっしょに連れていったらどうなるだろうか。彼女の夫もジョーヴも、何もかも置き去りにしていったら。ふたりには少なくとも二十の歳の差があり、住んできた世界もちがう。だがこの女の奥深くには、それをあらわにするためになら残りの人生を賭けてもいいと思える何かがあった。彼は椅子のほうへ一歩踏み出した。手を伸ばしてベルトに触れる。そのときライフルの一発目の銃弾が窓から飛びこんだ。

弾はホーリーの肩に当たり、焼けた火かき棒を突き刺してひねったような痛みが走った。弾丸がよじれながら彼の体を貫いて飛び出し、クロゼットの横にかかった額入りの骸骨の絵に食いこんだ。二発目は大きくそれて壁に当たり、そしてつぎの一発がガラスを砕いてタルボットの妻の首を捉えた。

ホーリーの左腕から力が抜けて・四五口径が落ち、彼はソファへ、ついで床へと身を沈めた。こっちの勘定が正しければ、つぎの再装塡まで、向こうにはあと二発ある。ホーリーは待った。また窓ガラスが割れた。キッチンテーブルから持ってきたナプキンを自分の肩に押しつけた。おそろしく痛んだが、以前にもっとひどい痛みを味わったこともある。

銃撃がやんだ。聞こえるのは、椅子に縛りつけられたタルボットの妻がぜいぜいいう音だけになった。ホーリーは伏せながら近づいていき、なんとかベルトをほどいた。女は自由になったとたん、自分の首を絞めようとでもするように指で喉をかきむしった。その手を引きはがす——血が大量に出ていた。・四五口径を拾い上げ、ふたりで這うようにキッチンへ向かった。リノリウムの床にたどり着いたとき、女の顔は蒼白に変わり、シャツは赤黒く染まっていた。女が背中を食器棚に押しつける。ホーリーは銃を構えた。

「向こうに何か合図をしたのか」

「してない」女が声をしぼり出した。

ホーリーはカウンターから鍋つかみを引っぱって取り、女の喉に押し当てた。「あいつにやめるように言うんだ。ここへ入ってきて、話をするように」

「話をするようなひとじゃない」

「じゃあ、あんたが話せ」

ふたりの耳に、玄関ドアの外に誰かがいる物音が届いた。錠の下りた取っ手をガタガタ揺らしている。ついで老人の声が響いてきた。「モーリン?」

「女房はここにいる」ホーリーは声を張り上げた。「撃たれてる」

「ちくしょう」

「ドアから入ってくるなよ」

「女房を傷つけたら、きさまを殺す」

「撃ったのはおまえだ」

「モーリン！」タルボットはもう叫んでいた。

「ダグ」妻が言った。「だいじょうぶよ。大声出さないで」

「だが出血してる」ホーリーは言った。「出血がひどい」たしかにそうだった。鍋つかみがぐっしょり濡れ、シャツと同じ赤錆色に変わっていた。

「こっちは目当てのものがほしいだけだ。誰も傷つけたいわけじゃない。どこにあるか教えろ、そのあとで女房を病院に連れていけばいい」

三人とも黙りこんだ。便器の水の流れる音だけが、バスルームのドアの向こうから響いていた。ホーリーは不安になりはじめた。タルボットがさっきの場所を離れ、どこか別の方向から襲ってくるのじゃないか。そのときドスッと、こぶしで木の幹を殴りつけるような音がした。

「クロゼットのなかだ」タルボットが言った。

「よし。いいぞ。女房を連れて調べにいく。だから何もしようとするな。わかったか」

答えはない。

「ダグ」女が言う。

「わかった。わかった」

「歩けるか」ホーリーが訊くと、タルボットの妻はうなずき、そして顔をしかめた。白く濁った目がきょろきょろ上下に動いているが、菫色のほうの目はホーリーを見すえていた。「いまから廊下へ出る」タルボットに声をかけると、ふたりでゆっくりと移動していった。タルボットの妻は鍋つかみを喉に押し当て、そのすぐ背後にホーリーが拳銃を持って続き、二本の血の跡を後ろに残していく。

クロゼットにたどり着くと、タルボットの妻が壁にもたれ、ずるずる座りこんだ。床にはさっきホーリーの上に崩れ落ちてきたがらくたが散らばったままで、衣類や箱やたくさんの絵が山のように積み重なっていた。

「どこだ」

タルボットの妻が首を横に振る。

「どこにあるか教えろ」ホーリーは叫んだ。「早く」

「ドレスだ」タルボットの声がドアの向こうから響いた。「女房のウェディングドレスだ」

ホーリーが女のほうを向く。

「一番奥にあるわ」目を閉じていた。「ほかのものの後ろに」

ホーリーは拳銃を悪いほうの左手に持ち替えた。その重みで腕の腱が燃えるように痛んだ。手のひらが血にべっとりまみれ、金属の表面が滑る。右手でクロゼットからいろいろな品を放り出しはじめた。一生分の思い出の品を。コートやアルバムや皿、古い七十八回転のレコード、シルクフラワー、虫の食ったキルトの芯、火ばさみ、電球、ごわごわの革ジャケット。何もかも投げ捨てながら暗いなかを手探りし、箱を引きずっては後ろに蹴りのけ、奥へ奥へと進んでいく。すべてに染みついた樟脳《しょうのう》のにおいのなかで、やっと指がビニールに覆われたやわらかいものの輪郭に、そしてクロゼットの奥の壁に押しつけられたクリノリンに触れた。ハンガーを探り当て、衣装ケースを引っぱり出す。不格好で人間の体並みに重く、ビニールは黄ばんで縫い目のところで裂けていた。

廊下の照明器具に引っかけて垂らし、ファスナーを下ろした。ドレスはレースの袖とチュールのスカートが付いていて、五〇年代のもののように見えた。裏にティッシュやボール紙が詰めてあるせいで、女の体の形を保っていた。首のない幽霊の花嫁のように。

「このころはまだ痩せてた」タルボットの妻が言う。

どこから手をつければいいのかわからなかった。すでに血をドレスに付けてしまい、身頃の部分に赤い筋ができていた。「あいつはどこに入れたんだ」

「ハンドバッグのなかを見て」

淡い色の絹の巾着バッグがハンガーの首に引っかけてあった。そのバッグを引っぱって外し、なかに手をつっこんだ。出てきたのはレースのベールだった。底のほうにボビーピンが何本かあったが、ほかには何もない。

タルボットの妻が手を伸ばしてきたので、ベールを渡した。女はそれを着けようとはせず、ただひざの上に広げ、縁の部分を指でいじっていた。ホーリーはタルボットのたてる物音を聴こうとした。ジョーヴのほうにも耳を澄ませる。だが聞こえるのは便器の水音だけだった。「ほかには?」

「ポケットがある。あのひとがそこに手紙を入れてたの。さっき話した手紙のこと。わたしはそれを持ったまま、教会の祭壇へ歩いていった」

ホーリーはスカートをまさぐり、チュールを押しやり、やっとポケットを探り当てた。左側の、ちょうど花嫁のウエストから臀部《でんぶ》がふくらみはじめる部分にある隠しポケット。なかに指を差し入れ、ひだの下に探していたものを見つけた。冷たくて硬い、待ちわびた感触があった。

時計は思っていたよりはるかに小さかったが、ずしりと重く、手のひらの真ん中に収まった。前世紀の貴重な逸品。竜頭《りゅうず》と蓋に彫られた精巧な鹿を親指でなぞり、それから竜頭を押すと蓋がぱかっと開き、盤面が現れた。光を発する数字に、四つの小さなダイヤル。フライバックのクロノグラフと、日と月を表示するカレンダー、そして月の満ち欠けを示す窓。もう一度竜頭を押すと、金色の蓋が二つに分かれた。これこそ確かめるように指示されていた特徴だった——蓋の内側に回転する星図が隠れていて、小さな星や星座がはめこんである——黄色のダイヤモンドに、最も明るい青や最も暗い青のサファイア。竜頭を巻き、時計を耳元に持っていった。歯車がかちりと噛み合った。この機械の心臓が動き出した。

「あった？」女が訊く。

「ああ」ホーリーは蓋を閉じた。時計を前ポケットに滑りこませる。「これからどうするかを言うぞ。おれは友達を連れてここを出ていく。そうしたら亭主があんたを病院へ連れていくだろう」

「わかった」妻が言った。だが信じていない、そう感じた。

「ドレスのことは、すまないと思ってる」

「横になりたい」

「それはどうだろう」女の出血の勢いが恐ろしかった。「タルボット」と声を張り上げた。「そこにいるか」

「ああ」老人が答えた。

「女房がそっちへ行く」

女が立ち上がろうとして、また床に倒れた。

ホーリーはその隣に屈んだ。「おれにつかまれ」と言い、いっしょに立ち上がった。いいほうの腕を女の腰に回し、悪いほうの手に拳銃を持って。ふたりの足の下にあのスケッチがあった。女は片手にベールをつかみ、もう一方の手で鍋つかみを首に押し当てたままでいる。ホーリーはその体を半分持ち上げるようにして廊下を進んだ。肩が痛みに悲鳴をあげ、足元の木材がぬるぬると滑った。

女が何かつぶやき、吐息がホーリーの耳元にかかった。

「何かほしいのか」

「あの手紙」女の声はひどくやわらかく、何かの秘密のような、まるで愛する人の名前のようだった。

「モーリン?」タルボットが呼んだが、妻は弱っていてそれ以上何も言えず、歩くこともできず、そして——病院に行き着くこともできない。ホーリーにはわかった。「いまドアを開ける。おまえは女房を車に乗せて、すぐ病院まで連れていけ」ドアノブに手をかけた。「OKか」

「OKだ」タルボットの声は鍵穴のすぐ向こうから聞こえる。まともに狙い撃てる距離だ。ホーリーは女の後ろに自分の位置を移した。リボルバーをいいほうの手に持ち替えると、ドアの錠を外す。

タルボットはコーヒーマグにあった写真と同じ姿に見えた。まるで別の時代から来たようだった。あの時計が新品のころからこの男の持ち物だったというように。着ているものは余分なポケットやファスナーだらけの釣り用のベストだった。だが髪は灰色の濃い剛毛で縮れがあり、あごの縁に沿って伸びたもみあげがほとんどひげにつながっている。年齢のわりにはホーリーに劣らぬ長身で、強靱だった。歳をとるほど筋肉の厚みが増す、腕っぷしの強いタイプだ。

血まみれの妻を見るなり、タルボットの目が大きく開いた。発作でも起こすのじゃないかとぞっとした——が、老人はすぐに駆け寄ると女を腕に抱き止め、その体を揺すぶりはじめた。揺さぶるうちに女が息を詰まらせたように見え、タルボットは喉に引っかかった骨片を外そうとした。それで鍋つかみがポーチの上に落ち、開いた傷があらわになって、あふれ出た鮮血が下に飛び散った。老人はまだライフルを持っていた。妻をつかむように、きつく銃身を握りしめていた。

「銃を渡せ」

「もし女房が死んだら、きさまを殺す。どこまでも追いかけてきさまが隠れてる汚い穴ぐらから引きずり出してはらわたを引き裂いてやる」

・四五口径をタルボットに向けたまま、ホーリーはゆっくりと屈み、悪いほうの手を鍋つかみに伸ばした。指を使うと痛みが走ったが、なんとか拾い上げて渡した。タルボットはもう何も言わずにライフルと鍋つかみを交換し、厚い四角のキルトを妻の首に押し当てた。女はいっそう弱ったように見え、菫色のほうの目が刻一刻と、濁ったほうの目と変わらなくなり、焦点が合わずに回っていた。やがて激しく咳きこみ、大量の血がタルボットの釣り用ベストにかかった。

ふたりで協力して女を支えながら、芝生を越えて、ピックアップトラックにたどり着いた。タルボットがばかでかい赤いドアを開ける。ホーリーが女を持ち上げ、タルボットがよじ登って女を後部座席に横たえてから、急いで反対側に回り、運転席に乗りこもうとしはじめた。ホーリーは少しだけ長くドアを開けたままにして、タルボットの妻の腫れた鼻を、彼の背後の空を見ようとしている乳白色の目をまぶたに刻みこんだ。女の手にはまだベールが握られていた。

「おまえの手紙をほしがってた」ホーリーは言った。「ドレスに入ってた手紙を」

「もうない。おれが捨てた」

「なら、そこに書いてあったことを話してやれ。運転してるあいだに」ホーリーは言いおいてドアを閉めた。タルボットがエンジンをかけ、砂利と土をはね飛ばしながら車回しを突進していく。そのとき初めて、自分たちの車が道路をふさいでいるのに思い当たった。ホーリーは待った。しばらく間があった。やがてすさまじい衝突音と金属のきしみ音が起こり、タルボットのばかでかいトラックが委細かまわずゲートを通り抜ける音が響いた。

　家に引き返すと、カーペットが水でびしょびしょになっていた。ホーリーは廊下を進み、バスルームのドアを開けた。ジョーヴはさっきと同じ場所にいた。浴槽の縁まで水がいっぱいになり、タイル張りの床にあふれ出していた。ジョーヴは眠っているように見えた。首が後ろに傾いて磁器の浴槽の縁にもたれかかり、顔は白い水疱に覆われていた。

　ホーリーは蛇口を閉めた。便器のタンクまで歩いていって蓋を持ち上げ、錆びた色の水に手をつっこんで流れるのを止めた。パイプをシューッと通る甲高い音が小さくなって消え、静けさが満ちる。そのあとキッチンへ向かうあいだ、ブーツがカーペットの上でずくずく音をたてた。ウィスキーを取り出してボトルからラッパ飲みすると、やがて神経が鎮まりはじめた。バスルームに引き返し、肩のぐあいを調べ、傷口をオキシドールで洗い、包帯で覆ってテープで留めた。期限切れのパーコセットの瓶を見つけ、二錠飲んでウィスキーで流しこんだ。それからジョーヴを揺すぶった。

　年上の男が目を開いた。ホーリーの手から錠剤を受け取り、口に放りこむ。「あったか」

「ああ」

「見せてくれ」

ホーリーはポケットに手を入れ、時計を取り出した。竜頭を押して隠れた星図を見せた。ジョーヴは瞬きをして顔を近寄せた。水の外へ片方の腕を持ち上げ、火傷で赤くなった指でダイヤモンドをなでる。

「そこまでの値打ち物とは信じられんな」

ふたりはタルボットのライフルと自分の銃、それにウィスキーと鮭の入ったクーラーボックスを持って、車回しを歩いていった。ジョーヴはクロゼットから取り出した乾いた服を着てぎこちなく進み、ホーリーは血を隠すためにウールのコートに体を包んで、肩を動かさないようにしていた。

ゲートに着いてみると、ホーリーの思ったとおりだった——タルボットはトラックをそのままつっこませ、ふたりが盗んで乗ってきた小さな車を涸《か》れ谷の下まではね飛ばしていた。車の側面がぐしゃりと凹み、車軸は曲がっていた。

「またパーコセットが入り用になりそうだ」ジョーヴが言う。

ホーリーは錠剤の瓶を渡した。それから壊れたドアのひとつを引き開け、ここへ来るのに使った地図を探し当てた。またドアを閉めたとき、クモの巣状にひびの入ったウィンドウの残りが砕けて地面に落ちた。

「どうする？」ジョーヴが訊く。

「やつのボートだ」

急いで家まで戻ると、木立を突っ切って谷のなかに下り、また明るい緑のシダの絨毯をかき分けていった。息をつくのも大儀になってくる。海に向かう小道を見つけ、下りていった。脚が重かった。梯子があり、そのあとは古いアルミの足場板が浜辺まで続いていた。傾斜がきつく、ふたりが這い下りると板がぎしぎし鳴った。ジョーヴが先に行き、鮭の入ったクーラーボックスを氷の巨大な塊のように前へ滑らせた。クーラーボックスがランプの端を越えたはずみにひっくり返って浜辺に落ち、なかの魚が砂の上に放り出された。ホーリーはめまいに襲われて自分も板から落ちそうになり、手すりをつかんで体を支えた。肩が引っぱられ、背中にナイフで刺されたような痛みが走った。

浜辺に下りると、波打ち際は打ち上げられた残骸だらけだった。何年も塩水に浸かっていた木の枝や流木、巨大なねじくれた根の塊の堆積。崖が立ち上がるあたりに松の倒木が折り重なって連なり、得体の知れない獣の巨大な白骨を思わせた。木の幹を乗り越えると、タルボットの船があった。船外機つきのディンギー。男ふたりでぎりぎりの大きさだが、これで行くしか手はない。

ジョーヴが砂の上に落ちた鮭を拾い上げて海水で洗い、クーラーボックスに大事そうに収めるあいだ、ホーリーは残っていたウィスキーを飲み干した。アルコールとパーコセットのおかげで、肩の痛みは多少おさまり、激しく動かないかぎりは耐えられるほどになっていた。周囲の崖をちらと見上げ、急ぐようジョーヴに声をかけた。もし妻が途中で事切れたとしたら、タルボットが戻ってくるのに長い時間はかからないし、射程の正確なライフルがあれば崖の上からこっちを狙い撃てる。

ポケットに手を差し入れた。時計は自分の体の熱で温まり、手のひらにずしりと重かった。鹿のエッチングをつくづく眺めた。鹿は走っていた。横腹に矢が突き刺さり、片方の角が折れている。時計を耳元に持ち上げてみた。さっきネジを巻いたときからずっとチクタクいっていた。古代の墓のなかの脈動。そのとき、歯車がカチリとはまる音が響くと、時計がチャイムを鳴らしはじめた。

ただの時報とはちがった。時計は曲を奏でていた。甘く物哀しい、オルゴールのような音色。小さなベルを集めたミニオーケストラがずっとこの瞬間を待っていて、いままさに彼のために演奏を始めでもしたようだった。ジョーヴがあのバーで、バイク乗りたちが彼をスツールからたたき落として財布を奪おうとする前に言っていたことを思い出した。複雑機構《コンプリケーション》。そんな名前で呼ばれている。そういう変わり種の懐中時計には、ただ時刻を伝える以上の特徴がある——音楽を奏でたり星の位置を指したり、潮の満ち引きや天気を示したりするのだ。機構の数が増えるほど、時計の価値も高くなる。いま手のなかにあるこれは、千百万ドルするとのことだった。

「ドビュッシーか」ジョーヴが言った。

「なんだって」

「そいつが鳴らしてる音楽だ」

ホーリーがまた親指で鹿をなぞる。

「へんな気を起こすなよ」

「起こしてない」

「ならいい。キングがもっとやばいやつを送りこんで、おれたちを追わせるぞ」

ジョーヴがのそのそと動いて、クーラーボックスを船に積みこんだ。

「ひとこと言っとくが」ジョーヴが言う。「おれは泳げん」

「ハドソン川で育ったんじゃなかったか」

「あそこじゃ誰も泳がん。汚染されてる」

「そうか。おれも泳げない」

ふたりでディンギーを押して、黒い砂利の上に滑らせていった。船の底が削れてはがれるような恐ろしい音がした。波打ち際まで来ると、ふたりは銃を船首に置き、まずジョーヴが乗りこみ、ホーリーが片手でさらに船を海のほうへ押しやった。水深が十分になると、ホーリーも船尾から乗りこみ、船外モーターを下ろした。そしてスターターロープをつかみ、何度も何度も引いた。動くたびに肩から脇にかけて激痛が走ったが、なんとかエンジンがかかり、金属とガソリンのたてる低い唸り音が連続して崖にこだました。スクリューが回転を始めて船が前に進み出し、浜辺から離れていった。ホーリーは岸からなるべく距離をとろうとしたあと、右に舵《かじ》を切りながら考えていた。もしタルボットが海岸沿いに追いかけてきた場合、家の地所はどこまで続いているだろうか。

海峡のほうから波が続けて押し寄せ、右舷に当たってボートを揺らしていた。ジョーヴが水疱のできた手で船べりをつかんだ。「おまえの親父は、たしか漁師だったろう」

「ああ」

「じゃあ、なんで息子に泳ぎ方を教えなかった」

「親父も泳げなかった」

「なんだそりゃ、もう誰も自分の仕事をまともにやってないのか」

ホーリーは父親が最後まで泳ぐのを覚えなかった理由を話さなかった。そのほうが船が嵐で転覆したとき、すぐに溺れられるからだ。それなら海の上でたったひとり、何時間も手足をばたつかせて苦しまなくてすむ。

コンテナ船の航跡の大きなうねりにディンギーが乗り上げ、船首が激しく上下した。ホーリーはずっとレイニア山に目を向けていた。山の輪郭をかたどった雪が人の体を覆った毛布のように見える。またもめまいを感じたが、それがウィスキーのせいか薬のせいか、肩を貫通した弾丸のせいかは定かでなかった。

遠くのほうをフェリーボートが渡っていて、巨大な白い航跡が港のなかに沸き立っているのを見ると、やっとこの仕事の重荷が肩から下りたように感じはじめた。背後の崖のほうに目をやった。もうはるか遠くに見えた。タルボットがライフルを持って現れたとしても、撃つには遠すぎる。たとえ妻が死んでも。あの老人には何もできない。

そう思った瞬間、激しい水しぶきが上がり、十メートルと離れていない場所でシューッと音がした。ホーリーはすぐに頭を下げた。やはりタルボットか。するとボートが縦に揺れ出し、ジョーヴが吐き気に襲われでもしたように、喉の奥から音をたてはじめた。血が出ていないかと探したが、撃たれてはいない。ジョーヴは左舷のほうの、波と波のあいだの平坦な海面が広がっていくのを見ていた。その開けた水面に、クジラが現れた――黒く固まった円蓋の一部が、船からわずか三メートルのところに盛り上がってくる。船体をかすめたその生き物は、ディンギーの船首から船尾までの五倍の長さがあり、鼻面はフジツボや寄生生物に覆われていた。

コククジラだった。ジョーヴが今朝、フェリーから見つけたのと同じやつだ。十五メートルの脂肪と肉の塊。皮膚は嵐雲の色だった。ホーリーは全力で舵柄《ティラー》を回し、船を転回させて離れようとした。だがクジラは向きを変えて追ってくると、巨大な口をさらに大きく開いた。海全体を飲み干そうとする黒い穴のようだった。

ホーリーはクーラーボックスに手を伸ばした。ジョーヴが叫び、傷んだ指で取っ手をつかもうとしたが、それを振りほどいて、鮭を供物がわりに船の外へ投げた。銀色の皮がバシャッと海面に当たり、自分の死荷重で沈んでいった。

クジラは気を散らされなかった。魚を無視して下にもぐったかと思うと、ディンギーにぶつかってきた。男ふたりが船の上に投げ出される。モーターが水をかぶって詰まり、つかのまプスプスいって止まった。ホーリーは手すりをつかんでバランスをとろうとした。船尾まで這っていってスターターを引いたが、エンジンはかからなかった。動力なしではちっぽけなボートはなすすべもない。波が船首にぶつかって越えてくる。

周囲の海水が大きな渦を巻いてふくれ上がり、そして排水口に吸いこまれるようにすっと横に滑った。低く重々しい、地の底で何かが唸るような音が始まったつぎの瞬間、クジラがまた姿を現して空気を噴き出し、泉のように男たちの上から塩からい水をどっと浴びせた。ボートの隣の海面に少しのあいだとどまったその姿は、傷だらけの無慈悲な巨岩のよう、鼻面はガレオン船の船首のようだった。クジラがまたぶつかってきて、ディンギーはあやうく転覆しかけ、冷水がまた脚の上に激しく降り注いだ。

ジョーヴが膝立ちになると、布製のバケツで水をかい出しはじめた。あたりじゅう水浸しのなか、ホーリーは素早く拳銃を手に取った。そして立ち上がり、可能なかぎり狙いを定め、引き金を引いた。銃声が崖にこだまし、花火のように大きく響き渡った。その一瞬、弾丸が一発ずつ薬室から出て空気中を移動し、クジラの黒っぽい皮膚にめりこんで肉に穴をうがち、やがて速度を落として止まり、あの怪物の体の秘められた一部となるのを、最後の日までそこに留まる徴《しるし》となるのをホーリーは感じとった。

何度も何度も引き金を引き、弾丸がすべて発射され、海の音と、空の銃身がカチカチ鳴る音以外何も聞こえなくなった。血が海面を染めていた。また水しぶきがふたりの頭上高く上がり、轟音とともに降りかかる。クジラの背中の噴気孔が空気でふくらむのを見た。それがひとつきりの目の上下のまぶたのようにぴったり閉じられ、やがてクジラは波の下に沈んだ。

ジョーヴがバケツをつかんだまま、激しく息をしていた。「どこへ行った」

「わからない」

男たちは待った。ボートが揺れていた。

頭上の遠い崖のほうから音が響いた。空気の噴き出す、シュッという音。振り向いて音のした場所を探そうとしたとき、遠くにクジラの背中の一部が見えた。ホーリーは無言でただ指をさし、ふたりはクジラがもぐっていくのを見つめた。背中の黒いなめらかな面が波に沿って滑り、ついで背骨の屈曲部が見え、傷だらけの尾びれが差し招く二本の手のように空中高く上がると、海面の下に消えていった。

ホーリーの肩は塩気で痛み、服はすっかりずぶ濡れだった。クジラの背中の孔を、その孔が二つそろって開いては閉じるさまを思い、自分の胸のなかが同じように開いては閉じるように感じた。そして孔がふさがり、沈んでいく。彼は拳銃を落とした。水浸しのボートに座りこんだ。

「なんてやつだ」そう言ったジョーヴの顔には塩水の筋ができ、影のような火傷が皮膚に刻まれていた。またバケツを手に取って汲《く》んでは空け、汲んでは空けして海の水を海へ返しはじめた。

「もうやめだ」ホーリーは言った。「こんなことはやめる」

たとえ本当のことでないとしても、そう口にするのは気分がよかった。ホーリーはコートを脱ぎ、肩の銃創を調べた。当てていた包帯は濡れ、血で覆われていたが、ちぎれてはいなかった。まだいまのところは。エンジンのほうを向いた。もう一度始動させようとした。空気口を調べ、ニュートラルに入れ、チョークを開き、手応えを見る。スターターロープに指をからめ、引っぱった。手応えがあった。また引っぱる。モーターが唸りをあげて生き返った。

グンダーソンの校長室は、魚と西瓜《すいか》のにおいがした。彼の古い灰色の机から潮臭さがむっと立ち昇っていた。まるで机が浜辺から引きずってきた流木でできていて、引き出しにタラの幼魚でも入れてあるみたいで、部屋の真ん中には校長がなめているキャンディの果物の香料のにおいが漂っている。校長は口のなかでキャンディを、右の頰から左の頰へと転がしていた。キャンディの入った鉢をルーに差し出してくる。

「きみの将来のことで、話をしたいんだ」

ルーはセロファンにくるまれた四角いキャンディをひとつ取ったが、開けようとはしなかった。手のひらに押しつけているうちに、糖分が溶け出して縁がやわらかくなってくる感触があった。なるべく鼻ではなく、口から息をしようとした。

「なんのことですか」

「大学だ」グンダーソン校長が咳払いをした。「それとも専門学校かな」

「あたしはまだ卒業してません」

グンダーソン校長はキャンディの鉢を机の上に戻した。「きみの科学の成績は最優等だ。なのに最後の四回の授業に出てこなかった。その埋め合わせをしないことには、卒業はできない」

「病気だったんです」ルーは生物の授業に戻るつもりはなかった。科学室の入口に近づくたびに、手が汗ばみはじめ、しまいには図書室に隠れてしまう。マーシャル・ヒックスの指を折ったときは力にあふれていたけれど、彼とキスをしたときは体の内側が震え、弱くなった気がした。いまはA評価を取るより、ばつの悪い目にあうのを避けるほうが大事だった。

　グンダーソン校長は意味もなく書類を動かして、ルーの弁解を信じていないことを暗に示した。「科学の先生はきみを落としたがっている。でもわたしから話をして、きみがレポートを提出することで納得してもらった。ある条件つきでだ」

「条件？」

「きみの働き次第ということだ。わたしのところで働く。〈ノコギリの歯〉で。きみがかんしゃくを抑えていられるかぎり。今週の土曜日、四時から始めてもらう」

　それよりやりたいことは、百でも二百でも思いついただろう。

「父さんに訊いてみないと」

　グンダーソンはほっと軽く息を吐いた。「もう知っているよ」

「え？」

「というより、彼のアイデアなんだ」

　ルーは手のなかのキャンディをぐっと握りしめた。あの夜、自分が家を抜け出してドッグタウンへ行ったことで、ホーリーがかんかんなのはわかっていた。でも、まさかこんなことになるなんて。

グンダーソン校長が引き出しを開け、折りたたんだ清潔なエプロンを取り出した。そのエプロンを机越しに滑らせてきたとき、すぐにそれが魚臭さの原因だと知れた。試してみなくてもわかる、このウロコや内臓のにおいを洗い落とせるものは何もない。においがじかに布地に織りこまれているみたいだった。

「きみの母さんはいつも向こう見ずに生きていた。きみにはそうなってほしくない」

ルーは机の向こうの、頭の薄くなった中年男を見つめた。リリーとグンダーソン校長が同じ空気を吸っていたなんて、とても信じられなかった。

ルーは家に帰ると、必死になって父親の気を変えさせようとした。あれこれ反論し約束もし、しまいには自分の部屋に入ってドアを思いきり閉めたが、ホーリーは頑としてゆずらなかった。

「パーティーに出られる歳になったんなら、働いたっていい歳だ。これからも週末はいっしょに干潟まで行って、貝を運ぶのを手伝ってもらうぞ」

ルーは前のポケットに両手をつっこんだ。もしそこに母親の手袋が隠してあるのを知ったら、ホーリーはどう思うのだろう。

はらわたの煮えたぎる思いで、父親の知らない秘密をぎゅっと握りしめる。あれからいろいろ細部を吟味し、レースの上に指を滑らせ、あの夜遅くにメイベル・リッジがくれたアルバムを何度も見返した。どのページにもリリーの死にまつわる切り抜きが貼ってあった。行方不明の女性に関する警察の短い通知。林野部が湖の捜索に協力しているという記事。遺体が発見されたという記事。『知恵の書』からの引用が書かれた祈りのカード。オリンパスの地元紙に載ったリリーの死亡広告。どれも事故だと言っていた。恐ろしい、悲劇的な事故だと。夜にそんな切り抜きを何度も読み返すうちに、そのフレーズが歌の歌詞のように浮かんでくるようになった。——若い母親、朝のひと泳ぎ、引き網、捜索救助、最愛の夫と残された幼な児。

ルーが姿を消したあの夜から、ホーリーはいらいらしやすくなった。家のなかを歩きまわり、錠が下りているか確かめてから、トラックで出ていって何時間も帰ってこない。においまで変わってしまい、汗が鼻をつんと刺すように臭くなり、それが洗濯物の籠にこもっていた。ルーを学校まで送り、そして迎えにきた。いままでにまして銃を熱心に掃除するようになった。何かが変わった、そう感じとっているようだったが、ルーはメイベル・リッジのことをまだ話したくなくて、アルバムを目につかないように隠していた。いまポケットに入れている手袋と同じように。

「わかったよ。父さんはあたしを懲らしめようとしてるんだ」

「自分で稼ぐのは懲らしめじゃない。現実だ、本物の」

「父さんは誰のところでも働いてないじゃない。本物の仕事なんかしてない」

ホーリーはテーブルからひどいにおいのエプロンをつかみ上げ、ルーに向かって放り投げた。

「おまえだ。おまえがおれの仕事だ」

ルーは〈ノコギリの歯〉で過ごすようになった。掃除やテーブルのセッティングをし、コックに呼ばれるたびに料理を取りにいき、手の端とひじの内側と肩の縁で皿を支えて運び、グラスに水を注いでまた注ぎ足し、ゴムのエプロンを着けて皿洗いをし、地下室から氷を引きずり出し、酔っ払った船長たちがモーターボートを外のドックに係留するのを手伝った。料理を手に取るときに皿の隅を拭くことを覚えた。ワイングラスは洗剤でなく火傷しそうなほど熱い湯で洗うことを覚えた。コックがマリファナをやってから一時間たったあとは特別料理《スペシャル》の注文を受けていいかどうか訊いてはいけないことを覚えた。ブイヤベースは単品で運ばなくてはいけないこと、でないと客の上にぶちまけてしまうことを覚えた。〝たまたま事故で〟尻をつかんだり胸をなでたりする手を素早くかわし、酔っ払いのいやらしい視線を無視し、お祖父さんくらいの歳の男たちの誘いを笑って受け流すことを覚えた。怒りがカッと体の血管を駆け抜けて、食べ物の皿を客の顔に投げつけたりウェイトレスたちを壁にたたきつけたり、乳首をつまんでこようとする副コック——冗談だよ、冗談——の手を冷凍庫のドアに挟んで指がちぎれるまで押しつけたりしたくなるのを抑えることを覚えた。

〈ノコギリの歯〉のオーナーはグンダーソン校長も含めたグンダーソンの一家で、父親は六人の息子全員にこの店を継がせた。ホーリーは採った貝を店に持ちこんでいたが、魚やロブスターや蟹はぜんぶグンダーソンの兄弟たちが獲ってきたものだった――裏口まで獲物を生きたまま引きずってきて、一匹ずつ棍棒でたたいて殺す。それから家族の待つ家へ帰っていく。だがグンダーソン校長に家族はいなかった。野外教育団体〈アウトワード・バウンド〉の活動に熱心な妻に置いていかれた彼は、〈ノコギリの歯〉の総支配人として毎朝レストランを開け、学校が終わると夜のシフトに合わせて戻ってくる。週末には隅のブース席に座り、コーヒーを飲みながら帳簿をつける。

料理運びの係やバーの裏方は、ウェイターやウェイトレスからチップの分け前を受け取る。夜の営業が終わり、最後の客をなだめすかして帰らせ、グンダーソン校長がクレジットカードの決済を記録すると、店の裏方も接客係もみんな疲れきってバーの前に腰を下ろす。みんな料理の染みやにおいに包まれ、指の爪には油やグリースがこびりつき、もうまともに運転できないほどタバコとアルコールが入っている。ルーはウェイトレスたちが金を数え、いくら彼女に回すかを決めるまで待つ。取り分は基本、十パーセント。ルーもたいていはちゃんと分け前をもらえる。メアリー・タイタスが店に出ていないときには。

この女やもめは、ルーの家の浴槽で血を流していたときと同じ見た目だった。小柄で子どもみたいだが、顔には中年らしくしわが目立ち、パチョリ油でてからせた体にビーズの装身具をじゃらじゃらさせ、腰にはヒッピー風のスカートを巻き、タンクトップをノーブラで着て、あの日のように脇の下から黒い毛をはみ出させている。ルーが食事運びの仕事を始めた日、メアリー・タイタスはまっすぐグンダーソン校長のところへ向かったあと、手に何本もフォークをつかんで戻ってきた。「校長は騙せても、わたしは騙されないわ」そう言ってほかのウェイトレスたちが溜まっているコーヒーサーバーの一角まで行くと、頭の後ろの縫った傷痕を見せびらかした。

「メアリーが言ってるよ、あんたに殺されかけたって」ルーが籠のパンを補充したあとで、アグネスがそう話しかけてきた。ウェイトレスのなかで一番背が高く、頭のてっぺんはピンクに、サイドはオレンジに染め、下唇には金属の鋲を刺してある。

「ただの事故だよ」ルーは答えた。

アグネスは自分のまかないの皿に盛ってあるエビを口に入れた。体からワセリンとシンナーのにおいがした。「あたしの彼氏もおんなじこと言ってたけどさ。それでまた妊娠しちゃったわよ」

「男の子？　女の子？」

アグネスは唇の鋲を歯にカチッと当てた。

「どっちでもない」

ルーはナプキンをたたみに戻った。ずっと頭を下げたままで仕事をするあいだ、アグネスは自分でよそった料理を半分食べ、メアリー・タイタスはカササギみたいにちょんちょん飛びまわってテーブルの陰に残ったチップを集めていた。その夜の終わりに、グンダーソン校長が全員に給料を手渡し、ルーもポケットに札を何枚か入れて〈ノコギリの歯〉を出た。自分で稼いだお金だ。そう思うとエプロンのにおいも髪から抜けない揚げ油のにおいも、シフトの終わりに感じていたどうしようもない疲れも忘れそうになった。この仕事をやるのが父親の発案だったことも忘れそうになるほどだった。

家に帰ると、儲けを残らず自分のベッドに空けた。五ドル札に十ドル札に一ドル札が数枚ずつ、数えては重ね、数えては重ねてからマニラ封筒につっこむと、下着を入れる引き出しに隠した。だが翌日の朝食のとき、ホーリーが封筒をルーのひざの上にぽんと投げた。

「隠すならもっとましな場所を考えたほうがいい。上からひとつめの引き出しは、誰でも真っ先に見るところだ」

「誰か泥棒に入ると思ってるの」

ホーリーは貝採り用のゴム長靴を履いた。パンを入れるケースから・四五口径を取り出し、ズボンの腰の後ろに差した。「今日じゃなくても、いずれな」

ルーは封筒をつかみ上げ、また隠し場所を探した。今度はビニール袋に入れて封をし、屋根裏の断熱材の下に滑りこませた。しばらくたって、ホーリーが貝採りの道具を手にイプスウィッチまで出かけていくと、ルーは封筒からガソリン代の二十ドルを抜き出し、スニーカーを履いて十五ブロック離れた先の、ファイアーバードを駐めてある場所まで駆けていった。

車はまだメイベル・リッジに返していなかった。初めファイアーバードに何度か乗っているうちは、ちゃんと返すつもりだった。あのパーティーのつぎの日、わざわざドッグタウンまで走らせていったのに、そのままメイベル・リッジの家を素通りして国道一二七号線に入った。オリンパスからベヴァリーまで、岩がちな海岸線沿いの曲がりくねった道路を走り、どんどんスピードを上げていくうちに髪の毛が口に入り、ハンドルを握ったまま喉がつかえそうになったものだった。

キーを使って車のロックを外し、イグニションをひねる。考える時間がほしかった。ガソリンスタンドで満タンにしてから左に折れ、オリンパスの一番遠くの岬まで行くと、路面がアスファルトから土に、やがて砂と石に変わり、とうとうアザミとブラックベリーの茂みがからみ合う迷路のなかで行き止まりになった。

車を停めて降り、海へ向かった。波が轟音とともに岸辺にぶつかって砕け、白いしぶき混じりの水が奔流となって宙に舞い上がり、大きな音をたてて潮溜まりに落ちてゆく。ルーはジーンズの裾を腿までまくり上げ、藻で滑りやすい岩の上を下りていった。遠くまで行くほど、海は荒々しくなった。水面の強い流れや渦や波が底のほうの流れと争っているのが見える。石をひとつ拾った。平たくて細かい穴だらけで、点々と散った雲母《うんも》が陽射しのなかできらめいた。その塊を親指に引っかけて投げ、石が水面を切って跳ねていったあと、海に呑みこまれるのを眺めた。

現金入りの封筒を隠すのがひと苦労なら、自動車を隠すのはなおさらだった。安全な隠し場所を思いつけなければ、メイベル・リッジに返すしかなくなる。でも、運転席に滑りこむたびに体にあふれ出るあの解放感を失うことを思うと、かわりにその車で誰かを轢いてやりたい衝動にかられてしまう。

両手で顔を覆った。父親から教わったとおりに仮面をつくり、世界を締め出して、耳を澄ませる。波がくり返しくり返し、轟音とともに打ち寄せては引いていき、岸辺を呑みこんで引っぱろうとする。嵐に揺れる森のような音。動物の体がゆっくり引き裂かれるような。両手の指を広げ、視野が焦点を結ぶのを待った。ひとつの方向がはっきり見えてくるのを。でもかわりに見えたのは水しぶきだった。何かが海のなかで、岸から十メートルほど離れたところで波にもまれて浮き沈みしている。

初めは何かの残骸かと思った。そのとき、頭が水面に浮かび上がった。指のトンネルを通してあの顔が見えた気がした。バスルームの壁と、毎晩穴の開くほど見つめている新聞の切り抜きからでしか知らない顔が。もう何度想像してきたかわからないリリーの死、それがいま目の前で起こっている。水のなかに広がった黒い髪。海のような緑色の目。深いところから伸びてきた手が、招くように振られる。

ルーは指の仮面を下ろしたが、その姿はまだ海のなかにあった。渦に巻かれて転がっている。潮の流れが体を引きずりこみ、海鳴りと泡といっしょに、もつれた腕や脚を浅瀬へ吐き出す。そのときやっとわかった。あれは母さんじゃない。マーシャル・ヒックスだ。

「だいじょうぶ？」ルーは上から声をかけた。

マーシャルはむせて激しく咳きこみ、水を噴き出した。服が皮膚に張りつき、鼻から塩水が垂れ、這って海から上がった後に靴が掘った溝ができている。返事のかわりに首を横に振り、海藻《ケルプ》の山の上に倒れこんだ。ゴムのような葉の上に顔を押しつける。

ルーは水平線を見渡してから、少年がもがいているところまで下りていった。「船から落ちたの？」と訊いたものの、マーシャルは釣りをする服装ではなかった。教会へ行くような格好だった。シャツのボタンは襟元まで留め、革靴はきちっとひもを結んである。首に締めたネクタイはロープの切れ端のようだ。彼は振り向いてルーを見上げた。そして彼女の足に触れた。

「ひざが汚れてる」そう言った。

たしかにルーのひざは汚れていたが、砂がついているだけだった。さっき濡れた砂浜にひざをついたせいだ。マーシャルの視線が二つの黒い輪の上を越えて、ルーの白い腿にまで上がる。その一瞬、彼はまだ水中にいて、海鳴りと泡と塩水にもまれているようだった。それからルーの手が下りてきてひざを払い、砂が砂糖のように少年の顔に降りかかった。

マーシャルを助け起こしていると、彼のビール臭い唇が、ドッグタウンの闇のなかで自分の唇に押しつけられたときの感触がよみがえった。森でのパーティーからこっち、彼とは一度も話していなかった。でも学校のカフェテリアで、一度は階段で、それに何度か科学室の窓からのぞいたときに彼を見かけ、どうしてあたしはこの子をまた怖く思うようになってしまったのかと感じたものだ。いま彼をファイアーバードに乗せながら、あたしとのキスのことを思い出しているのだろうかと思ったけれど、どうやら母親の署名用紙のことで頭がいっぱいみたいだった。防波堤に腰を下ろしてノートをとっているとき、思いがけない高波が来て、クリップボードをさらわれてしまったのだという。

「海に取りに入ったの？」

「そんなに深く見えなかったのに、入ったら出てこれなくなって」マーシャルのベルトに、茶色い海藻の切れ端がまとわりついていた。ボタンダウンのシャツはびしょ濡れで透け、布に触れているひじの皮膚の色がくっきり見えた。

ルーはハンドルを両手で握った。このファイアーバードに人を乗せて走るのは初めてで、それで状況はがらりと変わった。ただのドライブが急に大冒険になり、クラッチの感触が、タイヤが路面をつかむ感触が倍に強まった。

少年の足元のウィングチップに目をやった。「靴も脱がなかったんだ」

「署名のすんだ紙はあれだけだった。これまで集めたぜんぶ。ぼくが一軒一軒ノックして回ったやつ」マーシャルが自分のズボンを見下ろす。「シートをびしょびしょにしちゃってるな」その顔にはどこかやつれた感じがあった。目はぼんやりと充血し、眉間からひたいへしわが長く伸びている。この二か月で十歳も年をとったみたいだった。

「うちへ行くのはやめてくれ」

「わかった」ルーは言ったものの、どこへ行けばいいかわからない。それで自分の家へ連れていくことにした。

コーヒーの湯を沸かし、マーシャルにタオルと、父親の服を渡した。サイズが合っていなくて、濡れそぼった衣類の束をつかんでバスルームから出てきた彼は、シャツの袖が長すぎ、鎖骨もあらわで、まるで子どものように見えた。足にはルーの靴下を履いている。オレンジとブルーの柄で、片方の爪先に開いた穴が見えた。

「あの壁の、女のひとって？」

「母さん」言ったとたんに後悔した。浜辺ではマーシャルのことが気がかりでならなかったが、いまこんなふうに彼に父親の服を着せて歩きまわらせているのはまちがいのような気がした。なぜ家に入れようと思ったのか、自分でもよくわからない。マーシャルは食い入るようにあたりを見つめ、服を一枚一枚はぎ取るようにルーの暮らしぶりを裸にしていく。好奇心もあらわにそこいらじゅうのものに——椅子に、本棚に、壁に掛けてある絵に——目を留め、部屋のなかの何もかもに注意を向けていながら、ルーの居心地悪さにだけは気づいていなかった。

「いいラグだね」

「ずっと昔からあるやつ」

マーシャルが屈みこんで熊の頭をなでた。「怒ってるみたいだ」

「父さんはうちの番犬だって言ってる」いつも旅をしていたころ、トラックのなかで眠るときには、ホーリーがブランケットみたいにこの毛皮でルーをくるんでくれた。そして朝起きると、熊のガラスの目がじっとこっちを見つめていたものだった。

ホーリーの話が出て、熊が生き返ったとでもいうように少年が一歩あとずさった。それから気をとりなおしたようにキッチンへ入っていき、小さな木のテーブルの前のルーが定位置にしている椅子に、お茶を待つお客のように腰を下ろした。ルーは飲み物を出すのに慣れていたので、コーヒーを一杯注いでやり、マーシャルの服を持っていって乾燥機に入れた。そしてホーリーの椅子に腰かけた。少年の視線がこちらに向けられたとき、うなじにちくちくするような感覚があった。濡れて冷たい砂に埋まっていた体が掘り出され、照りつける太陽にさらされたように。

「きみはお母さんに似てる」

「いい子にしてるときだけね」

少し間をおいて、それが冗談でないことにマーシャルは気づいた。そして言った。

「いつもいい子にしていないと」

ルーはテーブルに置いたマグを回した。父親のつけた水染みの上を、ぐるぐると。

「ぼくは帰ったほうがいいかな」

「ううん。でも母さんの話はしないで」

「わかった」とマーシャルは言ったものの、いま彼の頭のなかはそれでいっぱいなのだとわかった。黒い髪と緑の目をした女のひとと、紙片や写真や古いボタンやドライフラワーだらけのバスルーム。ルーはさっき乾かすために窓台に置いた、マーシャルの靴のほうを見やった。

「いつも海へ行くのに、ウィングチップを履いてるの」

「署名集めで訪問するときは、母さんにネクタイを締めさせられるんだ。ぼくが共和党支持の家に行って、母さんは民主党の家へ行く」キッチンテーブルの真ん中に、貝殻を入れたボウルが置いてあった。イガイやアワブネガイや小さなホラガイなど、ルーが何年もかけて集めてきたもの。マーシャルはアワブネガイをつまみ上げ、指先でくるくる回しはじめた。貝殻には紫の筋があり、内側はクリーム色だった。

「どんなもんだか、想像つかないだろうな。みんな何ひとつ気を使おうとしない。顔の真ん前でドアをばたんと閉めるんだ」

「あたしみたいに」

「きみみたいに。みんなそうさ。絵を描いてるか、海に出てるほうがよっぽどいいけど、母さんには大事なことだから」

ルーはマグの表面に指を押し当てた。メアリー・タイタスのことは好きではないけれど、母親一般に興味をひかれるというのと同じ意味で、まだ興味はあった。よく街の通りや浜辺やスーパーマーケットで、母親たちがおむつを替えたり口もとをぬぐってやったり、髪をなでつけたり靴ひもを結んでやったり、日焼けローションを塗ったり、口げんかをしたりかんしゃくに耐えたり、ときには騒いでキスやハグをしたり悪態をぶつけたり、ぶったり完全に無視したりするのを見ていた。たとえろくに子どもを見ていなくても、あの女たちには力があるような気がした。

「お母さんはどうすると思う？　あんたが署名をなくしたのがばれたら」

「わからない」マーシャルは貝殻をボウルに戻した。「小さかったころ、よく義父《とう》さんについてあちこちデモに出かけた。でも義父さんがうちを出ていくと、母さんはもうどうでもよくなった。すっかりふさぎこんでね。自分から診察を受けて、しばらく施設に入ったりもした。ぼくは伯母さんの家で暮らさなきゃならなかった。それから〈ホエール・ヒーローズ〉の放送があって、義父さんがテレビに出たら、母さんはかんかんになったけどそれで吹っ切れて、請願のための署名集めを始めた。世界に爪痕を残したいんだって言って」

「実のお父さんはどうなの」

「どうって？」

「漁師だったって聞いたけど」

「ぼくが小さいころに死んだよ」

「憶えてる？」

「まあね」マーシャルはバスルームのほうに目をやった。「でも父親を知ってたからって、事情がよくなるとは限らない」

「どういう意味?」

「父さんは家庭を持ちたくなかったんだと思う。いや、母さんのことは愛してたよ。でも、憶えてるのはだいたい、ぼくらを置いていく言い訳ばかり探してた姿だった」

マーシャルの目がふっと逸れ、砂糖つぼの下にコースターがわりに敷いてあるルーの星座図に落ちた。

「あれ、星座の早見盤かい」

ルーはうなずいた。

少年が盤を手に取り、ダイヤルを回して正しい月と日に合わせるのをルーは見つめた。初めてこれを使ったときのことを、いまも憶えている。沿道のモーテルのバルコニーから流星雨を見た夜。この早見盤が手もとにあった。頭上でくり広げられる光のオーケストラ。白い線となって闇のなかを走る流星、ちらちら光る巨大な塊となってまっすぐ地平線へ落ちていく流星。何もかもすべてが一致する、直列の感覚に呑みこまれたのを憶えている。母親のものだった何かに、時間を超えて手を伸ばすことを許され、それをつかんでいるみたいに。何かがこれを起こさせている、そう思った。世界中が生きて、動いている、あたしはまちがいなくこれをやるためにここにいるんだと。

マーシャルが早見盤を窓にかざした。プラスティック板に開けた小さな穴から漏れる太陽の光が、キッチンテーブルの表面に落ちる。ルーは彼の腕に触れ、しばらくのあいだ手を、父親のネイビーのプレードのシャツの上に置いていた。ずっと何年も、何も考えずに洗ってきたそのシャツが、いまはマーシャルの目と同じ色をしているのに気づいた。袖口からほつれた糸が垂れている、その糸に手を伸ばしながら――これは正しいこと、正しいこと――引っぱると、やがて手応えが失せ、シャツから抜けた糸が手のなかに残った。

マーシャルが顔を寄せてきた。頬に息がかかる。彼の唇が開く。そのとき、彼の目がルーの肩の後ろにあるものに留まり、動きが止まった。ルーに袖を引かれていたほうの腕を持ち上げ、キッチンのカウンターを指す。パンのケースと果物を盛ったボウルのあいだに、・三五七マグナムがあった。

「あれは、本物？」

「ああ、まあね。見てみたい？」カウンターまで行き、リボルバーをつかみ上げた。装塡されているかどうか確かめてから、マーシャルの前に置く。少年はしばらく・三五七をじっと見つめ、それから手に取ると、両手で金属の重さを測った。

「重いな」

「いつだって重いよ」

マーシャルが振り向き、じっと彼女を見た。「きみのなのか」

ルーは首を横に振った。「あたしのはライフル」リビングの反対側まで行って隅の戸棚を開け、M14を取り出した。銃口を下に向けたままマーシャルのところまで戻り、慎重にテーブルに置いた。長年磨かれてきた木の表面が光り、引き金がだらりと垂れている。ルーは側面に指を滑らせた。「これ、この銃身に刻んであるのは、あたしのお祖父さんの名前。戦争のときに使ってたんだって。この横の印は――お祖父さんが殺した数」ハンドルの近くにある十五の刻み目を指す。キッチンに銃、バスルームにも銃、車のなかにも銃という環境で育ったが、でもこれだけは特別だった。父が手に取るとき、このライフルは彼自身の一部となった。彼が持っているなかで一番古い、決して話そうとしない過去を通じて手放さずにきた銃。この家にある何よりもりっぱな、勧められるなかで最高のもの。

「試しに撃ってみる?」

「銃は撃ったことないんだ。武器を使ったのは、義理の父さんの船に乗って、捕鯨船を相手にしたときだけで。それも臭《にお》い爆弾と、スクリュー止めのロープ弾だし」

ライフルの銃身がテーブルの上に、ふたりをつなぐように伸びていた。銃を見つめる少年を、ルーは眺めた。

「教えてあげてもいいよ」

マーシャルは殺した数の印に、アワブネガイをつかんだときと同じ手つきで触っていた。それから手を引っこめた。

「どうかな」

「さあ」ルーはまた戸棚へ行くと、弾倉をいくつかと弾薬の箱をひとつショートパンツのポケットに入れ、玄関ドアへ向かった。マーシャルはテーブルに座ったままだった。

だがドア口から振り返った彼女にじっと見られるとテーブルを離れ、まっとうな分別からルーという磁石に引き離されでもするようについてきた。

マーシャルに父親のブーツを貸し、ふたりで家の裏手の谷に向かった。陽が木の葉から漏れて射しこみ、緑の層の上に光の層を作っていた。谷を五十メートルも行くと、あたりが暗くなり、気温も下がってくる。ルーはマーシャルの先に立ち、水の流れる音に向かって急な斜面を下りると、やがてホーリーが射撃の練習に使っている谷に着いた。

「ほら」マーシャルにライフルを渡す。そしてポケットから弾薬の箱を出し、弾倉のひとつに弾を込めはじめた。マーシャルはライフルを持ったままでいた。安全装置がかかっていて装塡もまだなのに、いまにも暴発するというみたいに。

「どうしたの」

彼の首が赤くなっていた。

「怖い？」

「いや」

ルーは手を止めた。弾が手のひらに一発残っていた。言葉は何も返さずに、身振りでライフルを返すようにいう。マーシャルが心配そうな顔で渡してよこした。ここへ連れてきたのは失敗だっただろうか。でも、もう装塡してしまった。安全装置を外す。ライフルの銃床がルーの肩に高く、強く押しつけられる。照星の像に導かれるまま、頭をかすかに傾け、銃身を四分の一インチだけ上げ、息を吸って半分吐き出す。引き金をしぼる。

轟音がとどろいた。

その衝撃とともに、ルーの頭から一切が押し出された——消しゴムがすべての思考を消し去るように。わずかな一瞬、ひとつの場所にいるただひとりの人間になり、過去もなく未来もなく、ただこの瞬間にだけ、自分の命がぱっとひらめき——目覚めて生きている、確かな存在になった。やがて轟音が薄れはじめ、ただの残響に変わると、ルーはまた元の自分に戻った。残っている一瞬前の記憶は、マッチを擦ったとたんに火が消えたような、宙に漂う硝煙のにおいだけ。

ルーは遠くの、自分の弾丸が当たった跡を指さした。苔むした幹の付け根の樹皮が弾け飛び、森の地面に散らばっていた。ライフルを渡す。「大事なのは、同じ場所に当てるってこと」マーシャルの両肩に手を置き、背中の後ろに立つ。彼の体を——脚を、腰を、肩を、指を、マリオネットのように動かす。そしてライフルをぐいと押して、銃の木の部分を彼の腕のなかに落ち着かせる。

「反動がくるよ。だいたいの力は弾といっしょに出ていくけど、残りは逆向きに、体のほうへかかってくる」

「運動エネルギーか」

「いい？　だいじょうぶ、うまくいくから」

じっと身じろぎもせずにいるマーシャルのほうに、ルーは頭を、頰が銃身に触れそうになるまで傾けた。「見て」と言う。マーシャルが首を曲げ、頭と頭が隣り合った。彼の髪のにおいがした。湿った土のような、雨降りのあとの草原のようなにおいだった。「弾はまっすぐ飛んでいくわけじゃない。だんだん下がっていくの。だから必ず少し上のほうを狙わないといけない。あんたは震えてる。震えるのは止めないと」

「ごめん」

「本能だよ。怖いのはしかたない。でもそこが一番大事なとこ」彼の体を両腕で包みこむ。「息を吸って」マーシャルが深く息を吸うのが聞こえると、ルーも肺を開き、彼といっしょに空気を取りこむ。立ち上がった金属の照星のあいだに、自分の作った印が見える。用心鉄の内側に手を滑らせ、彼の折れた指の上に押し当てる。いま、世界中が待っている。

「さあ」

銃弾#4

　ジョーヴが請け合ったとおり、ダイナーはハイウェイからすぐのところにあった。駐車場に店の名前を象《かたど》ったネオンサインと、牙のある巨大な毛むくじゃらの豚がブルーベリーパイをぱくついている漫画が掲げてある。いかにも時代に取り残されたような店だった——鉄道沿いのダイナー。片側に並んだブース席、クロームの縁取りのある長いカウンター、ベルの付いたドア、天井近くに掛けられた大きなネオン時計。店番はウェイトレスひとりに、厨房の配膳口の向こうに見えるコックひとり。コックはベーコンを炒めては、ときどき出てきてレジの操作をする。朝食とランチの合間の時間帯だったので、客はホーリー以外には、隅のブースで年のいったトラック運転手の二人組がコーヒーを飲みながら、また走り出すまでの時間を過ごしているだけだった。

　ホーリーはカウンターに座り、卵の料理を頼んだ。フロリダで三度続けて仕事をこなしたばかりで、二つはうまくいったが、ゲインズヴィルではしくじった。そしていまは盗んだ車で、また東海岸を北上している途中だ。ノースカロライナまで上がってきても、まだ南部の陽気は汗ばむほどだった。ジョーヴから頼まれたこの用事がすんだあとは、ホーリーにはなんの計画もなかったが、体が発する声は、ずっと北まで行け、できればノヴァスコシアまでもとささやいていた。実際は写真で見る以外に行ったことなどない。それでもすでに、冷たい天気や岩がちな海岸のことを夢に見るようになっていた。

行きがけの最後のひと仕事は、ジョーヴの刑務所時代の朋輩、エド・キングと落ち合うことだった。キングは出所してから、ギャングの顔役たちの身辺警備や違法な取引、消えたブツの取り立てなどを引き受けていた。隠れ蓑《みの》にボクシングジムを経営し、ときには自分自身と誰かの試合を組んで、昔とった杵柄《きねづか》にものを言わせることもあった。しかも恐ろしいハードパンチャーだと評判をとっていた。なにしろ強烈なパンチで、これを食らうと脳の神経が端から端まで切れてしまう。キングと闘った相手は、歩き方やしゃべり方、自分の女房が誰かといったことまでぜんぶ覚えなおさなきゃならない。そしてとうとう、バーである男を死なせてしまい、故殺罪で刑務所送りになった。そこでジョーヴと知り合った。ホーリーは服役の経験はなかったが、刑務所で同じ時間を過ごした男たちには、軍隊の兵士仲間のように一生の縁ができることを知っていた――たとえそこまでおたがいを好きでなかったとしても。

このころジョーヴは、また刑務所に入っていた。盗難にあった火器を所有していた罪で、二年の刑期だった。タルボットの時計を届けてからまもなく、シアトルの繁華街で赤信号を無視して捕まったのだ。本人の不注意のせいだが、ホーリーも多少の負い目がないではなかった。それでジョーヴの弁護士を通じて、貸し金庫の鍵のありかを教えるから、このダイナーで引き渡しをしてくれという伝言を受け取ったとき、引き受けると葉書で返事をした。ジョーヴの蓄えをほぼぜんぶ、エド・キングの仕組んだ試合に注ぎこむという、大がかりな賭けの話だった。その儲けが入れば、ついに自分の船を買ってハドソン川に浮かべられる。きっとうまくいく——絶対確かだ。ジョーヴはホーリーにもひと口乗るように勧めてきたが、ホーリーが金を賭けるのは、自分で手札を持てるカードゲームだけだった。

コックが厨房の配膳口に卵とトーストを置いた。ウェイトレスが料理を手に取り、ホーリーの前に滑らせた。食器とナプキンも渡し、マグを持ってきてコーヒーを注ぐ。

「ミルクとお砂糖は？」とたずねてきた。

「おれはもう十分甘いから……」

あのとき、タルボットの妻にも同じ台詞《せりふ》を言った。それを意識する前から、あの乳白色の目を思い出していた。いまだに彼女のことは胸が痛んだし、いずれタルボットが追いかけてくるのではと不安に駆られることもあった。だが一年近くたったいま、肩越しに後ろを振り返るのはもうやめていた。

ホイッドビー島での仕事のあと——クジラがふたりから去っていき、ディンギーのエンジンをかけてシアトルまでたどり着いてからは、ホーリーはそれまでとちがった生き方をするつもりだった。なのに船を桟橋につなぎ、時計を届けて報酬を受け取り、鉄道の駅でジョーヴと別れると、結局は予定どおり切符を買い、つぎの仕事のためにオクラホマへ向かった。これは正しいことじゃないとわかっていても、自分が変わろうとするより、慣れ親しんだやり方に頼るほうが楽だった。夜になるとおかしな夢を見た。モーリン・タルボットが頭のなかに忍びこんできて、ホーリーのコーヒーカップの上に金属のピッチャーを持ち上げて止め、ミルクと砂糖は要るかと訊いてくるのだ。

「……ブラックでいい」

ウェイトレスがピッチャーを置き、テーブルを拭く仕事に戻ると、ホーリーは卵料理にとりかかった。キングが早く現れてくれないものか。早く道路に戻って走り出したい。時刻は午前十一時。ネオン時計が灯台のように光り、秒針が数字からつぎの数字へとなめらかに動いていく。

ドアが開いてベルが鳴り、娘がひとり、ダイナーに入ってきた。歳は二十代、黒い髪で腰まわりは細くくびれ、だが尻は横に向けないと入口を通れないほどだった。黒のワンピースにハイヒール、手首までの手袋を着け、頭の小さな帽子から垂らした黒いベールが目の上を覆っている。尻を右に左に揺らしながら店のなかを歩いてくると、その同じ尻をカウンターの前の、ホーリーのすぐ隣のスツールの端に乗せた。

手袋を脱ぎ、帽子からピンを外してハンドバッグの横に置く。髪はもつれてぼさぼさで、まるで寝起きのようだ。ホーリーはむりやり視線を料理の皿に戻した。でないと頭のなかの想像を止められなくなりそうだった――娘の長い髪が枕の上にふわりとかかり、真っ白なシーツの下で、裸の背中と美しい桃色の尻が揺れている。

ウェイトレスは外でタバコを吸っていた。コックが厨房の配膳口から頭を突き出し、何を食べるかと訊いてきた。娘はハンバーガーと水を注文し、コックはすぐにできると応じた。待っているあいだに娘はメニューを読み、ハイヒールを蹴って脱ぐと、尻の下のスツールをくるくる回しはじめた。ホーリーは見まいとしたが、見ずにはいられなかった。娘が回るたびにそのひざが彼のひざに触れ、少し身じろぎをしたとたんにぶつかった。

「ごめんなさい」娘が言ったが、まったくすまなそうではなかった。スツールを回すのもやめようとしない。

「昼めしを吐いてしまわないか」

「まだ食べてないから」と言って、今度は反対の方向に回りはじめた。つま先で床を押しながら、回転木馬のようになめらかに、円を描いている。

「こういうイスは大好き。誰にも動かせないのがすごくいい」

考えたこともなかったが、ホーリーも認めないわけにはいかなかった。しっかり固定され、クロームで縁取られたカウンターの前に並ぶ真っ赤なスツールは、たしかに見るべきものがある。

「どこまで行くんだ」

「え、どこへも行かないけど」

「じゃあ、このへんに住んでるのか」

「でもないの。当ててみて」

「そういうのは得意じゃない」ホーリーは持ち物一切を詰めたダッフルバッグと、ジョーヴの金が入ったショルダーバッグを動かし、スツールとカウンターのあいだにつっこんだ。コーヒーをすすり、卵をひと口食べる。店のなかには角度をつけた鏡がいくつもあった。厨房の配膳口の上にひとつ、表と奥の端にもひとつずつ。そのおかげでウェイトレスは後ろを向いていても、テーブルやドアのほうに目を配ることができる。たいていのダイナーにはこういう仕掛けがある。ホーリーがなるべくダイナーで食べる理由はそこにあった。それにカウンターにひとりで座っていても、誰からも不審がられないのもありがたい。

コックが娘のところへハンバーガーと水を運んでくると、娘は回るのをやめた。コックは年寄りで、顔はあごからひたいまでしわだらけだった。エプロンを着け、髪などもう残っていないのに、ヘアネットをかぶっている。マスタードとケチャップを置いて、厨房へ戻っていった。少しすると、配膳口から顔を突き出し、味はいけるかと訊いてきた。いけるどころか、すごくおいしいと娘は答えた。食べ方はかなり慎重で、バーガーを四つに切り分け、一度にひとかけだけ口に入れて嚙みながら、合間に水をゆっくりと飲んだ。

「今夜はね、流星雨があるの」

「そうなのか」ホーリーはコーヒーを手に取ったが、飲まずにいた。「一度ワイオミングで見たことがある」

「双子座《ジェミニ》流星群？」

「なんて言ってたかは知らない。ただ流れ星ってだけで」

「流星雨はどこから降るかで名前がつくの。そういう星座の方向から降ってくるわけ。でも本当の星じゃなくて、太陽の周りを回ってる彗星のかけら。宇宙のゴミよ」塩をフレンチフライの一本にかけると、口に入れた。そしてもう一本にまた塩を振りかけ、それも食べた。片手に塩入れを持ったまま、一度に一本ずつ食べていき、やがて皿がきれいになった。「今夜のはペルセウス座流星群っていうの、流星雨がペルセウス座から降ってくるみたいに見えるから。神話のゴルゴンを退治したひと。英雄ね」

「よく知ってるんだな」

「ラジオで聞いたの。それとね、これがあるから」娘は足を持ち上げ、くるぶしの周りに入れた、小さな星が散らばったデザインのタトゥーを見せた。

こういう会話になると、ホーリーは及び腰になるのが常だが、それでもこの娘には興味をひかれた。彼女の脚の皮膚に針で描かれた星々を思った。その脚を持ち上げて自分の肩に乗せ、星にキスをするところを。そして西部で見た流星のことを思った。あれはゴミのかけらにしては、おそろしく明るく光っていた。

ウェイトレスが一服から戻ってきて、コーヒーのポットをつかみ、トラック運転手ふたりのところへ行ってマグを満たした。それからカウンターを拭きはじめた。

「ミルクシェイクはできる？」娘が訊いた。

「ええ」ウェイトレスが言う。

満面の笑みを浮かべる。「じゃあ頼もうかな、あんまり大変じゃないなら」

「ハリー。ミルクシェイクね」

年寄りのコックの顔が配膳口の向こうにひょいと現れた。「なんの味で？」

「チョコレート」

「あいよ」コックは言って、また姿を消した。

「もうおしまい？」ウェイトレスがホーリーに訊く。

たしかに満腹だったが、隣の娘がミルクシェイクを飲むのを見ていたい気がした。

「コーヒーをもう一杯もらおう」

ウェイトレスは彼の皿を片づけ、マグをいっぱいに満たした。三人でミキサーがブーンと唸る音を聞いていたあと、コックが背の高い金属のキャニスターと小さなグラスを配膳口に置いた。ウェイトレスがそれを娘の前に、紙袋のストローといっしょに出す。そして店のなかの遠い端まで行き、ビニールで包んだメニューの束を拭きはじめた。

娘はシェイクをグラスに注いだ。ストローを開け、金属のキャニスターに差して飲みはじめながら、グラスをホーリーのほうに押してよこす。

「いや、いい」

「シェイクはシェアするもんなの。ルールだから」

「わかった」アイスクリームの類を食べるのはいつぶりだったか思い出せない。ミルクシェイクは冷たく、喉の奥をどろっとした塊が滑り下りる感触があった。

「さっきのクイズ、もう一回チャンスをあげる」

「だから、そういうのは得意じゃないんだ」

「じゃ、教えようかな」娘は大きく一度、ストローを唇にきつく押し当て、頰をへこませて吸いこんだ。それから金属の筒からすっと手を離し、顔を近寄せると、彼のひじの先に冷たくなった指を触れた。「ここへ強盗に来たの」

ホーリーはまず鏡に目を向け、店の隅を、そして厨房の配膳口の様子を見た。ウェイトレスはまだメニューを拭いていて、隅の運転手ふたりは大声でしゃべっていて、コックの姿はどこにもない。ちらとダッフルバッグとジョーヴのショルダーバッグに目を落とし、スツールとカウンターのあいだに無事に収まっているのを確かめた。そして向きなおったとき、ミルクとアイスクリームに包まれた娘の吐息がかすかに顔にかかった。

「冗談なんだな」

娘は笑って腕から手を離し、ホーリーはまたグラスからひと口飲んだ。チョコレートシロップの味がした。口元を手の甲でぬぐう。

「信じたんだ」

「いいや」

「うそ、信じた」

そのとき運転手ふたりがそろって立ち上がり、レジまで行って代金を払った。別々に領収書を頼んだせいで、ウェイトレスがレジをチンと開けるのにしばらくかかった。釣り銭を数えているウェイトレスに、運転手たちがチップを渡す。そして帽子をまっすぐかぶりなおすと、小用を足してダイナーを出ていき、それぞれ十八輪のセミトレーラーに乗りこんで駐車場から出ていった。その間ずっとホーリーは顔を赤くし、娘は笑っていた。

「こんなおいしいミルクシェイク、初めて。もう一杯頼もうかな」

「ストロベリーもできるわよ」ウェイトレスが言う。

「やった！」

コックがまたミキサーを動かしはじめ、ウェイトレスが娘をつくづくと眺めた。「パーティーか何かの帰り？」

「ううん。葬式よ」

「そう、ご愁傷《しゅうしょう》さま」

「ぜんぜんいいの。よく知らないひとだったし」

コックがシェイクを作り終え、ベルを鳴らした。ウェイトレスが配膳口からグラスと金属のキャニスターを手に取ると、両方とも娘の前に置き、今度はストローを二本添えた。そしてぜんぶのテーブルから砂糖入れをかき集め、隅のほうで中身を詰めなおしはじめた。

娘がストローを二本とも開けた。一本をキャニスターに、もう一本をグラスに差す。

ミルクシェイクをグラスに分けて注ぎ、ホーリーのほうに滑らせてよこした。

「もういいよ。腹いっぱいだ」

「言ったでしょ、ルールだって」娘が言って、ひと口飲む。「本物のイチゴだ。本物のイチゴが出てくるなんて思わなかった」そしてカウンターに頭をつけ、目をつむった。唇にひいた口紅は、ハンバーガーを食べてストローを吸ったせいで真ん中あたりがはげていたが、端のほうはまだあざやかだった。

「誰が亡くなったんだ」

「父親」娘が言った。カウンターに頭をつけ、目をつむったままで。「葬式が終わったあと、どこも行くところがなくて。ここか、どっかのバーぐらいしか」

「飲みたい気分なのか」

「うん。でもやめとく。もう一年も飲んでないし。あたしはミルクシェイクでたくさん」

ホーリーが足元のバッグをわきに蹴りのけ、娘とのあいだの空間が広く開いた。足の下に、バッグに入れたウィスキーのボトルの感触があった。「お父さんに会ったことはなかったのか」

「あたしが子どものころ出ていったの。でも毎年、誕生日には歌う電報のひとを送ってよこした。いっぺんも忘れずに。母さんはかんかんになったけど。父さんと暮らしたほうがましだってずっと思ってた。二、三度家出して、捜しにいったこともある。それでいま、父さんのトラックをもらったの。ばかでかいスノートラック。雪かきとか警告灯とか、ぜんぶ付いてるやつ」

　ホーリーは言葉に詰まった。何を言えばいいのだろう。ホーリーの父親は、彼が十五のときに心臓発作で死んだ。それからずっとひとりで生きてきて、いまは自分が生まれたころの父親と同じ歳になった。三十に。もう若くはないし、老けてもいないだろうが、少なくとも人生の半分は過ぎてしまった。

　グラスから時間をかけてすすった。娘の言ったとおりだ。コックは本物のイチゴを使っていた。舌の裏に種の感触があり、強く新鮮な風味が口に広がる。どこかの庭に足を踏み入れてクモの巣を払いのけ、陽の光で熟しすぎてだめになっていない、完璧な実を見つけたときのようだった。

「雪かき車なら、逃げるとき役に立つな。まだここで強盗をするつもりなら」

　娘が目を開いた。一瞬、泣き出すのかと思ったが、かわりに彼女は笑った。赤ん坊のような笑い声だった。カウンターから頭を持ち上げ、目もとをぬぐうと、またホーリーのひじに手を置いた。その指は、今度は温かかった。「ありがと」

　自分が口にしたことはまちがっていなかったのだ。それがわかると、温かい気持ちになれた。もうすぐふたりともこのスツールから下りて、二度と会うこともないだろうけれど、いまはこうして静けさに包まれ、ふたりでミルクシェイクを分け合って飲んでいる。そのときドアのベルが鳴り、エド・キングがダイナーに入ってきた。

　キングは光沢のある、ぶかぶかのダークブラウンのスーツ姿だった。髪は地肌が見えるほど剃り上げ、鼻が蝶番の外れたドアのように顔から垂れ下がっている。歳はホーリーよりずっと上で、ジョーヴでもまだ若いくらいか。それでもまだ、ボクサーらしい身のこなしをしていた。

「サム・ホーリーか」

「そうだ」

キングがカウンターまで歩いてきて、ホーリーの隣に立った。握手をすると、相手の腕っぷしの強さが感じとれた。キングが娘をじっと見つめる。そのまぶたの端がひくひく動いていた。「もう食べ終わったみたいだな」

ふと気づいた。おたがいに紹介をしあえば、娘の名前が聞けるかもしれない。だがエド・キングに娘のことを知られたくなかった。それにこの娘には、自分がどんな人間たちと付き合っているかを、どんなろくでもないことをしてきたのかを見せたくない。ホーリーはダッフルバッグとジョーヴのショルダーバッグをつかみ、ウェイトレスに向かって、ブース席に移るという合図をした。

「お話しできて楽しかった」娘が言った。

「ああ」

ふたりで隅のブースに腰を下ろした。ホーリーは娘のほうを見たいという思いに駆られないように、カウンターに背を向けて座った。キングの折れた鼻に意識を集中させる。店内の鏡を確認し、足先でショルダーバッグの金をつつき、水をぐいと飲んで喉にからみつく甘い後味を消した。ウェイトレスがメニューを持ってくる。

「スペシャルはあるか」キングが訊いた。

「ポークね。毎日店の裏で、自家製で焼いてるの。それとパイ。八種類から選べるわ」

エド・キングはプルドポークの煮込みとコーヒー、そしてパイを頼んだ。

「パイはどれにする？」ウェイトレスが訊く。

「できたてのがいい」

「うちのはみんなそうよ」

「じゃあ、まとめて持ってきてくれ」

ウェイトレスが行ってしまうと、エド・キングはホーリーからショルダーバッグを受け取り、自分の隣の席に置いた。上のフラップを開けて手をなかに滑りこませ、風呂の湯加減でも見るように前後に動かす。「これでぜんぶか」

「ジョーヴはそう言ってた」

キングはバッグを閉めた。ウェイトレスがポークの煮込みの皿とコーヒーを持ってきた。ナプキンとティースプーン、スープ用スプーンにミルク、砂糖をテーブルに置いていく。キングが砂糖入れをコーヒーの上に傾けた。瓶の蓋の中央に金属の注ぎ口があり、中身がそこからざざっとこぼれ落ちた。

「ジョーヴはどうしてる」

「元気だ」ホーリーは言った。「出るのが待ちきれないと言ってる」

キングは砂糖入れを下ろし、コーヒーをがぶりと飲んだ。見ているだけで歯が疼いた。

「あいつも試合を観られるといいんだがな」

「テレビがあるんじゃないか」

「ムショの娯楽室は六時までしか開いてねえ。消灯は十時だ。おれもずっと昔、十八か月ばかり入ってたからな」キングはポークの煮込みにとりかかった。ホーリーの肩ごしに目をやっている。あの娘を見ているのだと、ホーリーにはわかった。別の席にすればよかったか。

ジョーヴを保釈できるかどうか議論をしているうちに、キングが試合のことを話し出した。ふたりのボクサーにどんなトレーニングを施したか、そのどちらに自分の金を託すか。ホーリーはうなずいていたが、そのあいだずっと娘のいるほうに耳を澄ませていた。最後に底に残ったミルクシェイクを、ストローでズズッと吸う音。ハンドバッグがパチリと開く音。ウェイトレスがカウンターに紙の伝票を滑らせる音。レジがチンと鳴って引き出しが飛び出る音。娘がハイヒールを履こうとして床に靴底がこすれる音。そしてピンのかすかなパチリという音。娘があの小さな黒い帽子を頭に載せ、髪に留めている。それがすめば、ここから出ていく。

ウェイトレスがブース席まで、パイ八種のスライスが載った大きな皿を持ってきた。ブルーベリー、チェリー、パイナップル、桃、キーライム、ペカン、チョコレートプディング、バナナクリーム。どれにもホイップクリームがたっぷり盛ってある。「召し上がれ」と言いながら、フォークと新しいナプキンを置いた。だがエド・キングはパイを見ていなかった。店の反対側にじっと目を向け、そのまぶたが異様にひくついていた。

「おい、あんた」と呼びかけた。「さっきガスの葬式で会わなかったか」

ホーリーはぱっと振り向いた。娘は店を出ようとしていて、ドアがすでに半分開けられ、黒い帽子が頭の上に小さな動物のように載っていた。腹のあたりにもぞもぞと、恐怖と興奮の入り混じった感覚があった。娘が取っ手を離し、ガラスのドアが静かに閉まる。一度、二度瞬きをして、答えた。「あたしはガスの娘だけど」

「やっぱりな。ここへ来てからずっと、そうじゃねえかと思ってた。けどその帽子がなかったからな」

娘がふたりのテーブルまで歩いてきた。「ずいぶんたくさんのパイね」

「いっしょにどうだい」キングが言う。

娘は少しのあいだ、決めかねて立っていた。ホーリーにちらと目を向け、微笑んだ。

「いいわよ」

ホーリーがブースの上で体をずらし、娘がその隣に座ると、ひざの上のハンドバッグをつかんだ。すぐそばであの尻が座席の上に広がっている。キングが追加のフォークがほしいと声をかけ、ウェイトレスが二本持ってきた。それからまたタバコを吸いに出ていった。ホーリーはミルクシェイクで腹いっぱいだったが、娘はフォークをつかむと、バナナクリームを少しすくい取った。

「ガスのことは、気の毒にな」キングが言った。

「いいの」娘がホーリーにちらと目をやる。「おふたりはどういう知り合い?」

「こっちの男はときどき、おれの下で働いてる」

「そう」娘がフォークの先をなめた。「あなたはこのへんのひと? 父とフェニックスで知り合ったとか」

「知り合ったのはニューヨークだ。それが、おかしな話でな、あんたが聞きたいかどうかわからねえが」

「話して」

「いいともよ。しかし一杯やりてえな。この話をするときはたいてい酒を飲むんだ、そのほうが舌がよく回る」そう言って、鼻の頭を掻く。「ガスとはアケダクトで、あいつが三連単を買ってるときに会った。そのあと二度ばかり仕事を手伝わせた。あいつはちんけな小物で、いつでも金に困ってた。ずっと競馬場に入り浸りだったからな。あいつを気に入ったのは、見たこともねえほどの大酒飲みで、なのにまるで懲りなかったからさ。妙な話だが、娘がいるなんて一言も言わなかった。しかもあんたはべっぴんだ。あんたみてえな娘がいるなら自慢してもよさそうなもんだろうに。

あいつは酔うと人が変わったみたいになったし、金のためならよく無茶もやらかした。誰かに〝さすがにあの野郎は殴れないだろ〟と言われりゃあ、強面《こわもて》の用心棒のところへ行ってパンチをかます。〝財布は捨てられないよな〟と言われりゃ、クレジットカードを知らないやつに残らずくれてやる。着てるものをぜんぶバルコニーから放り投げて、鍵を下水の格子に落としたりする。みんながげらげら笑うと、やつは言うんだ、〝しらふのガスはこういうのが好きなんだ！〟ってな。それでつぎの日に見かけたら、顔じゅうぼこぼこに腫らして、必死にクレカを止めようとしながら、道路わきの下水の格子に這いつくばって釣り糸に針をつけたのを垂らしながら言うんだよ、〝酔いどれガスがえらいまねをしやがった〟って。

それで何か月か前、やつが〝しらふのガス〟のときに、借金を返さなきゃならないから、金を貸してくれと言ってきた。おれは渡してやったが、〝酔いどれガス〟が馬でその金をぜんぶすっちまった。おれが取り立てにいくと、〝しらふのガス〟は泣くばっかりだ。おれもあいつが下水の格子の上にしゃがみこんで、落っこった鍵を捜してるときの、どうしようもなく情けねえざまが頭に浮かんでな、しばらく待ってやろうと言った。そしたら〝酔いどれガス〟はどうしたと思う。その晩におれのジムへ入りこんで金庫を破って、一週間分の金を盗んだ。車でアトランティックシティまで行って、すってんてんになって、そのあとじきにくたばった。おれにも、みんなにも借りをこさえたままでな。それがおれの知ってる話だ」

娘がフォークを下に置いた。

「そんな話をしなくてもよかっただろう」ホーリーは言った。

「しちまったものはしかたねえ。まあこれで、どういう親父だったかわかったろう」

パイの中身がこぼれ出し、皿に色とりどりの模様を作っていた。隣で娘の体が発する熱が感じとれた。

「どうして葬式に来たの」

「あいつにゃあ五千ドル貸しがあった」

「大した金じゃないだろう」ホーリーは言ったが、金の問題でないことはもうわかっていた。キングが許せないのは、その男が自分に楯突いたことなのだ。

「いや大金だ」

娘は鼻にしわを寄せた。「そんなお金、持ってない。本当の話かどうかもわからないし」

キングはパイのひと切れをフォークで刺した。それを口に持っていく。「本当のことだ」

ホーリーの背中の、アディロンダックの山のなかで食らった最初の弾丸の痕が疼き出した。とたんに頭が目録の整理を始めた——足元のダッフルには父親のM14ライフル、予備の弾薬、ベルトに差してあるスミス&ウェッソンのリボルバー。全身が戦闘態勢をとり、筋肉という筋肉が緊張した。

娘がブースから滑り出た。ハンドバッグから手袋を出し、指のあいだできつく握りしめる。体は震えているが、まだ無事に出ていけると思っている。「パイをありがと」

キングが電光石火の速さでボクサーの腕を伸ばし、娘の手首をつかんだ。それを見た瞬間、ホーリーは弾かれたように立ち上がった。

「放して」娘が抗《あらが》った。目はウェイトレスを捜している。

「まあ座んな」

娘が指を開き、手袋がテーブルに落ちた。抵抗するのをやめると、キングはつかんだ手をゆるめたが、離しはしなかった。小さな黒い帽子を留めるピンが外れていた。ベールに隠れた娘の目がぎらりと光るのをホーリーは見た。娘はまた座ろうとするふりをしてみせたが、そのときさっと前に身を乗り出し、キングの手首に思いきり嚙みついた。キングが悲鳴をあげ、指の力がゆるんだ。その刹那《せつな》、娘が手袋をつかみ、ドアに向かって走った。キングがブースから出てあとを追おうとしたが、ホーリーが立ち上がって行く手をふさいだ。

「行かせてやれ」

「あのくそアマ！」娘の歯が皮膚を食い破ったのか、キングはぶかぶかのスーツの上に血を垂らしていた。娘のヒールがカツカツと急いで遠ざかり、ドアの上のベルが鳴るのが聞こえた。

「あんたにその金は必要ない」

「おまえには関係ねえ」

「いやある」こんなことを言うつもりはなかったが、口から出たのはその言葉だった。そしてその瞬間、たしかにその言葉どおりなのをさとった。これは以前にあった、弾丸が身体に向かってくるときの感覚とはちがった。むしろさっき娘に話した流星雨のよう、冷たい岩のかけらが急に燃え出して生き返ったようだった。何かの錠が外れていた。ありうべき将来への錠が。そして入口はここにあった。この目の前の空間に、ブース席とカウンターと回転椅子の列に挟まれた細い通路に。

エド・キングの目がひくつき、折れた鼻の穴が大きく広がった。後ろに体をそらせると、娘の腕をつかんだときと同じ速さでこぶしをくり出した。だがその動きを待っていたホーリーは間一髪でかわし、キングが勢いあまってテーブルに倒れこんだ。皿が床に落ちて砕け、パイが四方に飛び散った。

コックが厨房の配膳口から頭を突き出した。「おい、何やってる」

その声にホーリーが気をとられたすきに、キングのつぎのパンチが飛んできた。胸に強力な一発、ついであごに一発食らい、気づくとダイナーの床に倒れていた。キングがショルダーバッグを持ってホーリーの上をまたいでいこうとしたとき、ホーリーはキングの脚をつかんで床に引き倒し、のしかかって馬乗りになると、渾身の力で殴りはじめた。

これがホーリーの本領だった。

体がすべての動きを、歩き慣れた道のように憶えていた——アドレナリンを、激しく動く肩の熱さを、体重の移動を、皮膚と髪の揺れを、あばらへの打撃を、呼吸の痛みを、こぶしが砕けるなじみ深い感覚を。それがたまらない快感となって、深い洞窟の奥から吹きつける暗くなめらかな風のようにあふれ出した。ズボンの後ろからスミス&ウェッソンをつかみ出し、キングの口に押しこむ。

コックがショットガンを手に持って、厨房から飛び出してきた。ヘアネットを着けたままの姿で。「そこまでだ！　それを置け」

ホーリーはゆっくりと、キングの歯のあいだからリボルバーを引き抜いた。もう少しで殺すところだった。指が震えている。こうまでするつもりはなかった。ぎりぎりの縁からなんとか引き返したいま、心臓が早鐘を打ち、両手で血がどくどく脈打っていて、頭の上に挙げても止まらなかった。コックがショットガンを構えたままカウンターを回りこんで、あとずさりで入口まで行った。ドアを勢いよく開ける。

「バーバラ！　こっちへ来い！」

ウェイトレスがタバコのにおいをさせながら入ってきた。店の惨状を見てとり、その目が丸くなった。「なんなのこれ！」

「警察を呼べ」コックが言う。

「その必要はない」ホーリーは言った。「誰もケガをしちゃいない」

「おまえはこの男を殺そうとしたろう」コックが言い、ホーリーに命じてリボルバーを渡させた。それからウェイトレスに、手洗いのそばの電話で警察に通報するように言った。ウェイトレスは小銭の持ち合わせがなく、レジから出さなくてはならなかった。

ホーリーは立ち上がったが、こぶしから手首にかけて切るような痛みが走った。足元でキングがうめき、ごろりと横向きに転がる。床じゅうにパイが散乱し、桃とパイナップルとブルーベリーとホイップクリームにキングのスーツがまみれていた。垂れ下がったドアのような鼻が、いまは逆向きに曲がっている。ホーリーはコックから目を離さずにいた。全身の神経が痛んだ。ダッフルバッグのほうへ一歩、近づいた。

ウェイトレスが電話を切った。「じきに来るわ」と言い、カウンターを回りこんで向こう側に立った。コックはカウンターとブース席のあいだに立ったまま、ショットガンを動かさずにいた。

「面倒はごめんだ」ホーリーは言った。「すぐに出ていく。ゆっくりと、ただ外まで歩いていく。誰にも迷惑はかけない」

「ここにいて、警察に話をしろ」コックが言う。

「すまないが、それはできない」鏡を確かめ、駐車場にすばやく目をやった。そして手を下に伸ばし、ダッフルバッグと、ジョーヴの金の入ったショルダーバッグをつかみ上げ、年配のコックのほうへ一歩進み出る。

「そこから動くな」

「あんたの横を通るだけだ。そのまま出ていく。もう二度と会うこともない。ドアを抜けて外に出る、それで終わりだ」通路を進んでいった。コンロの上で何かが焦げているにおいがした。頭の上でネオン時計が瞬き、光がカウンターのクロームの縁の部分に反射していた。あまりの静けさに、時計の針が数字の細い黒の線をなでるように動いていくかすかなブーンという音まで聞きとれた。

コックは銃を下ろさなかったが、後ろに下がってすぐ近くのブース席へ入り、ホーリーを通した。その直後から、ホーリーは夢のなかに足を踏み入れた気がした。この場面はすべて遠い前世で体験したものだ、コックが通してくれるのももうわかっていて、これと同じことがずっと以前にあった、とでもいうようだった。つぎに何が起きるのかが、かつてないほど確かに、明瞭に感じられた。取っ手に手を伸ばす。ドアを引き開け、ベルがチリンと鳴る。外の舗装を温めている陽の光、ガソリンのにおい、ハイウェイの排気ガスのにおい。そんなすべての背後で、たえず唸り音がしていた。ダイナーの裏手に松の木立があり、そこから始まった森が鉤爪のように小高い岩がちな峰へと伸び、さらに丘陵を横切ってはるか遠くまで広がっている。店に入ったときも木立には気づいていたが、いまはその針状の葉のあいだを抜けてくる風の音が自分に向かって唸っているように感じた。だがそのとき、別の物音が聞こえた。ほんの数分の一センチ振り返った瞬間、エド・キングのこぶしが飛んでくるのが見えた。

ボクサーらしい、人の精神をねじ切るような一撃だった。ホーリーは自分自身が二つの部分に引き裂かれるのを感じた。ありうべき可能性の自分から、現実の自分が引きはがされる。もう少しで届いたのに。そう思った。もう少しで間に合ったのに。そのとき、音が爆発してあたりを震わせ、周囲の世界が迫ってきた。自分が後ろざまに水のなかへ倒れこみ、光の届く水面がはるか上へ遠のいていくようだった。やがて闇が押し寄せ、残った光を消し去った。

われに返ったとき、ホーリーはダイナーの入口のすぐ手前にいた。自分が倒れこんだ勢いで、ガラスのドアが砕けていた。身じろぎをすると、胸の上から細かな破片がキラキラ光りながらこぼれ落ちた。頭ががんがん鳴り、耳から血が滴っていた。どこか後ろでキングがコックに向かってわめいていた。どのくらい気を失っていたのか。割れた窓の向こうの真っ青な空を見上げた。風が吹きはじめたのか、雲が勢いよく流れていた。

ホーリーは立ち上がろうとした。視界が回り出し、懸命にカウンターの前に並んだ席に意識を集中した――固定されて動かない、赤いスツールに。向こうのレジの横で、キングとコックがショットガンを奪い取ろうともみ合っていた。老人がボクサーを近づけまいとするが、キングはすばやく前屈みになってコックの腹にジャブをくれた。ショットガンが暴発し、窓のひとつに穴が開いたかと思うと、またもやガラスがダイナーのテーブルの上に降りかかり、振り向いたホーリーの腿に飛び散った散弾のひとつが当たった。

ウェイトレスが悲鳴をあげ、カウンターの陰に身を伏せた。キングが片手で老人から銃をもぎ取り、銃身をぶんと振って相手の側頭部にたたきつけた。ホーリーの脚は燃えるようだった。傷に指を押し当ててみる。細かな散弾だが、出血はひどかった。ウェイトレスのすすり泣く声がした。老人は床の上でうめき声をあげ、ヘアネットがずれて落ちていた。キングはカウンターにもたれ、荒い息をついていた。スーツは血と八種類のパイにべっとり覆われ、口のなかで舌が、何か酸っぱいものでも味わっているように動いている。空の薬莢が薬室から飛び出し、ダイナーの床に当たってホーリーのほうへ転がった。

警告灯の赤と青の光が窓の向こう側にあふれたかと思うと、外でサイレンが鳴り出した。キングは悪態をついて銃を下ろし、ブースの陰にしゃがんだ。ホーリーは床に手とひざをついた。まだめまいがおさまらず、ガラスが手のひらの下でジャリッと鳴った。サウスカロライナで盗んだ車を駐めたのは、駐車場の遠くの端だった──警察の横を通ってそこまで行くすべはない。それでも四つん這いのまま、ダッフルバッグとショルダーバッグを引きずりながら、ドアの外に出ようとした。

トラックが入口の前に停まった。警告灯の光が回転し、サイレンが唸り、ラジエーターグリルに取り付けた巨大な雪かきが見えた。運転席側のドアが開き、あの娘が飛び出してくる。足は裸足だったが、さっきと同じ黒のワンピースを着て、頭の上にあの小さな帽子が留めてあった。娘がホーリーの元に駆け寄り、両腕に手を差し入れ、持ち上げた。

「立つのよ、こののろま！」

ホーリーは娘にもたれかかりながら、トラックへと向かった。あの大きな尻が体に押しつけられていた。精いっぱい急いで駐車場を横切り、運転台に乗りこんだ。ダイナーに目をやると、キングが窓からトラックを見ているのがわかった。

「タイヤをやられる」

「チェーンが巻いてある」娘が言う。

銃弾が運転台に当たって激しい音をたてたが、金属を通り抜けてはこなかった。娘がスノートラックのギアを入れ、急発進で駐車場を出ていく。ホーリーが振り返ったとき、キングがあとを追って走り出てくるのが見えた。そしてつまずき、ショットガンが手から離れて道路に転がった。ダイナーと看板の大きな豚が後方へ消えていく。娘はサイレンを切った。三度角を曲がってハイウェイに乗ると、速度をゆるめた。警察の車が二台、点灯しながら反対方向へ走っていった。

「もう行ったのかと思った」ホーリーは言った。

「あんたが出てくるのを待ってたのよ。そしたらあの男があんたを殴るのが見えて。まるで死んだみたいだった」

「おれもそう思った」ホーリーの顔はすでに腫れ上がりはじめ、まぶたがみるみる大きくなっていた。ハンドルの上で動く娘の両手を、星々に取り巻かれた素足がクラッチを踏むのを眺めた。「なぜおれを待ってた」

「なぜだろ」娘の目がバックミラーを、ついでサイドミラーを確かめたあと、一瞬彼のほうに向いた。「血が出てる」

「やつに撃たれた」

「痛む？」

「ああ」

娘がウィンカーを出して右車線へ寄り、つぎの出口で下りた。ハイウェイから郊外の町に入り、学校や教会やスーパーマーケット、平凡な通りや家並みや家庭のなかを抜けていった。ある角にさしかかったところで娘が右にハンドルを切り、カエデの木の下に寄せて停めた。

「見せて」

ホーリーが手を持ち上げると、流れ出た血がジーンズに滲み出した。

「病院へ行かなきゃ」

「だめだ」

「ばか言わないで」娘が彼のベルトに手をかけた。バックルを強く引っぱり、ホーリーの腰を動かした。ベルト通しから革を抜き取り、脚の傷に近い腿の付け根あたりに巻いて、きつく締めあげた。娘の背丈はホーリーの半分だったが、握力は万力のように強く、彼はただぼんやりと指が腿に触れるのにまかせていた。処置を続けている彼女の頭の後ろを、髪の生え際がつながっているうなじの一点を見下ろした。息にはまだ、かすかにイチゴの香りがした。

応急の手当を終えたとき、娘の手は血だらけになっていた。それをスカートでぬぐうと、黒いワンピースの上にべっとりと赤い筋ができた。そして座席に背をあずけ、ホーリーをまじまじと見つめた。

「あのバッグの中身はなに」

ホーリーは吐き気に襲われた。「よせ」

気づかないうちに、娘はダッフルバッグを開け、その手がホーリーの人生の一部始終を探っていた。衣服を、歯ブラシを、読んでいた新聞を取り出す。そして父親のライフルと弾薬を見つけた。

「許可証は持ってる」

「そう」またバッグの奥に手をつっこみ、黒いリコリスのキャンディの瓶を指で包んで持ち上げた。蓋をねじって外し、丸めた札束を引き出す。何百枚も紙幣を重ね、きつく巻いて輪ゴムで留めたもの。また別の瓶を開け、また同じものを見つけた。そのあいだずっと、顔は無表情のままだった。こんなお金は毎日見ているとでもいうように。それから金を元どおりに仕舞い、瓶をしっかり閉めて、バッグに戻した。ファスナーを締めながらため息をつく。キャンディをひとつだけずっと手に持っていて、いまそれを口のなかに、黒いスパゲティみたいに滑りこませた。

「リコリスは昔っから好きなの」

ホーリーは全身から力が抜けていくのを感じた。彼の顔に何かが現れたのか、娘が手を伸ばし、彼のあごの下に触れて脈を探った。首筋をさすり、そして押さえる。そのとき、ずっと探していた新たな始まりが、目の前に開けた。娘の指先がそれを、いままでホーリーの皮膚の下に隠れていた一筋の命を探り当てた。

娘の唇が動き、そっと数を数えるのが見えた。

そして手を離した。

外には並木と歩道と杭垣が、内ではエンジン音が続いていた。娘がホーリーの肩越しに手を伸ばし、体の上にシートベルトを引っぱってバックルを留めた。自分もシートベルトを締めた。イグニションをひねる。トラックが重々しい音を出し、がくんと揺れた。

「これから病院へ行く。いい?」

「ああ」娘の瞳は緑色で、金色の斑点が散っていた。この瞳を忘れないように、ホーリーは意識を集中させようとした。

娘が緊急灯のスイッチを入れ、光があふれ出した。色つきの閃光がウィンドウと同じ長さの筋を落とす。ミラーを確認し、トラックを道路に出した。

「じゃ、決めようか」娘が言った。

「何を?」

「どういう事故だったかってこと。病院で聞かせる話。あいつらはあんたを捜してるだろうから、州境を越えたほうがいい」手がシフトレバーに伸びてギアを切り替え、やがてまた切り替えた。ふたりとも黙ったまま、何ブロックか進んだ。

「きみの名前は?」

「言っていいのかな。あんたはたぶん、犯罪者だろうし」

「まあな。いまはきみもだ」

「いいよ」咳払いをする。「リリー」

「リリー」ホーリーはその言葉を口のなかで転がした。「リリーか」

「それがあたし」リリーがまたサイレンをつけると、ほかの車がみんなわきによけ、赤信号でさえ青に変わった。

風見

　毎週の日曜日、ルーはマーシャルをファイアーバードに乗せるようになった。通りの路肩に車を停めて、あの角の白い家のなかに彼がいて、髪を梳かし、靴ひもを結び、歯を磨いていると思いながら待っているのは楽しかった。世界が何かすごく大きな秘密を宿しているみたいで、そのあいだ彼女はダンキンドーナツの紙コップのコーヒーを飲んでいた。

　ふたりとも卒業したあとは、大学に入るまで一年の猶予が必要なのだと、それぞれの親を納得させた。マーシャルは〈グリーンピース〉のボランティアをやるつもりだと、ルーは一学年飛び級したせいでまだ十六歳だからと言って。ホーリーはルーがしばらく家にとどまることで機嫌がよくなり、娘が帽子とガウンを着けて卒業式のステージを歩いていく姿を撮影し、バスルームの壁にある母親の写真の隣に貼りつけた。そしてルーはグンダーソン校長の推薦をもらい、ボストンの科学博物館のインターンに応募して、来年の一月から始めることになった。それまで彼女はウェイトレスを続け、マーシャルは母親のために署名集めをする。夏の残りの数か月は、あらゆる可能性を秘めてふたりの前に広がっていた。

玄関のドアが開き、シャツとネクタイ姿のマーシャルが出てきた。後ろには母親がいて、〈ノコギリの歯〉のエプロン姿だった。ルーはグンダーソン校長に頼みこみ、メアリー・タイタスとは別のシフトで仕事に入れるようにしてもらった。今週のメアリーはランチタイムのシフトだったので、ルーは深夜まで店で働き、トレイやアイスバケットを運んで過ごしていた。アグネスはもう妊娠六か月で、前以上に手助けが必要だった。古着屋で買ったムームーを着て、冷凍庫で足を休めるようになり、おかげでルーの担当するテーブルが増えた。その引き換えにアグネスは、〈ノコギリの歯〉のバスルームの鏡の前で隣り合わせに立ちながら、アイライナーの引き方を教えてくれた。ひじを脇にしっかり固定して手を安定させる——父親に銃の持ち方を教わったときと同じだった。

「うん、きれいだよ」アグネスは言って、唇の鋲をきらりと光らせた。

黒いアイラインを引いた目はふだんとちがって見えたものの、きれいと言われてもぴんとこなかった。むしろ自分の顔を盗んだ知らない誰かと向き合っているみたいだった。この知らない誰かはコックに口答えをしたり、わりと気軽にお客と冗談を交わしたり、これまでのルーにはなかったほど熱心に働いたりした。週末で満員の店内は蛍が飛びかうような大騒ぎで、ルーは踊るように動きまわったりすり抜けたりして真夜中まで乗りきった。日付が変わるころにはくたくたに疲れ、コーヒーと、マーシャルに会えるという思いだけでなんとか目を開けていられるほどだった。

車のなかから眺めているうちに、メアリー・タイタスが息子にパンフレットの束を渡すと、せっぱつまったような表情で何か声をかけ、頬にキスをしてドアを閉めた。少年は急いで階段を駆け下り、クリップボードの下にスケッチブックを隠しながら、歩道にウィングチップの靴音を響かせて歩いてきた。ファイアーバードに近づくにつれ、少しずつ表情が崩れて笑みに変わる。ルーのそばまで来ると、彼は後ろに目をやって、母親が家から見ていないのを確かめた。それから車のドアが開いて閉じると、やっとふたりきりの空間になった。

持ってきたコーヒーをマーシャルに渡した。「地図はある?」

少年がコートのポケットを探り、折りたたんだ紙を振った。「電話帳は?」

ルーは後部座席のほうをあごで示してみせた。マーシャルが電話帳をつかみ上げ、薄いページをぺらぺら繰った。名前をひとつ書き足すたびに線を引いて消しながら、なるべく番地同士の近い住所を写していく。なくした署名をもう一度書きなおすというのは、ルーの発案だった。細部はマーシャルが考え、自分が何時間、何キロ歩いて何軒の家のドアをたたけば、何人の署名を集められるかを計算した。そしてふたりで署名を偽造した。いまではもう生物教室の自主研究のようになり、それぞれがそれぞれの役割をこなしていた。

車でドッグタウンまで行き、注意して脇道を選びながら、メイベル・リッジの家の前を通らなくてすむようにした。ルーはまだ、車を返す気になれずにいた。マーシャルに祖母のことは話したものの、車(借り物)やレースの手袋(盗品)といった細かな点はまだだった。ルーが運転のためにその手袋をはめたとき、マーシャルがセクシーだねと言ってくれたので、いまさら母親のものだったとは打ち明けたくなかった。

森がふたりの定位置になっていた。学校のころの知り合いに出くわす見込みが一番小さな場所。意図して自分たちふたりだけになっているというきまり悪さを感じずにすむ場所。いつも何かしらを、鳥の巣や大きなキノコや、ビーバーのダムやシダの群生を見て指さしたりできる場所。何もない空間を森の音が満たしてくれる場所。ふたりで道をたどっていくと木々がすぐ後ろに迫り、自分たちは危険を冒しているのだと感じられるような、危険な歴史を秘めた場所。

バブソンの石をたどり、〈真実〉から〈忠誠〉へ、そして〝ペテロの説教壇〟まで歩いていった。迷子石のなかでもとくに大きな岩で、てっぺんは広くて平たいけれど、側面は切り立っている――巨大で不安定な、傾斜した氷河の落とし物。上まで上がるには、側面に走っている狭い裂け目とわずかな岩棚をよじ登り、おたがいを押し上げ合わなくてはならなかった。てっぺんに着くと、もう踏み分け道のほうから見られることはない。森の上に浮かんだ石の小島だ。ルーはブランケットを広げ、彼女が用意してきたランチをふたりで食べた。チーズサンドイッチにプレッツェルの袋、コーク、オレオのクッキー。リンゴはルーが自分のジーンズで拭き、ナイフで切り分けた。

ランチがすむと地図と電話帳を取り出し、請願書の署名を書き加える作業にとりかかった。マーシャルが住所を読み上げ、ルーが電話帳のページを指でたどって一致する名前を見つける。

「ご協力ありがとうございます、ポーラ・ヘイデンさん」

「タラたちも感謝してますよ、ジョン・ペインさん」

「あの声が聞こえますか、ロバート・L・ケンドリックさん」

「しくしく、ねえミス・ビーム。しくしく」

マーシャルが斜めになった活字体で住所を書き、それからふたりで交代しながら署名を書いていった。最初は左手で、つぎに右手で――丸まった殴り書きで書いたり、一本線の筆記体やていねいな曲線で書いたりするうちに、ふたりとも指がひきつってきた。

「ちょっと休憩しようか。えっと。きみに買ってきたものがあるんだ」

マーシャルはコートに手をつっこみ、本を取り出した。太陽系の写真や図表がついた分厚い本。裏表紙にカール・セーガンの引用があった。〈どこかで何かすばらしいことが、発見されるのを待っている〉。

「すごい。ありがと」

「あの星座早見盤を見て、これがいいんじゃないかって」マーシャルが身を乗り出して本を繰り、海王星のページを開いた。青く渦を巻く水素とヘリウムと氷の塊。「ここ見て」円を指でなぞって、惑星の軌道を示す。「海王星の一年は、地球だと百六十五年なんだ」

「なんだか想像つかない。時間の流れがそんなにちがうなんて」

マーシャルがページをめくる。「これは近日点といって、軌道の上を動く星が太陽に一番近づくところ。海王星だと四十五億キロだな」

ルーはその惑星の軌道上の一点に触れた。「冥王星の軌道と交わるみたいだけど」

「二百四十八年ごとに一度ね。そのあとは冥王星のほうが太陽に近づく。でもどっちもちがう軌道面にいるから、実際に出会うことはない」

「なんだかロマンティック」

「そうだね。まあ、気に入ってくれるんじゃないかと思ってた」

「うん」その言葉のとおり、ルーはほんとうに気に入った。ブラックホールやビッグバン、小惑星や彗星や衛星、ケンタウルス座や月のことが書かれた章があった。裏表紙の手前には惑星の質量と重力を比較した表と、それぞれの星での自分の体重を計算する式が載っていた。ルーは紙を一枚借りて計算を始め、マーシャルはスケッチブックを取り出した。

木星の上では、ルーは一二八・六キロになるけれど、冥王星の上では三・六キロにしかならない。水星の上だと二〇・五キロでまあまあなのに、白色矮星《わいせい》に行くと七千万七百キロにもなる。どの場所にいるかで、自分の重さがぜんぜんちがってくるのだ。ルーは脚を伸ばした。ゆうべ夜中まで料理を運んでいたせいで筋肉が痛んだ。体の下の石は硬いけれど、陽をいっぱい浴びて温かい。後ろに体を倒した。目を閉じる。一分ほどたったろうか。一時間かもしれない。

目が覚めると、体が強《こわ》ばっていて、頰が本の背表紙に押しつけられていた。パンフレットがぱたぱた鳴る音、ペンが紙を引っかく音が聞こえた。マーシャルはまだ描いていたが、空いた片手をルーの背中の下のほうに置いていた。頭をマーシャルに向けると、彼の手のひらがするりと離れた。

「落ちるんじゃないかと思って」

「なに描いてるの？」

彼がスケッチブックを裏返す。紙全体に宇宙船の絵があった。丸っこい機体の下の穴から蒸気が噴き出し、金属のボルトで側面に取り付けてある錆びたようなエンジンからは炎が見える。バブル型の風防ガラスと、東西南北を指す方向計も付いていた。

「あたしもこんなふうに描けたらな」

「母さんに言わせると、時間のムダだってさ」マーシャルの親指と人差し指に挟まれたペンにぐっと力がこもり、インクが皮膚を汚した。彼の両手が直線と直線をつないでいくのを、やがてその単純な前後の動きが別の動きに変わり、指の関節がなめらかに曲がったり伸びたりするのを見つめた。

「母さんはぼくを〈ホエール・ヒーローズ〉に出させようとしてる。あの番組はいま、ザトウクジラの移動を追いかけてて、ついこのあいだステルワーゲン・バンクの回を収録した。まだ放送されてないけど、地元の環境活動家たちを大勢引きこんで、うちの母さんにも請願書のことで電話インタビューしてきた。もし義父さんがぼくを番組に出せば、自分ももっと有名になると母さんは思ってるんだ」

「あんたはテレビに出たいの？」

「いや、べつに。義父さんはろくな人間じゃないし」

「だったら、お母さんはどうして結婚したの」

「ひとりでいるのはもういやなんだって」マーシャルが鼻をぬぐう。「きみの父さんには、付き合ってる女のひとはいた？」

「いないよ」

「ほんとうはいて、きみが知らなかっただけかもしれない」

この数年のあいだ、ホーリーに近づいてきた女たちのことを思い返した——ウェイトレスに教師、司書にレジ係——でも父はいつも逃げ腰のように見えた。「いないと思う」

マーシャルがじっと見つめ、またノートに目を戻した。消しゴムを手に取ってページをこする。「だからたくさん銃を持ってるのかもな」

「それ、どういう意味？」

「何かのかわりってことさ」

「なんの話してるかわかってる？」

「ぼくの実の父さんも同じことをやってた。銃じゃなくて魚だったけど。いつも船に乗りにいってた。そうしてバンクスで溺れた。嵐のなかをむりに出ていったせいで。母さんは魚のせいだって言う。でもあいつは自分のやりたいようにしただけだ。ぼくらはアパートを追い出されて、母さんは一年間も精神安定剤を飲んでた。残されたぼくらがどうなるか、あいつはちっとも考えやしなかった」

風が急に強く吹きつけ、これから配るはずのパンフレットが岩の縁の向こうへ飛ばされはじめた。ルーもマーシャルも、紙片がくるくる舞いながら地面に落ちていくのを眺めていたが、やがてマーシャルがその残りをつかむと、立ち上がった。野球のピッチャーのように振りかぶり、紙の束ごと岩の向こうへ放り投げる。パンフレットが宙で広がり、風に乗って飛んでいく。そして草地の上に落ち、カエデの枝に引っかかり、ドッグタウンの向こうまで吹き飛ばされ、しまいには鳥やシマリスやウッドチャックにばらばらにちぎられて巣穴の材料になる。

マーシャルは荒く息を吐き、その体が太陽をさえぎっていた。

「絵を最後まで描いてよ」

「もう紙がない」

ルーはうつ伏せになり、曲げた両腕の上に頭を乗せた。自分でTシャツをめくり上げ、背中の下のほうをさらしてみせる。ジーンズのベルトのすぐ上の、さっきマーシャルが手を置いていたところを。「あたしの上に描いて」そう言って、目をつぶった。だめだと言われたときの、彼の顔は見たくなかった。

ガンの群が頭上を飛び過ぎていく、その鳴き声が聞こえた。

「何を描いたらいい？」

「海王星はどう」いまは全身の筋肉が緊張していた。皮膚に鳥肌が広がっている。さっき目が覚めて彼の手が離れたときから、ずっとこのことを考えていたのに気づいた。彼にまた手を触れさせる口実を探していたことに。

肌の上を動くペンは、針のような感触だった。背骨の中ほどから始まり、初めはためらいがちに、でもすぐに強く押しつけられる。つながった椎骨の上をひとつ、またひとつと慎重に滑っていく。線は背中の上のほうへ向かい、つぎに右のほう、それから左のほうへ広がる。まず海王星と土星を描く。そしてほかの惑星も。ルーの袖を押し上げて恒星の群を、つぎにシャツの襟を引き下ろして小惑星帯を描く。マーシャルが上にのしかかり、その重みがつかのま脚にかかった。やがてペンがあばらの横をなぞりはじめた。

「ちょっとのあいだ、息を止めてて」

ルーは岩の上にひたいを押しつけた。岩肌に埋めこまれた雲母や水晶のかけらが陽光にきらめいている。その小さな光の点をまっすぐ見つめるうちに、彼のペンが当たっている体がゆるやかに解けはじめ、めまいにも似た心をかき乱す感覚があふれ出した。夜に家の屋根の上に寝ころんで、ずっといつまでも星を見上げているときと同じだった。体がぐるぐる回りながらなめらかな空の奥へと昇っていき、もう上は上でなく下は下でなくなり、自分がちっぽけでつまらない一個の存在から地球そのものになって、宇宙空間をぐんぐんすごいスピードで飛び過ぎる、そのかたわらを彗星や流星や、ばらばらに砕けた氷の破片が闇のなかへ遠ざかっていく。でも、そんな感覚もいつのまにか消え、ルーはまたルー自身に、岩の上に寝そべって肋骨《ろっこつ》にペンを押しつけられているただの少女に戻っていた。

やがて、そのペンも離れた。

マーシャルが膝立ちのまま、上体を起こした。ルーの腰の、左と右に両手を当てる。指先がシャツの下に、手のひらがジーンズの縁に触れる。また顔を近づけ、ふうっと吹いてインクを乾かしはじめた。彼の息が冷たい流れとなって肌にじかにかかり、背骨を上へたどったあとで円を描き、やがて線と線がつながる。彼の唇が宙を漂い、それから背骨の付け根にキスするのを感じた。

「終わったよ」マーシャルが描いた絵の上に、シャツを引き下ろした。

森から出るころには、空が暗くなりかけていた。ルーは駐車場からファイアーバードを出し、ドッグタウンの周囲をゆっくりと走らせた。唇が腫れたように感じ、マーシャルのひげの跡がこすれた頬がちくちくしていた。彼のことはぜんぶ知っていると思っていたのに、無精ひげがあることにも、彼の体がどれほど色々な形で自分の体に重ねられるかにも驚かされた。自分があの岩の上で仰向けになったこと、背中に感じたキスの温かさ、そしてそのあとに起きたことすべてにも。いまは車のなかでふたり、笑い合っていた。何ひとつ後悔していないこと、また何度でもやろうと思うことのせいでつかまったときのように。

マーシャルはずっと、ルーから手を離さずにいた。岩から下へ降りるあいだも、森のなかを歩いていくあいだも、彼女の腕に、手首に、首筋に、腰のくびれに手を触れていた。一度、ごめんと謝り、そしてまた触れた。いま彼の手はルーの脚の下に差し入れられ、親指がジーンズの外側の縫い目に押しつけられていた。

「ぼくはきみの名前も知らない。本当の名前を」

「ルイーズ」

「ほんとに？」

「ルーって呼びはじめたのは父さん。男の子がほしかったんだと思う」

「ルーはいい名前だよ」

「うそばっかり」

マーシャルが助手席のウィンドウを下ろしたかと思うと、あっというまに頭を窓から突き出し、足をシートに、尻を窓枠に乗せ、上半身を車の金属のボディにぴったりと付けた。こぶしでフロントガラスをたたく。そして疾走する車から、彼女の名前を大声で叫び出した。

「ルウウゥゥーッッッー！」

鼻をガラスに潰れるほど押しつけ、シャツを旗のように後ろにはためかせて。そしてまた車のなかに戻ると、髪はぼさぼさに乱れ、顔は真っ赤になっていた。冷たい指の甲をルーの首筋に押し当てる。

「頭おかしいよ」

「きみはきれいだ」

「きれいじゃない」でも、誰かにそう言ってもらえるのは胸がわくわくした。

マーシャルがシャツをズボンにたくし入れた。ネクタイを締め、結び目を喉もとまで押し上げる。そして彼の手がまたそっと座席の上に伸び、ルーのベルトを軽くたたき、腰に回された。これ以上ないほどの幸福感のなかで、ふとバックミラーに目をやったとき、ライトの光が見えた。

パトカーが一ブロックか、二ブロックほど後ろをついてきていた。サイレンは鳴らしていないが、赤と青の光が点滅している。ルーはスピードを落として右に寄り、向こうが追い越してくれるのを期待したが、パトカーはぴったりとついてきた。やがてルーが道路わきに停まると、パトカーもすぐ後ろに停止した。ファイアーバードの車内にハイビームの光線があふれた。

ルーは運転席のウィンドウを下ろし、両手をハンドルの一番上から十時十分の位置へずらせた。サイドミラーに、パトカーから警官が降りて、ファイアーバードの横へゆっくりと近づいてくるのが映った。後ろの座席を懐中電灯で照らしながら、手を拳銃のホルスターに置いている。父親と同じぐらいの歳で、髪を短く刈り、制服をきちんと着こんでいた。

「免許証と登録証」運転席の横まで来た警官が、ふたりの顔をじっとうかがった。ルーは体を乗り出してグローブボックスを開けながら、なかに何かありますようにと祈った。はたして、染みがついてボロボロの、ファスナーつきのビニール袋に入った登録証があった。

「免許は家に置いてきちゃって」と言って、書類を手渡した。警官はそれを眺めてから、懐中電灯をルーの目に向けた。

「飲んでるのか？」

「飲んでません」

「ちょっと遊びまわってただけです」マーシャルが言う。

「そっちには訊いてない」

泣き出してしまうかも。ルーは思った。もし泣いたら解放してくれるだろうか。

警官はじっとしているようにと言い、パトカーまで戻っていった。ルーは頬の内側をきつく噛んだが、出てきたのは涙ではなく、口のなかにあふれる錆の味だった。

「免許なんて持ってたのか」マーシャルが訊く。

「持ってない」

「まあ、だいじょうぶじゃないか。警告だけですむと思う」

無言で座ったままのふたりから、さっきまでの親密さがいつのまにか消えうせていた。マーシャルはもう触れてこようともせず、助手席側のドアに体を押しつけて、ドアハンドルをいじっている。ルーはバックミラーから目を離さずにいた。何分かして、警官が車の横まで戻ってくると、短く立ち止まり、ナンバープレートをあらためて確認した。無線を手に取り、何かしゃべりかける。そしてホルスターから拳銃を取り出し、ルーに向けた。

「車から降りろ」

何年も前からずっと、ホーリーがあれだけの銃を持ち歩き、デリンジャーや・四八口径や・三五口径やライフルを家じゅうに置いてあっても、銃を向けられたことは一度もなかった。喉に苦いものがこみ上げた。この警官のグロックは装塡されている。永遠に回りつづける遊園地の乗り物の席に縛りつけられたみたいだった。ありありと想像できた。ドアを開けて降り立った。引き金を引いた瞬間の轟音が、飛び出す弾丸が、ありありと想像できた。

「そっちは」警官がマーシャルに言った。「ダッシュボードに両手をついて、そのままでいろ。おまえは」ルーに言う。「ボンネットに両手をつけ」

背中を向け、手のひらを車に押し当てた。映画でも見ているような、何もかも別の誰かの身に起こっていることのようだった。警官が拳銃をホルスターに戻し、両手をルーの全身に滑らせはじめた。背中に、胸の両側に、両方の脚に触れる。そして片方の腕をつかんで後ろにねじり上げ、ルーは手錠が音をたてて手首にきつく食いこむのを感じた。

「あたしは飲んでない」声が震えていた。

「かもしれんが、この車は盗難車だ」警官はルーのもう一方の腕をつかみ、彼女は犯罪者として、パトカーまで引き立てられていった。後部座席に押しこまれ、ドアが閉まる。

窓にはまった鉄格子の内側から、警官がマーシャルをファイアーバードから連れ出し、同じ手順を踏んだあと地面に組み伏せ、手錠をかけるのを見た。マーシャルが後ろの隣の座席に押しこまれ、警官は運転席に乗りこんだ。警告灯がつけられ、ファイアーバードを道路わきに残して走り出す。

「何かのまちがいだよ。あれはあたしのお祖母さんの車。あたしのところにあるのはお祖母さんも知ってる」

「だったらなぜ盗難届が出てる」

「わからない」

「お祖母さんの名前は？」

「メイベル・リッジ」

「登録だと、持ち主はリリー・リッジとなってる」

ルーは固唾《かたず》を飲んだ。「あたしの母さんだ」

「なら、その本人に聞けばわかる」

「母さんは死んだの」

「なるほどな」警官は無線に呼びかけ、現在位置を伝えた。機械から応答があったが、音が大きすぎて雑音だらけで、誰かが扇風機に向かってうめいているみたいだった。

「だいじょうぶだ」マーシャルが言う。「ぼくは前にも逮捕されたことがある」

「ほんとに？」

「抗議行動でね。母さんといっしょに。トロール漁船に忍びこんで、網を切り裂いたんだ」

警官がぎょろりと目玉を回した。

「うちの母さんは死んでる」ルーは言った。

警官が無線の音量を上げた。

警察署で、内勤の警部補がメイベル・リッジに連絡をとろうとしたが、いくら電話をかけてもつながらなかった。そのあいだに警官たちはティーンエイジャーふたりを引き離し、ルーを呼気分析計にかけてから、狭苦しい小部屋に入れた。部屋には窓がなく、脂っぽいイタリアンサンドイッチのにおいがこもり、ベンチ一脚とプラスティックの折りたたみテーブルがあり、ドアの投入口は金属のメッシュで覆われていた。壁は水染みだらけで、天井には金属の通気孔があり、隅には古いチューインガムが押しつけてある。警察が自分を怖がらせようとしているのはわかった。わかってはいたが、それでもこの部屋はひどく重苦しく、いくらそうなるまいとがんばっても、やはり向こうの思いどおりに怖がってしまっている自分に気づいた。

ホーリーは家から走りどおしで来たみたいに、息せき切って駆けつけた。怒鳴りつけられると思ったが、こちらを見もしなかった。ベンチに腰を下ろし、テーブルに何かの書類を置いた。自分を部屋まで連れてきた係員に、ペンはあるかとたずね、ボールペンを受け取ると、礼を言った。それから係員が少しのあいだ廊下へ出ていき、ふたりだけになった。

「父さん」

「何も言うな」

ルーを逮捕した警官が部屋に入ってきて、ドアにストッパーの楔《くさび》をかませて開いたままにした。テーブルの上に座ると、よく磨かれたホルスターの革がギシギシこすれ、さっきルーに向けたグロックがストラップの下に見えた。

「テンプル巡査です」ホーリーの手を握る。「前にお会いしましたか」

「それはないと思います」

「この子のボーイフレンドは、盗難車だとは知らなかったと言っています」

「こいつにボーイフレンドはいない」

「なんでもいいですがね。その少年には前科があった。しかし運転していたのは娘さんだ。弁護士を呼ぶのなら、いま呼ぶべきかもしれない」

「いいでしょう」

でも、ちっともよくなかった。これからよくなりそうもなかった。

ルーは父親の腕に手をかけた。

「少し時間をくれますか」

警官はうなずくと、楔を蹴ってドアの下にきつくかませた。「このドアは外からロックされます。もし勝手に閉まったら、ノックしてください」

テンプル巡査が廊下を遠ざかっていくと、ホーリーはすぐに立ち上がって床から楔を拾い、ポケットに入れた。ドアがゆっくりと閉まった。カチリとロックがかかる。ホーリーがペンのキャップを外した。汗だくで、両脇の下に黒い汗染みができ、Tシャツの真ん前にも筋がついていた。

「あれだけ言って聞かせたあとで」

「ごめんなさい」

「何かする前によく考えなきゃならないと言ったろう。いつでも頭を使えと」ホーリーはテーブルの上の紙を広げた指で押さえ、住所、電話番号、名前を書きこんでいく。

「おれのせいかもしれん。過保護にしすぎたのかも。この世界は腐った場所だし、おまえもそこで生きていくなら、少しは腐ることも必要だろう。だが頭はいつでも使わなきゃならない」

「あの車は盗んだんじゃない」

ホーリーはペンを動かしつづける。「口を閉じてろと言ったろうが」

ルーは言われたとおりにした。父親が書式の残りを埋め、自分の免許証を警察に見せているあいだ、何も言わずにいた。警察がルーのバッグの中身を調べ、財布とばらの小銭とティッシュとタンポンが縁の欠けたプラスティックのテーブルの上に放り出されても、何も言わなかった。それからテンプル巡査がまた部屋へ来て、話をするあいだもずっと黙っていた――やっとメイベル・リッジに連絡がついた、あの婦人にはことを荒立てるつもりはない、車を戻してもらいたいだけだと言っている、あんたたちはもう帰っていい、ただし娘さんの無免許運転の罰金を払って、運転教習を受けさせると確約してもらいたい。

ホーリーはぱっと立ち上がり、警官の手を握った。面倒をかけて申し訳ないと詫び、そしてルーにも詫びさせた。ルーは父親のことを憎いと思い、自分の口から謝罪の文句が出てくるあいだ気だるい薄笑いを浮かべて立っている警官のことも憎いと思った。

署を出ていこうとするとき、マーシャルを捜した。少年の姿はどこにもなかったが、ロビーに彼の母親がいた。ふたりが通りかかると、メアリー・タイタスが目を上げた。真っ先に顔に浮かんだのは驚きの表情だった。そのわずかな一瞬、ルーはこの女のかつての姿を垣間見た。最初の夫に死なれ、つぎの夫に出ていかれる前の、追い立てられるように施設に入る前の、いまのメアリー・タイタスになり果てる前の姿を。ルーと同じほんの小娘で、まちがったときにまちがったまねをして、恥と後悔の念にかられながらも、どこかで胸をときめかせていたころの姿が。だがすぐに女の目が狭まり、ルーの存在は彼女にとって、自分の人生の棺に打ちこまれる一本の釘にすぎなくなった。

「ちょっと!」

メアリー・タイタスは〈ノコギリの歯〉のエプロンを腰に巻いたままの格好だった。店からすぐに駆けつけたにちがいない、ということは、グンダーソン校長もルーが逮捕されたことを知っているはずだ。アグネスも、コックたちも、それにバスボーイの連中も。頰がかっと熱くなった。女やもめを避けて通ろうとしたが、ホーリーが足を止めた。

「謝罪の言葉がほしいのだけど。それに二百ドルの小切手が」

「容疑はもう取り下げられた。ふたりとも無罪放免です」

「わたしの息子を重罪に巻きこんだことへの謝罪よ。それとお金は、わたしのサンクチュアリのため」メアリー・タイタスはシフト終わりのルーと同じにおいがした――フィッシュアンドチップスの脂ぎったにおい。手提げ袋に手を伸ばし、パンフレットを一部引っぱり出した。それをホーリーに手渡す。彼はざっと目を通し、また相手に返した。

「みんな遠い先のことは気にかけちゃいない。漁師は今日の食い扶持《ぶち》を稼ぐのに汲々《きゆうきゆう》としてる。この件はほうっておいたほうがいい。敵をつくるだけだ」

「世界がこのまま壊れていかないように、誰かが救わなきゃならないのよ」メアリー・タイタスが小さな顔を思いきりゆがめる。「いつか北大西洋から魚がぜんぶいなくなって、期限切れの缶詰を食べるようになったら、あなたも今日話したことを思い出すわ」

何もおかしなことは起きていない、ルーはそんなふうを装って口角を上げ、ロビーに居合わせた人間たちにこわばった笑みをつくってみせた――隅の椅子に手錠でつながれたホームレスの男に、防弾ガラスの向こうから目を配っている内勤の巡査部長に。ホーリーがかんしゃくを破裂させるのはもう時間の問題だ。

「父さん、ここから出よう」

ルーはそう言って背中を向け、出口に向かった。だが外に出る前に、メアリー・タイタスにシャツの後ろをつかまれた。女やもめが素早い、確かな手つきで、小さなこぶしで服を持ち上げ、ルーの肌に描かれた太陽系を、小惑星帯に取り巻かれたあばらを、水星と金星に囲まれた背骨の付け根をさらしてみせた。

「うちの息子があなたの娘に手を出してるみたいね。そのことは気になるんじゃないの、サム・ホーリー」

ホーリーが娘の肌に散った星をまじまじと見た。ベルトのバックルの下に尾を曳いて消えている彗星を。そしてルーが待ち受けていたとおりに衝撃が波となって父の顔をおののかせた。ルーはシャツを引き下ろし、女やもめを突きのけて逃れた。メアリー・タイタスがよろめきながら、自動販売機に倒れこむ。

ちょうどそのとき、マーシャルが手洗いから出てきた。

「何してるんだい」

全員がたがいの顔を見合った。つぎの瞬間、ホーリーが少年の体をつかみ、壁に向かって投げつけた。マーシャルが冷水機の角に勢いよくぶつかり、力なく床の上にくずおれる。メアリー・タイタスが悲鳴をあげ、警官が持ち場の机から駆け出してきて全員を引き離し、しまいにはまた何枚もの書式が引っぱり出されてそれにぜんぶ書きこまなくてはならなかった。ようやく解放されるまでにはさらに四十分かかり、そのころにはホーリーも頭が冷えてまた猫をかぶった状態に戻ると、カッとなってしまったことに詫びを入れ、公共の平和を乱したかどで罰金を払い、メアリー・タイタスに二百ドルを渡しさえした。ルーの腕をとって署を出るとトラックまで連れていき、助手席のドアを開け、何時間か前にテンプル巡査がやったようにルーを車内へ押しこんだ。

「もう口をきいてもいい？」

ホーリーは答えようとせず、トラックの前を回りこんで運転席に乗りこんだ。ドアを閉め、ハンドルを握る。「信じられん、あのゴミ屑野郎がおまえに手を出したなんて」

「ゴミ屑なんかじゃない」

「あいつはおまえが車を盗んだと警察に言ったんだぞ。あいつはお咎めなしで、おまえは刑務所行きになるところだった」

そんなことはどうでもよかった。いまはただ、マーシャルが父を怖がって離れていき、もう二度とルーの名前を叫んだり、背中に宇宙を描いてくれたりしなくなることが恐ろしかった。

「あたしは――」と言いかけた。だがホーリーがさえぎった。

「今度のはまだ微罪だが、重窃盗となったら最低二年は出てこられなくなる。それにどこまで不注意なんだ。この世界にいる人間のなかで、なぜよりにもよってメイベル・リッジから盗みをしなきゃならない」

「盗んだんじゃない！　それに、あのひとの車じゃない。母さんのだよ」

トラックのフロントガラスから入ってくる警察署の明かりが、ホーリーの顔をぼうっと青っぽい光で照らしていた。そのとき初めて、父親がこちらを見た。

「確かなのか」

「登録の名前だと、そうなってたって」

父親の肩の筋肉が硬く引き締まった。頭をめぐらせて、署の建物を、ほかの車を、フェンスを見渡しはじめる。「ここにあるのか」

「ここじゃない。一二七号線に置いてきた」

ホーリーがエンジンをかけた。クラッチを踏んでギアを入れる。「場所を教えろ」

ルーは裏道を指示した。父がライトをハイビームにし、トラックは曲がりくねった道路を飛ばしていった。対向車が抗議のクラクションを鳴らして通り過ぎるが、ホーリーは光の量を最大にしたまま、運転席の端に体をずらしていた。

「そろそろ通りかかっていいはずなんだけど」

「車種は？」

「ファイアーバード」

「ファイアーバードか」ホーリーの視線がつかのま泳いだ。頭を横に振る。

「どうしたの」

「なんでもない。おまえの母さんがポンティアックを持ってたとは思わなかった」

ベヴァリー農場まで来ると、ホーリーは道路わきに寄って停まった。ハザードランプの光のなかで、父の唇が動いているのが見えた。蛾が一匹、開いた窓からひらひらと入ってきて、ダッシュボードに、天井に、ぼうっと光るクロックラジオにぶつかった。

「なくなってる」ルーは言った。

ホーリーは蛾を見つめていたが、ぐっとこぶしを突き出し、フロントガラスに打ちつけて潰した。ジーンズの上に落ちた翅を払いのける。それからウィンカーを出して、トラックをUターンさせた。ギアを入れ替え、アクセルを踏みこむ。

「なくなっちゃいない」

もう午前零時を回っていて、路上にほかの車は一台も見えなかった。信号はどれも赤から絶え間のない黄色の点滅に変わっている。ホーリーは国道から脇道に入った。自動ロック式の貸し倉庫、レッカー車が何台か前に停めてある修理工場、タイヤ店の前を通り過ぎ、車でいっぱいの奥まった駐車場まで来た。周囲を金網のフェンスで囲み、上には有刺鉄線がめぐらしてある。ホーリーはトラックを路肩に乗り上げ、道路を明るく照らしている街灯を避けて、陰になった暗がりに入れた。エンジンを切る。車体がピシピシと音をたて、やがて静かになった。

「ここはどこ」

「押収車両の置き場だ」

ホーリーがトラックの外に降りて、荷台のなかをかき回しはじめた。道具箱から長細い金属の棒とねじ回し、ワイヤーカッター一式を取り出す。それからサイドコンパートメントのロックを外し、長射程のライフルと減音器《サプレッサー》、スコープをつかみ上げた。コンパートメントを閉めてまたロックすると、木立の向こうへ歩いていく。ルーはしばらく助手席に座ったまま、父が消えた方向を見ていた。

「くそっ」と口をついて出た。「くそっ、くそっ、くそっ」ダッシュボードの上に指を広げ、ぎゅっと強くつかんだ。パネルごと引きはがせる力があるとでもいうように。それからトラックの外に出た。

父親はほんの数メートル行っただけの、フェンスの外縁から十メートルほどのところにいた。ライフルは肩にかけ、サプレッサーを取り付けてあった。そのライフルをルーに渡してよこす。

「ここにあるか？」

ルーはスコープに目を当てた。十字の線を通して、フェンスの向こうにたぶん三十台ほどあるのが見えた。ほとんどは破損した車で、フロントガラスが砕けたり後ろがへしゃげたりしていた。ボンネットがぜんぶ取れて、エンジンがむき出しになった古いシボレーもある。だが置き場の遠い端のほうに、ぴかぴかの黒いＢＭＷと新しいリムのついたトラック、カスタムのカバーをしっかりかぶせた小型のスポーツカーがあり、その向こうに見えた――ルーの母親のファイアーバードが。

「隅のほう」

ホーリーがライフルを取り戻し、スコープをのぞいた。「まさかな」と言うと、そのままじっと車を見つめ、口元をぴくつかせた。

「もういいよ。見えたよね」

父はゆっくりと銃身を左に向かって、何かの跡を追うように動かしはじめた。

「なに探してるの」

「カメラだ」

「カメラ？」

「そこだ」ホーリーが最初の一台を撃った。正面ゲート近くの小さな黒いセキュリティボックス。吊り下がっていたその箱がばらばらに砕け、ただの配線とプラスティックの破片と化した。ホーリーが体の向きを変えると、ライフルを肩に引き寄せて構え、また引き金を引いた。銃が腕のなかで震えて、ガレージの屋根に据え付けられたつぎのカメラが落ちた。そして裏口のドア近くにあるつぎの一台。どの銃撃のときもサプレッサーから空気が押し出されるくぐもった音がするだけで、ルーはそれを水中で起こる爆発音のように、胸のなかで感じとった。

「何やってるの」

「監視カメラのシステムだ。四つ一組になってる」ライフルがまた震え、閃光とともにフェンスの上の最後のカメラが小型のスポーツカーの上に落ちるのが見えた。黒い箱がボンネットに当たって跳ね返り、アスファルトに落ちて砕けた。

ホーリーがライフルを下ろした。安全装置を戻し、キャンバス地のストラップをゆるめて肩にかける。地面に置いてあった薬莢を拾い上げてポケットに滑りこませ、ワイヤーカッターをつかむと早足でフェンスのほうへ向かっていく。ルーは茂みをかき分け、つるに足をとられながらあとを追った。フェンスに着いたとき、父はもう金網を切り裂きはじめていた。

「早く行こう。誰も来ないうちに行こうよ」

「誰かがいるのに、このフェンスを切ったりすると思うか」ホーリーはテントの入口から入ろうとでもするように、金網を巻き上げていった。そしてフェンスの向こう側に行くと、ルーのために針金を支え、彼女は両手両ひざをついて穴のなかへ這いこんだ。

投光照明に照らされた駐車場を横切っていく。ルーは車体の整備工場の暗い窓から目を離さず、いまにも明かりがぱっと灯ってアラームが鳴り出すのじゃないかと待ち受けたが、あたりは静かなままだった。

ホーリーはまっすぐファイアーバードまで歩いていき、車体の周囲を回りながらへこみや引っかき傷を調べ、左のホイールウェル近くにできた凹みに指を滑らせた。運転席側に回り、ルーフに手を置いて、しばらく立っていた。それからライフルを下ろし、トラックから持ってきた長い金属棒と、警察署から持ち出したドアストッパーの楔をポケットから出した。その楔をドアの縁につっこみ、少しできた隙間に金属棒を差し入れ、ものの一分足らずでドアを開けた。ねじ回しを使ってハンドルの下のカバーを外す。ギアをニュートラルに入れ、プライヤーを取り出して一組の銅線をむき出しにしていった。赤い線二本をつなぎ合わせ、つぎに黒の銅線の露出した部分に当てる。火花が散った。

そしてもう一度火花が出たとき、エンジンがかかり、ブルルルと音をたてはじめた。

「キーを見つけるほうが楽じゃない？」

「建物にはアラームがある。それに」ホーリーは肩越しに振り返った。「こっちは半分楽しみみたいなもんだ」

ルーは修理工場のほうを振り向いた。窓の一か所の隅に防犯装置のステッカーが貼ってあった。内側で小さな赤い光がチカチカ点滅している。ホーリーのほうに向きなおってみると、地所を取り囲んだゲートを調べていた。ライフルのレバーをガシャッとしゃくってロックの中央に向ける。サプレッサーで抑えられた銃声が夜の空気を貫き、ロックが外れる鈍い音が続いた。ホーリーがフェンスの針金の残りを引っぱって曲げた。しゃがんで土の上から薬莢を拾い上げる。

父の目はもう金網のフェンスの向こうに注がれていた。木々が道路の上にかぶさっている場所の向こう、道路がロータリーを越えて橋につながるあたりの向こうに。その一瞬、何もかもがつながった気がした――ホーリーの影がゲートからハイウェイへと伸び、オリンパスの市境を越え、時間を越えた別の場所へと伸びているように。ルーが七つか八つだったそのころ、夜中にホーリーが彼女を起こした。そして熊皮のラグにくるんで抱きかかえ、モーテルの部屋から連れ出すと、両側に木のパネルがついた真新しいステーションワゴンへ運びこんだ。このステーションワゴンのことをよく憶えているのは、好きなテレビ番組に出てくる家族の車にそっくりだったからだ。いまからうちの車だぞ、と父が言った。ルーはものすごく興奮して、これに乗ってるところをみんなに見せてやりたいと思った。ついきのう辞めてきたばかりの学校の先生たちや、校庭で彼女をからかった生徒たちに。でもそのせいで、何日かあとにホーリーがスクラップの回収所に寄り、車をピックアップトラックに取り替えてしまったときの落胆はひどかった。一度だけ気持ちが高ぶったのは、ステーションワゴンが破砕機に押しこまれ、窓が粉々に砕けてキラキラと宙に舞い上がり、金属がぺしゃんこに押し固められてスーツケースの大きさになるのを見たときだった。

ホーリーが押収車両置き場のゲートを開けた。そしてファイアーバードまで戻ってくると、ルーフに手を置いてすっと滑らせた。「ほかのも盗まなきゃならない」

「どういうこと」

「ファイアーバードだけ消えてたら、警察はおまえを疑う。ほかに何台もなくなってたら、誰かが車泥棒に入ったと思うだろう。プロのやつが」

彼が肩にライフルをかけるのを見た、そのわずかな一瞬、ルーの頭にひらめくものがあった。自分の父は、まさしくそのプロなのだ。家のなかの銃器。体に残るたくさんの傷痕。いつも隙を見せない態度。すべてその証なのだ。

ホーリーは手に持っていた薬莢をポケットに滑りこませた。金属がジャラジャラ触れ合う音が聞こえた。彼の目が駐車場を見渡す。そしてカバーをかぶせたスポーツカーのほうへ歩いていった。バンパーとホイールからカバーを外し、全体を引っぱって車からはがす。現れたのはスカイブルーのクーペだった。曲線ばかりのボディ、ぴかぴかのハブキャップ。ホーリーはドアに楔を差しこんで開け、金属棒をこじ入れてロックを回した。ねじ回しとプライヤーを手に取り、ルーに差し出す。

「おまえの番だ」

ルーが作業をするあいだ、ホーリーがあれこれ指示をした。「もっと力を入れて。そこで回せ。端だけをはぐんだ」そしてグローブボックスを開け、封筒を引っぱり出して助手席に放り投げた。「登録証だ。これは簡単に書き換えられる。コンピュータでも、なんならゼロックスの機械でもできる。自分の免許証に合うように直せ。警察は名前とナンバーしかチェックしない。予備のナンバープレートはいつでも持っておいたほうがいい。そのあとはＩＤ番号だ。エンジンの上とハンドルの左側にあるが、車を一日二日持ってるだけなら気にすることはない。ずっと同じ車に乗ってるのはだめだ。すぐ乗り捨てろ。それがコツだ」

「どうしてそんなこと教えるの」

「つぎにおまえがうまくやれるようにだ」

ルーは銅線の先をねじり合わせた。黒の線と赤の線を両手に持つ。ホーリーのほうをちらと見た。

「そら」

銅線を合わせた。小さな火花が散り、指先がビリッときた。

「もう一度だ」

今度はマッチを擦るように強く押し当てた。エンジンがかかって回り出し、ダッシュボードに光がともり、ラジオがついた。オールディーズの局に合わせてあり、音量も大きかった。五〇年代の歌手の甘ったるい声が愛がどうのと歌い出す。ルーはラジオのつまみをひねって切った。

「つぎはどうするの」

ホーリーが銃と工具をファイアーバードのトランクに投げ入れた。なかに乗りこんで運転席のシートをずらし、後部のベンチシートに押しつけた。エンジンが唸っていた。ハンドルに触れ、ギアに触れ、ラジオのダイヤルに触れる。そのとき初めて、われに返ったようだった。ルーのほうに目をやり、ハンドルを回してウィンドウを開けた。

「ついてこい」

生き物が深い眠りから覚めたように、ポンティアックの前からヘッドライトの光線が伸び出た。タイヤが逆に回転して駐車スペースから出ると、ホーリーがギアを入れ替え、ゲートのほうへ動かしていった。ファイアーバードが投光照明の届く範囲から暗い道路へ滑り出る。ハンドルを切った拍子にタイヤがキキッと鳴った。

ルーはクーペのドアを引いて閉め、しばらく座ったまま、革のシートのにおいを吸いこんでいた。ハンドルは光沢があってなめらかな、磨き上げたマホガニー製だった。バックミラーも同じ琥珀色、ダッシュボードの計器も、下を向いて動かない針も同じ色だ。

ハンドルをぎゅっと、指が痛くなるまで握りしめた。母親のファイアーバードはただのジャンク品だけれど、この車はお金のにおいがする。もしこのクーペが六万ドルだったら、長いこと刑務所に入れられるだろうか。もし七万だったら。足がずれてクラッチから外れた。エンジンがストールして止まった。ルーはブレーキを踏んだ。

氷河が運んできた石の上に寝ころがり、肌に宇宙を描かれたのは、ほんの数時間前のことだった。服の内側にまだ、あの惑星を感じた。背中の彗星は彼女を体の外へ持ち上げ、世界のなかでの新しい、いままでとはちがう在りようへと運んでいった。そしていま、またひとつの在りようがあった。道路の何百メートルか先にひらめく二つの赤い光。ファイアーバードのハザードランプが点滅している。脈拍のように。瞬きする二つの目のように。

それで、教えられたとおりのことをやった。ダッシュボードの下に手を伸ばした。銅線を強く押し当てる。いまは悩んでいるひまも、怖がるひまもなかった。あるのはただ、足の下のペダル。動き出したモーター。手のなかのハンドル。たえず針の振れるコンパス。そして自分の体、星に覆われた体だけだった。

銃弾#5

メイベル・リッジは十時の列車に乗ってくるはずだった。だが十時の列車が到着して出ていき、十一時十五分の列車も行ってしまうと、ホーリーとリリーは通りを渡った先の店でお昼を食べ、十二時三十分の列車に間に合うよう戻ってきた。大勢の人間が急ぎ足で通り過ぎる駐車場で、リリーは車から出ると、かかとを上げたり下ろしたりしながら体を前後に揺らしていた。ホーリーはハンドルに寄りかかり、待っているリリーを見ていた。そしてときおりダッシュボードの時計を確かめた。12：40。12：45。12：51。時間だけが過ぎ、雨が降り出したが、リリーは外に出ずっぱりで、髪がさらに濃い色に染まっていった。とうとう駅のホームに人がいなくなり、列車が出ていくと、彼女はトラックに戻ってドアを閉めた。

「つぎの列車を待ってもいいぞ。コーヒーを買ってこようか」

「もういい。森へ帰ろ」

ホーリーはほっとした気分で駐車場から車を出した。リリーの母親に会うのは大事なことではあったが、一筋縄でいかない相手だというのもわかっていた。リリーは母親と電話で話すときにはいつも不安げだったし、メイベル・リッジの名が書かれた手紙が届いたときは、ずっと何日も開封しないまま置いてあった。ホーリーはウィンカーを出してハイウェイに乗り、十九番の出口で下りて森のほうへ向かった。雨がさらに激しさを増してくる。ワイパーを最大に動かしても、路面が見えるよう速度を落とさなくてはならなかった。

リリーがタバコを取り出して紙で巻き、舌で紙の縁を濡らしてから、両端をつまんでねじった。ジッポのヤスリをジッと回すと、ブーツを履いた両足をダッシュボードに乗せ、ウィンドウを少しだけ開ける。わずかな隙間から灰を外に落とすあいだ、ガラスの外側と内側を雨がばらばらと打った。静かに煙を吸いこむたびに、先端がぼうっと赤く燃えては消える。以前のホーリーはタバコの煙が好きではなかったが、いまではその煙がリリーそのもので、彼女が一服つけるたびに自分も肺のなかに入れていた。

「そんなに吸ってると、いつか死んでしまうぞ」

「そうだね。でも、ゆっくりとだし」

この日の午前中は、ホーリーが森の奥深くにしつらえた射撃場でライフルを撃って過ごした。ホーリーが・三五七を使っているあいだ、リリーは言葉少なく、サーモスからコーヒーを飲んでいた。一度だけ拳銃を手渡されて、やっとその気になった。一発か二発撃てば息抜きになるだろうと思えたが、リリーは大きく外してしまい、じきにやめてしまった。いまでは装塡や再装塡はホーリーに劣らず速くできるものの、狙いどおりに撃つのだけは、何時間かけて教えこもうとしてもまるで上達しなかった。感覚で覚えようとせずに、細かな点にとらわれてしまうせいで、どう直せばいいのかホーリーにもわからなかった。

リリーは一週間かけてふたりの暮らすアパートを掃除し、母親を迎える準備をしてきた。部屋にある面という面を磨きたて、窓を拭き、植木箱に花を植え、カーテンを買って吊るした。ホーリーがある夜、午前三時に目を覚ますと、リリーが浴槽にひざをついて、タイルの目地を歯ブラシでこすっていた。

「いったい何を見られると思ってるんだ」

「何もかも」それが答えだった。

ふたりの乗ったトラックは脇道を走り、踏み分け道の入口にあたる小さな駐車場に入った。がらんとした、砂利や穴ぼこだらけの場所だった。ホーリーは松の木立の下に駐車した。枝の天蓋の下に入ると、雨の音が多少やわらいだ。エンジンを切る。ダッシュボードが暗くなった。

「いまさらだけど、あんたに親がいなくてよかった」

「おれもそう思う」ホーリーは言ったが、それは嘘だった。この半年というもの、リリーを見せびらかす相手がいればと何度思ったかしれない。

銃を撃つには雨が強すぎたので、ふたりは車のなかに座ったまま、雨風の音を聞いていた。ときおり松の枝がたわんでフロントガラスに打ちつける。ホーリーは手を伸ばして、リリーの手を握った。彼はいつでも彼女の手を探ろうとした。その指を握っているだけで、何もかもがましになった気がした。

「そこまで怖いひとじゃないだろう、お母さんだって」

「まあね。でもあのひとといると、あたしがあたしじゃなくなるように思うの。〝昔のあたし〟になったみたいに」

「そのうち〝昔のきみ〟に会ってみたいもんだ」

「絶対だめ。やめといたほうがいい」

リリーの〝昔のあたし〟は、父親である〝酔いどれガス〟そっくりだったという。あまりくわしい話は聞けなかったが、それだけで十分だった。アルコール依存。酔っ払い運転。友達との絶交。大学は卒業できず。仕事先は首になる。あたしは成長するにつれて、故郷の町の誰より上の人間なんだと思ってたけど、でもあるときわかった。誰もあたしのそばにいたくなかっただけ。そうリリーは言った。少なくとも〝昔のあたし〟だったころには。

メイベル・リッジは精いっぱい手を尽くした。娘を病院に連れていき、胃洗浄をさせた。高い金を払って更生クリニックで治療を受けさせた。その効果がないとわかると、精神科の病院に入れようとした。それもうまくいかないと、今度は娘を逮捕させた。だが結局は訴えを取り下げ、リリーは断酒会に通いはじめた。けれども母と娘の関係はもう元には戻らなかった。

酒を断った相手と暮らすのは、初めのうちホーリーには難しかった。何年もウィスキーに頼って暖をとってきただけになおさらだった。だが一度離れてみると、酒はどうしても必要というよりただの習慣だとわかり、リリーのためにその習慣を断とうと思った。ボトルよりも彼女にそばにいてほしい。そして何より、彼女をがっかりさせたくなかった。

「今晩は集まりに出なきゃならないかも」

「おれも行こう。そのほうがよかったら」

リリーは答えるかわりにくしゃみをした。もう一回。またもう一回。初めてふたりが出会ったときに、この発作のことは打ち明けられていた。しゃっくりみたいなもの、ただし鼻にくるの。二十回か三十回、立て続けに出ることもあった。リリーはそのたびにきまり悪がったが、ホーリーは気にしなかった。くしゃみが終わると顔はまだらに染まり、目はうるんでいた。それがホーリーの見た彼女の、泣き顔に一番近い姿だった。

ホーリーがイグニションのキーを回し、ダッシュボードの明かりがついた。送風口から温風が噴き出す。空気がふたりの顔に直撃した。リリーはポケットからティッシュを引っぱり出し、鼻をかんだ。

「つぎの列車は何時？」

「三時だ」

リリーはコートのファスナーを外して脱ぎ、彼のひざの上に乗った。タバコのぴりっとしたにおいのする、冷たい体だった。肌は湿って、髪の房が耳のあたりに落ちかかっている。ホーリーは上着のボタンを外して自分たちふたりを包みこみ、リリーをきつく引き寄せた。細い腕が自分の背中を下から上までたどっていくのを感じた。いつまでもメイベル・リッジが来なければいい、そう思った。車のなかでこんなふうに、ずっと夜まで過ごしていられたら。ふたりで体をからみ合わせて、雨の音を聞いていられたら。

「ときどき、あのひとを殺したくなる」リリーが言った。

「きみじゃたぶん当たらない」

リリーが首筋に顔を乗せてくる。まつげがあごに触れるのを感じた。「あんたがいままでやった最悪なことって、なに？」

「きみと結婚したことかな」

「それ、すごく笑える」

自分以外の誰かの人生に、いきなり入りこみでもしたようだった。

あのときリリーは彼を雪かきのついたスノートラックに引きずりこみ、州境を越え、サウスカロライナの小さな町の医者相手に、父親の葬式で形見のショットガンを落として暴発させたのだと嘘を並べながら、ガスのための祈りのカードを振って十字を切り、〈主の祈り〉と〈アベマリア〉を大声で唱えてなんとか警察に通報しないよう納得させた。ホーリーの手当がすんだあと、ふたりはまた別のダイナーに寄り、パイではなくケーキを出すその店で、またミルクシェイクを分け合って飲み、そして恋に落ちた。それほどたやすいことだった。ふたりでダイナーが閉まるまで話をした。代金を支払ってウエイトレスにチップを渡した。それから通りを渡ったところのモーテルに部屋をとった。駐車場で、リリーが彼の手を取った。その瞬間のことは、同じ日の夜のセックスのことよりあざやかによみがえってくる。自分の指にからみ合ったリリーの指を見下ろしながら、これほどの運命の転変を信じられずにいたときのことが。

モーテルでふたり、一週間過ごした。朝は新聞を読み、テイクアウトの食事をとり、いろんな話をしてカードをやり、くたくたになるまでセックスして眠った。リリーはホーリーの脚の包帯を換え、傷口を清潔に保った。陽が沈んだあとは、彼も脚を引きずって外のプールまで行き、下着姿のリリーが青い光のなかで泳ぐのを眺めた。その脚は長くて力強く、ひと掻きごとに背中の筋肉が収縮し、息継ぎのためにのぞく顔はぼやけていた。

ひとしきり泳いだあと、リリーは流れるような一度の動作でプールから体を引き上げ、水を滴らせながらコンクリートの上を歩いてきた。ホーリーがタオルを差し出して彼女をくるむと、布地を通してその体の冷たさが感じとれた。

「ここでおれなんかと、何をやってるんだ」

リリーは冷たい唇を彼の肌に押し当てた。

「あったまってるの」

その週末、ふたりは北へ走ってメリーランドに入り、許可証を得て市役所まで行った。ホーリーは新しいシャツを、リリーは葬式のときのワンピースを着て、道端で摘んだデイジーの花を小さな黒い帽子のベールに挿した。

そうしていま、新婚のふたりはこのトラックのなかで、おたがいのズボンに手を差し入れていた。雨がルーフを激しく打っていた。木が風に大きく揺れる。ふたりはぴったり身を寄せ合い、ひとつの体のようになっていた。リリーのキスは、ホーリーのなかから空気を吸い取ってはまた肺へ押し戻すような、彼に代わって呼吸をするような、そんなキスだった。そうして息を吸いこむたびに、ホーリーは自分が強くなったように感じた。利口になったように。これまでそうなりたいと思いながら、なれないとあきらめていたすべてのものになったように。

窓をコツコツとたたく音に、ふたりともぎくりとした。リリーがあわてて助手席に戻り、シャツのボタンをはめる。ホーリーは上着を引っぱってひざの上にかけた。ガラスが曇っていて、外は見えなかった。ホーリーは指先で曇りをぬぐった。外の雨のなかに、少年が立っていた。十五歳くらいか。ホーリーが窓を下ろすと、少年はガラスの隙間に指をかけ、車内に水の雫《しずく》を滴らせた。

「犬を見なかった？」

「どんな犬だ」

「雑種。でも、見かけはラブラドールみたいなやつ」

「見てないけど」リリーが言った。

「どうしよう、父さんに殺される。ぼくが散歩に連れて出たんだけど、首輪が外れちまって」

ホーリーのトラックの後部には錠のかかった金属の箱が留めつけてあり、なかにスコープつきの長射程ライフル二挺、シグ・ザウエルのピストル、いずれリリーに贈るためのデリンジャー一式、父親のM14、それぞれの銃用の弾薬、標的のセットが仕舞われていた。少年の目をじっと見たが、何か企んでいるようには見えなかった。雨はこやみなく降りつづき、少年は窓に指をかけたままでいた。

「捜すのを手伝ってほしい？」リリーが訊いた。

「うん」少年の顔がぱっと輝いた。

ホーリーはトラックを置いていくのは気が進まなかった。だがリリーはもうジャケットを着こみ、ブーツのひもを結んでいた。そしていつのまにかドアを開け、外に出た。ホーリーは座席の下のコルトに手を伸ばした。拳銃をポケットにつっこむと、トラックの外に降り立った。

「名前は？」

「チャーリー」

「犬の名は？」

「やっぱりチャーリー。最後の字がyだけど」

「犬にきみの名をつけたのか、その逆なのか」

「うちにもらわれてくる前から、その名前だった」

「すごくおもしろい」

「うん」チャーリーは瘦せこけた少年だった。破れ目だらけのジーンズに紫のスニーカー、大きすぎる革ジャンの下はスウェットシャツで、雨よけにフードをかぶっているが、テカテカの布地は濡れていた。犬のリードが手のひらにきつく何重かに巻かれ、空っぽの革の首輪が大きすぎるブレスレットのように手首からぶら下がっていた。

リリーがまたトラックのドアを開け、助手席の下から傘を引っぱり出した。ホーリーが貸し金庫のひとつを利用している銀行からもらった傘だった。持ち手のボタンを押すと、傘に命が吹きこまれたように柄が二倍の長さに伸び、骨が自動で広がった。ナイロンの生地がパンと音をたてて開き、リリーの上にあざやかな黄色の円蓋ができた。その縁を銀行のロゴ――ドル札でできた蜂の巣――が取り巻いていた。〈当行でならお金《マニー》は安心《ハニー》〉。

「犬はどっちへ逃げたの」リリーが訊いた。

「こっち」チャーリーは森の奥を指さした。

「きみが踏み跡をたどっていくんだ。おれたちがその両側を探す」

少年がためらった。

「犬ころを見つけたくないのか」

「わかった」チャーリーは言うと、犬の名を呼びながら、木立へ駆けこんでいった。

「怖がらせちゃったんじゃないの」リリーが言う。

ホーリーは肩をすぼめて、傘の下に頭を入れた。円蓋に包まれると、雨は静かな雑音のようだった。

「おれたち、ここで何やってるんだ」

「人助けよ。もしあんたの犬だったらどうするの」

「犬が飼いたいのか」

「べつに。でも、もしうちで飼ってる犬がいなくなったら、誰かに助けてほしいって思うはずよ」

ホーリーは屈まずに立てるように、彼女の手から傘を取り、自分で持った。周りじゅうで雨が激しく降りしきり、リリーの緑の瞳がいつにもまして緑に見えた。

「銃をちょうだい」

結婚してからこっち、ホーリーは一度も仕事をしていなかった。隠しておいた現金で、最低一年は危ない橋を渡らずにいられる。それでも武器は肌身離さず持ち歩いていた。生まれて初めて、失うものができた。そのことで世界がどれほど変わったかを、自分がどうやって明日、来週、来年と生きていくかを考えるようになったことを思うと、笑いたくなるほどだ。シートベルトを着けるようになった。歯を磨きはじめた。新しい生活にどっぷり浸るあまり、自分のなかの尖った部分がゆるんできている気さえした。するとリリーが、彼の古い習慣のどれかに目をとめ――ドアが施錠してあるか二度も三度も確かめたり、通りを歩いていて尾《つ》けられているように感じると急に引き返したりする――そのたびに孤独に過ごしてきた年月が形をとって周囲に立ち上がり、針で刺した穴から血が押し出されるように、暗闇のなかに反響するのだった。

内ポケットからコルトを出して、手渡した。リリーが銃身を確かめ、コートのなかに入れる。

「じゃ行こう、犬を見つけに」

ふたりで少年が消えていった場所から二手に分かれ、別方向に進んだ。リリーが傘を持っていてよかった。枝の隙間で上下に動く黄色い円蓋から目を離さずにいられる。だが、やがて木の生え方が密になり、彼女の居所を見失った。

空気は苔やキノコ、腐葉土から生え出した生き物のにおいに満ちていた。周りじゅうで枝が揺れ、水を弾いて雫を飛ばす。雨は相変わらず降りしきり、ホーリーはひざの上までずぶ濡れになった。「チャーリー、チャーリー」と呼びかけるリリーの声が聞こえる。棘のある植物が手を刺した。コートの襟元から水が垂れてきた。

もし頭のいい犬なら、こんな森のなかをうろつきまわっていず、雨宿りできる場所を探すだろう。ここにはまともに身を隠せるところもない――何キロ四方にもわたって。あるとしたら、トラックだけだ。もし自分が犬なら、あそこへ行く。

しばらくのあいだ、前のほうの茂みに動くものはないかと目をこらした。それからきびすを返し、駐車場のほうへ引き返しはじめた。犬はエンジンの下にうずくまっている――この勘が当たってくれればいいのだが。太りすぎで、泥のなかでハアハア息をしている、チョコレート色のラブラドールを思い描いた。やさしい声を少しかけてやると、犬が這い出てきてこっちの手をなめる、そうしたら犬をリリーのところへ連れていって、目端がきく男だというところを見せてやれる。

駐車場に戻ってみると、犬ではなく、人間のほうのチャーリーが見えた。トラックの横にしゃがんでいる。初めは、あの少年も同じことを考えて、車台の下に犬がいないか調べているのだと思った。だがそのとき、後部座席の一方の窓が割られ、運転席のドアが開いているのが見えた。チャーリーは目を上げようとしない。周りじゅうで雨が木々を激しくたたき、近づいていくホーリーの足音を消した。彼は少年の背後に立った。

「なかに入ってドアを閉めてから、線をいじるべきだったな。もうおまえにエンジンはかけられない」

少年が心底怯えた顔になり、ホーリーはあと少しで殴るのをやめそうになった。だが殴った。腹に三発重いパンチをくれ、おまけに顔に二発。こぶしの下で少年のあごが砕けるのを感じた。歯が一本、泥の上に落ちるのが見えた。少年はすすり泣いていた。這って逃げようとするのをホーリーが引きずり戻し、あばらに二度蹴りをくれた。

車を盗むのはともかく、犬がいなくなったというお涙ちょうだいの話で人をたぶらかすのは許せない。少年を打ちすえながら、ホーリーの心を捉えていたのは犬のことだったーー犬のチャーリーはこの雨のなかをひとりぼっちでさまよい、怯えて途方にくれ、あとは丸まって死ぬしかない、そして誰にも見つけられない、なぜならそんな犬はいないからだ。

また蹴りを入れようと脚を振り上げた瞬間、銃声が響いた。弾丸が脚の下のほうをかすめて肉の塊をえぐり、そのあと前輪のタイヤに命中した。ホーリーがよろけて倒れ、地面に転がると同時に、タイヤから空気が噴き出した。黒いゴムが穴の周囲からゆっくり潰れはじめ、やがて平らになり、トラックが傾いて車軸が泥のなかにめりこんだ。

リリーが森から出てきた。ホーリーが教えたとおり、コルトを指でしっかり握って構えた腕を固定し、前後に軽く動かしながら手を安定させている。三メートル離れたところに立ったが、銃を下ろしはしなかった。

「だいじょうぶ?」

「自分が撃ったんだろう」

「ああ、ごめん。ごめんなさい」

ホーリーはズボンの脚を持ち上げた。弾丸はふくらはぎの裏側を削ぐようにかすめ、肉を一直線にえぐり取っていた。

「おれはだいじょうぶだ。だが、タイヤがやられたと思う」

リリーが銃を下ろした。コートの袖で顔をぬぐう。気が抜けて、呆然とした様子だった。雨が空からふたりのあいだにたたきつけてくる。ホーリーはふいに痛みに襲われ、脚が火にくべられているように感じた。屈みこんで傷を押さえ、血を止めようとしているあいだに、リリーがトラックの後部に駆け寄り、救急箱を取り出してきた。泥のなかにひざをつき、ホーリーのズボンをまくり上げ、脚をアルコールで拭いてガーゼを巻きはじめた。

「ひどい傷」

「ただの事故だ」

「傘を落としちゃった」

「あとで捜しにいこう」

リリーが包帯を留め終わると、立ち上がった。彼に背を向けて、トラックに寄りかかる。ホーリーはふと、あのダイナーでのことを思い出した。あのときは正しいことを口にできたが、いまは何も言う言葉がなかった。やがて彼女が顔を上げたとき、ほかにもまちがったことがあるのに気づいた。

「チャーリーはどうしたの」

ホーリーはぱっと振り返り、森の縁のあたりを見やったが、少年がいる気配はなかった。残っているのは、泥のなかに白く光る一本の歯だけ。ホーリーは無傷な脚を支えにして、しゃがみこんだ。そのとき何かが視界をよぎり、トラックの下を見ると、犬のチャーリーがいるはずの場所に少年のチャーリーがいた。後輪の車軸のすぐ向こうで体を丸め、紫のスニーカーの脚を折りたたんでいる。

「そこから出てこい」

「近寄るな！」少年が叫んだ。

「家内が撃ったのは、けんかを止めたかっただけだ。誰もけがさせようとしたわけじゃない。いまは後悔してる。そうだろう？」

「ええ」リリーは硬い声で言った。

「当たったか」

「何が？」少年が言う。

「弾は当たってないか」

「当たってないと思う」

リリーがひざまずいて車体の下に頭をつっこんだ。「あんたの名前だけど、ほんとにチャーリー？」

「うん」

「ねえチャーリー。もう何もしないって約束する。このひとはあんたを殴らないし、あたしも撃ったりしない、警察を呼んだりもしない。それでいい？」

チャーリーは考えていたが、しばらくして、犬がそうして出てくるとホーリーが想像したとおりに、こそこそ腹ばいになって出てきた。だがふたりの前に立ったときも、感謝しているふうではなかった。怖がっているようにも見えない――ただ痩せて空腹で、疲れきったように見えた。ジーンズはびしょ濡れで、革ジャンは汚泥にまみれていた。

鼻と口から血が垂れて、目の周りの皮膚が切れ、下唇が腫れ上がりはじめている。ずっとあごに手のひらを当てたままで、まるで落ちてこないように支えてでもいるようだった。

「ちょっと見せて」リリーは彼の顔をじっくり調べた。あごに触れたとたんに少年が悲鳴をあげると、悪夢を追い払おうとでもするようにシッと声を出した。「病院に連れてかないと」ポケットからティッシュを引っぱり出し、少年に渡す。「タイヤの換え方は知ってる、チャーリー？」

少年はティッシュを鼻に押し当てながら、首を横に振った。

「じゃあ、いま覚えて」リリーはトラックの後ろに回り、スペアタイヤを外しはじめた。ホーリーもテールゲートの横に近づいた。リリーは体を震わせていたが、彼が手を触れようとすると払いのけた。

「何をする」

「あんな子どもをぶちのめして」そう言って、タイヤレンチを引っぱり出した。

「おれたちの車を盗もうとしたんだぞ」

「あの子はあたしたちの顔を知ってる。プレートのナンバーもわかってる」

「あいつにそんな知恵はない。おれがあのくらいの歳のころは、ガソリンスタンドに盗みに入って、毎晩ちがう車で寝ていた」

ホーリーはリリーの手からレンチを取った。急に強い風が吹き、雨粒がばらばらとふたりの上にたたきつけた。リリーが日の上を覆う。手を下ろしたとき、その顔は青ざめ、水が滴っていた。ホーリーに向かって首を横に振り、巻紙を出してタバコを巻いた。ライターのヤスリをジッと回すが、紙が湿りすぎていて火はつかなかった。紙巻きを泥のなかに投げ捨てる。

「時間をちょうだい」リリーは言うと、彼から離れ、森のなかに入っていった。

ホーリーはその後ろ姿を見送った。それからスペアタイヤを引き出し、少年のところへ転がしていった。

チャーリーがあとずさりする。

「もうおまえを殴らないと約束した。だが殴りたくないわけじゃない。だから言うとおりにしたほうがいいぞ」

「しゃべると痛い」もごもごと言う。

「だったらしゃべるな」ホーリーはレンチをスペアの横の地面に放った。「石をいくつか取ってこい。でかいやつだ。それをタイヤの後ろにつっこむ。それでトラックが動いてジャッキから外れるのを防げる」

少年がひょこひょこと森の縁まで歩いていった。片方の脇腹をつかむ。「息するだけで痛い」

「なら、息もするな」

チャーリーが泥のなかから大きな石をほじり出してくると、後輪の下に蹴り入れた。

ホーリーはハブキャップを外し、レンチを使ってナットを四本だけ抜くと、ポケットに入れた。それからフレームレールの下にジャッキを置き、クランクを回して車体を持ち上げていく。

「先に車を持ち上げるんだと思ってた」とチャーリー。

「タイヤが浮いてるときにナットをぜんぶ抜くと、車がドスンといきかねない。一本残しておくとタイヤが飛び出さずにすむ。そのほうが早く終わる」

「修理工か何か？」

「何かのほうだ」ホーリーがクランクに体重をかけて回すと、やがてトラックが宙に浮いた。最後のナットを回して抜き、パンクしたタイヤを振り動かしながら外す。内部で弾丸が転がりまわる音を聞きながら、そのタイヤを車の下の、ジャッキの後ろにかませた。

少年がタイヤを見つめ、またホーリーに目を戻す。

「車が落ちたときの予防だ。こうしておけば車体がまだ高い位置にあるから、フレームの下にジャッキを入れなおせる」

「そっか」

ホーリーは思った。このガキには車泥棒の経験はない。やるなら簡単なフォードにするべきだった。自分が初めて盗んだときのことや、車種はまだ憶えている――ビュイック・スカイラークのセダンで、ほんの十五歳のときだった。シフトレバーの怪しいその不細工な代物をテネシーまでずっと走らせたものだ。

「その革ひもはどうした」と訊いた。まだ犬のことが気がかりだった。

「ああ。うちの親父が去年、家の前でチャーリーをひいちゃって」

「そのお涙ちょうだいの話は効くのか」

「だいたい効く。女のひとには」

　嵐の勢いが衰え、雨が霧に変わっていた。ホーリーは指についた油をぬぐおうとした。

「スペアをよこせ」少年がタイヤを転がしてくる。それをハブの中央に持っていき、ポケットからナットをつかみ出し、差しこんで指先で締めた。

「車のこと、ごめんよ」チャーリーが言った。「こっから出ていきたかっただけなんだ」

　ホーリーは背を後ろにそらせた。パンクしたタイヤを引き出すと、銃弾の穴に指を押しつける。ゴムの裂けた部分はやわらかかったが、他はどこも硬いままだった。ナットを締めたときに指の爪が一本割れていた。その指を口にくわえると、グリースと血と土の味がした。

「まあ、そういうのはわからなくもない」

　木々のあいだに黄色がぱっとひらめき、リリーが傘を持って森から出てきた。顔を見ると、よくゴム手袋をはめて漂白剤を使おうとするときになるような、あきらめの表情があった。

「あのひと、何か怒ってる？」少年が訊く。

「犬のことは何も言うな」とホーリー。

リリーが駐車場を横切ってくるあいだ、明るい色の傘が頭の上で、何かアイデアが浮かんだときのように揺れていた。トラックに戻ってくるまでに、雨はもうやんでいた。彼女が手を差し出して雨の様子を確かめ、持ち手のボタンを押すと、傘が引っこんで折りたたまれた。

「終わった？」

「あらかたは」

「チャーリーと話したいんだけど」

少年はホーリー以上にリリーを怖がっているようだった。いやいや地面から立ち上がると、軽く顔をしかめた。ふたりでトラックから何歩か歩き、ホーリーには聞こえないところまで離れた。リリーが話し、少年がうなずく。そしてリリーが彼の手に何かを握らせた。

ホーリーがジャッキを下げ、トラックのスペアタイヤがシュッと音をたてて地面に着いた。レンチでナットを固く締める。作業が終わるころには、リリーとチャーリーも話を終えていた。後部に道具類を積みこむと、三人ともトラックに乗った。少年が引っぱり出した銅線を付けなおすのに数分かかった。「こいつはラジオのだ。セルモーターのじゃない」

少年は後部座席の、割れたガラスの破片の隣に座っていた。まだあごを片手でつかみ、もう一方の手で肋骨をさすっている。シートごしに銅線をのぞきこんできた。「どっちを使えばいいんだろ」

「赤がバッテリーだ。で、この黄色がセルモーターだ。あとは点火のコードがあればいい」

「そんなこと教えちゃだめよ」リリーが口を挟んだ。

「どうせやるんだろうから、ちゃんとやるに越したことはない」

「マクドナルドに寄っていいかな」チャーリーが言い出した。「腹が減っちゃって」

ホーリーがキーを回し、エンジンがかかった。ダッシュボードの時計がリセットされ、時限爆弾のように点滅していた。12:00、12:00、12:00。

「誰か何時かわかるか」

「三時半だよ」少年が言った。

「お母さんはどうする」

リリーはポケットからコルトを引き出した。シリンダーを開けて弾を取り出す。それをグローブボックスに入れて蓋を閉め、コルトをシートの下に戻した。

「マクドナルドはなし」リリーが言った。

駅に入っていってトラックを停めると、メイベル・リッジがベンチに座って待っていた。隣にキャスターの付いた大きなキャリーバッグが置いてあり、ネームタグと明るい紫の飾りリボンが目を引いた。髪はまとめずにぼさぼさのままだった。いろいろな長さとサイズの蜻蛉《とんぼ》の模様がセーターの襟の部分に織りこまれ、兵隊の制服のストライプ柄のように見えた。

「やっと会えた」メイベルが言った。

「母さん」母娘がおたがいの体に腕を回し合った。

「このひとがサミュエル・ホーリー。あたしの夫」

メイベル・リッジと握手をした。指の長い、力強い手だった。ホーリーが荷物をトラックの後部に積みこんでいるあいだ、メイベルは額の上にずり上げていた眼鏡を引き下ろし、すぐに視線をホーリーのケガをした脚に向けた。彼がその脚を後ろに引いて隠すと、メイベルはさっとあごを上げた。目は娘と同じ緑色だった。その視線を受けたホーリーは、全身を骨まで切り開かれた気分になった。

「で、こっちは誰だね」メイベルが窓からなかをのぞきこむ。

リリーはドアを開け、シートからガラスの破片を払い落とした。「この子はチャーリー。病院へ連れていくところ」

リリーの母親は少年と、その腫れた顔をまじまじと眺めた。「そのチャーリーに何があったんだい」

「犬をなくしたんです」ホーリーは言った。

少年はため息をついて、割れた窓のほうに体を寄せた。メイベル・リッジがその隣に乗りこんだ。ホーリーはコートを脱いで腰まわりに縛りつけ、ズボンについた血を隠した。

「あたしが着いたとき、なんでここにいなかったんだね」トラックが駐車場から出ていくと、メイベルが訊いた。

「十時に来るって言ってたじゃない」とリリー。

「あたしははなから三時に着くつもりだったよ。おまえが書き留めとかなかったんだろう」

「ちゃんと書いた」

それから何分か、無言のまま走り、やがてハイウェイに乗った。速度が上がると、車内に風が吹きこんできた。タイヤが路肩の水たまりにつっこみ、水しぶきがトラックの側面に跳ねかかった。

「窓を閉めたらどうなんだい」とメイベル・リッジ。

「割れてるの」とリリー。

ふたりの声は似通っていた。どちらも言葉を発するときに音楽のような調子があり、それはリリー独特のものだとずっと思っていた。ホーリーは女ふたりが言い合いをするのをちらと眺め、その声を聞いていた。妻は母親といっしょだと、どこかちがって見えた。いくらか存在が小さくなったように感じた。そのせいで、いったいどんな記憶と戦っているのかと想像がふくらんでいった。リリーが奈落の底へと落ちていきそうになるのを救ったのはメイベル・リッジだ。そのことはたしかにわかっているが、それでもどこか身構えた気分になってしまう。

つぎの出口でハイウェイを下りた。速度をゆるめて信号で停まると、車内に吹きこむ風がやんだ。病院まではあと二十分ほどだろう。早く時間が過ぎてくれないものかと思いながら、ホーリーはダッシュボードの時計にたえず目をやっていたが、数字は12：00、12：00と、レコードの針が飛ぶように点滅を続け、時間が引き延ばされていき、しまいには四人でトラックに永遠に閉じこめられた気がしてきた。

「そういや」メイベル・リッジが眼鏡を外すと、スカーフで拭いた。「あんたのことはあまり聞かせてもらってないね、サミュエル・ホーリー」

「あなたのことは聞いてます」

「そうだろうねえ」メイベルは前のふたりのヘッドレストにひじを置いた。「ところで、どうやって出会ったんだい」

「コーヒーショップでよ」とリリー。

「ほんとかい」

「前にも言ったよね」

「きっと忘れちまったんだろう。あんたらが自分の結婚式に、あたしを呼ぶのを忘れたみたいに」

これまで生きてきたなかで、ホーリーはタフな女に何人も出会ってきたが、みんなつらい暮らしのせいでそうなった女たちばかりだった。だがメイベルは、それとはまたちがっていた。そのタフさは当人の芯に組みこまれたもので、まるでタンカーが手漕ぎボートの群のなかを突き進むように、その圧力を周囲に押しつけてくるのだ。ふとリリーの父親のことを思った。聞いた話からわかるかぎり、ガスはたしかにろくでなしだが、メイベル・リッジのような女と寝られるぐらいの肝っ玉はあったのだろう。

「母さん」リリーが言う。

「あたしは式に出る資格があった。おまえがどうやって暮らしていくのか知っておく資格がね。そうは思わないかい」

「どんなことを知りたいんです」ホーリーはとりなすつもりで訊いた。

メイベル・リッジが身を乗り出してきた。「あんたがどこの人間なのか、リリーは言おうとしないんだよ」

「生まれ育ちはガルベストン・ベイのそばです」相手が目をしばたたくのを見て、こう言い添えた。「テキサスの」

「なんの仕事をしてるんだい」

「機械いじりだよ」チャーリーが言った。

ホーリーはバックミラーに映る少年をぎろりと見た。「いま失業中で」

「そりゃよくないねえ」メイベルはホーリーの顔のすぐそばの、運転席のヘッドレストを指で包みこんだ。「ほかに得意なこともあるんじゃないかね」

「誰かをボコるのが得意かな」チャーリーが言って、革ジャンの袖で血のにじんだ鼻をぬぐった。

それを聞いて、メイベル・リッジはしばらく黙りこんだ。情報をじっくり整理し、呑みこんでいる。そうするうちに助手席のリリーは縮こまって、少しずつ下に沈みこみ、母親はふたりのあいだに大きくのしかかってくるようだった。ほどなくリリーは座席の下に消えてしまった。まずいことになったのはわかったが、どうすればいいかわからない。まだ会ってたかだか十五分しかたっていないというのに。メイベル・リッジは一週間もこっちにいる予定なのだ。

病院に着くころには、車内の沈黙はずっしりと本物の重みをもってのしかかっていた。ホーリーは緊急外来の入口の横に駐めた。とにかく外に出たかった。「おれが連れていったほうがいいな」

リリーが彼のいいほうの脚に触れてぎゅっと握り、長く待たせないでと伝えてきた。

「じゃあね、チャーリー。あたしの言ったこと、憶えておいて」

チャーリーはうなずいたが、すぐにひたいに皺を寄せてリリーの言葉を思い出そうとするような顔をしてみせてから、腫れ上がったあごを指で押した。もたつきながらドアハンドルを動かして外に出ると、ガラスの破片がいっしょに引きずられて下に落ち、アスファルトに当たってベルのような音をたてた。

「達者で」とメイベル・リッジは笑ったが、本心とはまったくうらはらの笑みだった。

病院は低いレンガ造りの建物で、両側に車椅子用の傾斜路があった。スライドドアを通ってなかへ入ると、数人が金属の椅子にかけて待っているのが見えた。音声を消したテレビからニュースが流れている。待合室の床はタイル敷きなのに、かび臭いカーペットのにおいがした。一方の側に固まっているのは、三角巾で腕を吊った中年の女、泣きわめく幼児をつかまえている年寄りの男。ひざにバケツを置いて吐きそうになっている子どもと、その背中をたたいている中国系の母親。一団から離れたところに、ホームレスの男が座っていた。持ち物一切をゴミ袋に入れて周りに置き、ハンバーガーのプラスティック容器をひざの上に置いている。ガラス張りのブースの向こうで、看護師が書類をぺらぺら繰っていた。

「なんて言えばいいんだろ」チャーリーが言う。

「学校でケンカしたとだけ言え」

少年はカウンターまで行って、看護師に話しかけた。このまま黙って出ていこうかとホーリーは思ったが、メイベル・リッジが車にいることを思い出した。いまはリリーから情報を吸い取っているところだろう。少年の受付での手続きがすむまで待とうと決めた。ホームレスの男の近くの空いた椅子に腰を下ろし、男の発するすえたにおいに息を止めていた。ふとハンバーガーの容器のなかを見ると、紙ナプキンの上に置いた人間の耳があった。

「どうしたんだ」

「ああ」ホームレスの男が言う。「おれの耳じゃあないよ。友達のさ。かわりに持ってやってるんだ」

「もうここへ来てるのか」

「まだだなあ」

耳は半分だけで——耳たぶと耳殻の一部——よほど鋭いナイフで切ったのだろう、きれいな切り口だった。血もほとんどついていない。

看護師がチャーリーに氷嚢と、クリップボードとペンを渡した。チャーリーはそれをぜんぶ持ってホーリーのほうへ来ると、氷嚢を恐る恐るあごの下に当てた。

「ここにサインしろって」

「それは何だ」

「親の承諾書」

「むりだ」

「頼むよ。じゃないとうちの親父を呼ばれちゃう」

「そのほうがいいだろう」

「ほんとに、だめなんだって」

ホーリーが顔を上げたとき、ホームレスの男と目が合った。プラスティック容器のなかの耳のことを思った。それに耳をなくしてどこか外をうろついている男と、自分は友達だからと、その男がここに現れるという見込みにかけて待っているこの男のことを。

「家内はおまえになんて言ったんだ」

「百ドルくれた。それで、黙ってろって」

「ほかには」まだ何かあるはずだった。

少年は紙をぺらぺらと繰った。そしてまたクリップボードに挟んだ。「車を盗むのはやめて、何かほかの悪いことをやれって。でないと、あんたみたいになるよって」

そういうことか。

ホーリーは書類にサインをした。

しばらくたって看護師から名前を呼ばれ、チャーリーはその後ろについてガラスの仕切り壁の向こうに消えた。ホーリーは手洗いに入り、手拭き用のペーパータオルを取ると、あらためて脚を洗った。弾丸の傷というよりはナイフ傷のようで、皮膚がすっぱり切れ、血は完全に包帯に染みとおってブーツの上に流れ落ち、靴ひもを変色させていた。縫合の必要がある。抗生物質もだ。家に帰ったら自分で縫わなきゃならない。それとも瞬間接着剤で皮膚を貼り合わせるか（ジョーヴから教わった方法だった）。とりあえずは腰からベルトを外し、傷口の周りにペーパータオルを巻きつけてベルトできつく縛ってから、まくり上げていたズボンの裾を下ろした。

手洗いから出るとリリーがいて、看護師と話していた。「どこに行ってたの」

「もうそれほど長くかからないと思う」

「外で待ってようよ」トラックのなかでメイベル・リッジが何を言ったにしろ、その効果が出ているのがわかった。リリーが緊張に疲れた目を向けて瞬きをしたとき、その目が大きく見開かれた。

「ブーツが血だらけ」

彼女はおれから去っていく、ホーリーは思った。今日明日でないにしても、たぶんいつか。ホーリーには〝昔のおれ〟を隠したりデトックスをしたり、断酒会で自分の罪を告白したりもできない。腰に縛っていたジャケットをほどいて広げた。そして妻の顔をじっと見つめた。

「どうして言わなかったの」リリーは叫び、それからくしゃみをした。ばかでかい音のくしゃみが飛び散るように待合室全体に響き渡った。リリーの手が持ち上がって顔を覆うが、くしゃみはまた二度、三度、四度と出てくる。体がぐらぐらゆらぎ、ホーリーは彼女の腕をつかまえた。顔が紅潮して赤い斑点ができ、目がどんよりしていたが、くしゃみはさらに何度も、とめどもなく続いた。気づくと待合室の全員が、耳を持ったホームレスの男までが、おまえが悪いという顔でホーリーを見ていた。実際、そのとおりなのだろう。

妻を建物の外の、雨のなかへ連れ出した。自動ドアが大きく開いて閉まり、病院のざわめきが背後で消えた。「痛みはないよ」そう言った。

「あんたが、あの子を殺しそうに見えたから」

「そんな気はなかった」

「そう見えたんだもの」またくしゃみをする。

リリーが森の縁から出てきたときの、あの理想的な銃の構えを思い出した。両腕を伸ばし、ぴたりと固定する。目を標的に向ける。あの森でいっしょに、何時間も練習をした。あれにはちゃんと意味があったのだ。

「おれを撃つつもりだったのか？」

「そうよ、もちろん」

リリーの鼻から二本の透明な水が流れ出し、唇を越えてあごまで落ちていた。だがそれでも、彼女はきれいだった。ぐしゃぐしゃになった顔を見つめる。彼女も、ホーリーに劣らず恐れていた。チャーリーのことでも母親のことでもなく、ホーリーが刑務所行きになるかどうかですらなく、自分たちふたりがやっていけるのか、やっていけないのかを。

「完璧な射撃だった」

「タイヤ以外は、だけど」

「ああ。タイヤ以外は」妻がもたれかかってきて、ホーリーのシャツの背中をつかんだ。胸に当たる頬は温かく、髪は雨で縮れていた。彼はリリーの首筋に唇を当て、肌のにおいを吸いこんだ。

いまならメイベル・リッジに千回でも立ち向かえる、そんな気がした。

ふたりはきびすを返し、病院へ入っていった。ホーリーは看護師に、脚を芝刈り機で切ってしまったと話した。まもなく詰め物をしたベンチの上に横になり、妻の手を握りながら、医者に傷口を縫合され、破傷風の予防注射を打たれた。処置が終わると、リリーは屈みこんで、皮膚を縫い合わせている黒い糸にキスをした。

「この傷はずっとあたしのもの」

「みんなきみのものだ。最後のひとつまで」

やっと病院から出て駐車場へ戻るころには、七時を回っていた。どこに自分のトラックがあるかすぐにわかった。トラックはバーのように煌々《こうこう》と光っていた。メイベル・リッジがルームライトもヘッドライトも、明かりという明かりをぜんぶつけていたのだ。ラジオが最大の音量で鳴っていて、窓ガラスが曇っていた。メイベル・リッジの頭と丸まった肩の輪郭がハンドルの上に乗っているように見えた。

「なんでその子もいるんだい」ホーリーがドアを開けると、メイベルは言った。

リリーが助手席に乗りこむ。「送っていってあげないと」

チャーリーのあばらはテープがぐるぐる巻かれ、あごの左側は針金で固定され、鼻には金属の副え木が当てられていた。薬もたっぷり与えられ、処方薬がぱんぱんに詰まった袋を手に、何も言わずに後部座席に滑りこんだ。治療が終わったのがホーリーと同時で、送っていこうかと言うと、ただうなずいたのだった。

「あたしはここで何時間も待たされたんだがね」メイベルが言う。

リリーが手を伸ばしてラジオを消した。詫びの言葉は口にしなかった。

「後ろに行ったらどうです」ホーリーが言う。

「もうちょっとで自分で運転していくところだったよ」メイベル・リッジはハンドルを両手でつかみ、運転台から滑り降りた。チャーリーの隣に乗りこむと、ドアをたたきつける。ホーリーはエアコンをつけて窓の曇りを取った。

「ひゃあいほう」チャーリーが言った。

「なんて言ってる？」メイベル・リッジが訊く。「さっぱりわからない」

トラックが駐車場から出た。ほどなくハイウェイに乗り、風が割れた窓から強く吹きこんできた。ずいぶんスピードが出ているように感じる、とホーリーはずっと考えていた。時計を見たが、やはり12：00で止まっていた。病院にいるといつもこうだ。昼間は夜に、夜は昼間になる。

「この子がどこの誰なのか知りたいね」メイベル・リッジが風の音に負けじと大声を出した。

リリーが頭を向ける。「友達よ」

「どこへ連れていくんだい」

「うひらよ」チャーリーが叫ぶ。

「家《うち》って言ってるの」すでに少年から聞いていた住所は、森からそう遠くなかった。けれどもいま、ホーリーがバックミラーを見ると、少年のポケットから飛び出している空っぽの首輪が目に入り、そもそも家へ連れていっていいのかと思いはじめた。家に帰ればさらに面倒が待っているだろう。車泥棒の初歩も知らない子どもに、雨のなかでトラックを盗もうとさせるほどの面倒が。

ホーリーは後部座席を振り向いた。「もしそうしたかったら、ほかの場所で降ろしてもいい。まだ町から出ていこうって気があるなら、切符を買ってやる」

「何をばかなこと」メイベル・リッジが声を張り上げた。「この子はケガしてる。家族のとこにいなきゃならないよ」

「本人が決めればいい」

チャーリーは顔の横から氷嚢を外した。しばらく窓の外を、ハイウェイの出口が近づいてくるのを眺めた。そのとき体をまっすぐ伸ばし、バックミラーのホーリーと目を合わせた。「へっひゃ！」

「なんだって」メイベルの声はもう叫び声だった。

「列車か！」ホーリーはウィンカーを出すと二つ右の車線へ移り、なんとか出口に間に合った。トラックが速度を落として出口ランプを曲がりながら下りていくと、風の勢いが弱まり、髪の毛や衣服のはためきが静かになった。

メイベル・リッジは身を乗り出した。娘の袖をつかむ。「リリー。こんなことを許すわけにはいかないよ」

リリーが前のウィンドウを少し開けた。「母さんには関係ない」

「いやあるね」メイベル・リッジが手に力をこめる。「この車には銃が積んである。シートの下にあったし、グローブボックスに弾が入ってた。なんでこんなことになってるのかは知らない。けどおまえはあたしが連れ帰る」

「許可証は持ってますよ」ホーリーは言った。

このころにはもう、メイベルは前部座席によじ登らんばかりだった。あとひと息でふたりのあいだに座りこむだろう。「おまえがまた自分の人生をめちゃくちゃにするのを見ているわけにいくもんか。この結婚は無効だよ。おまえはうちに戻るんだ、安全なところへ」

「おれといれば安全です」

年配の女はホーリーを無視した。「この男が行かせないのなら、警察を呼ぶよ」

「らめら」チャーリーが言った。

リリーが自分のシートベルトを外した。ひざをついて体を回し、メイベル・リッジの肩に手をかけた。そして母親をぐいぐい押し戻し、むりやりまたチャーリーの隣に座らせた。「誰も呼ばせない」

信号が青に変わった。ホーリーはリリーが母親から手を離すのを待ったが、そうしないとわかると、妻の腰に腕を回して支え、左に急カーブを切って駅前に入った。リリーは席に腰を落ち着けたが、目はメイベル・リッジに注いだまま、動けるものなら動いてみろという構えだった。トラックが停まるとすぐに、チャーリーが飛び降りて駆け出した。

「ちょっと待て」ホーリーが呼びかけた。ドアを開ける。

チャーリーはもう車二台分離れていたが、ホーリーが追ってくるのを見て足を止めた。

「らぐらないれ」

「殴りやしない」ホーリーは財布を出した。「切符を買ってやると約束したろう。いま使ってもいいし、取っておいてもいい」リリーが少年にやった現金に加えて、さらに何枚か渡した。州の外へ出られるだけの額を。

チャーリーは金をポケットに収めてから、手を差し出した。そのまま肩をすくめたとき、彼が別れを告げようとしているのだとホーリーにはわかった。少年の手は骨ばって痩せていた。その手を握りながら、この子はこの世界でいつまで生きていけるのだろうと思った。

「ありらと」

「あごの痛みは二週間ほどでましになる、あまり早く鎮痛剤を飲みきってしまうな。必要なら錠剤を細かく割れ。それとストローを見つけろ。売店があるだろう、ナプキンやらケチャップやらを置いてあるところが。そこでなら束ごとかっぱらえる」

チャーリーはうなずき、薬の詰まった袋を胸の前でつかんだ。雨がまた降り出し、紫のスニーカーを履いた彼の足が一歩遠ざかる。遠くで警笛が鳴った。ふたりとも、列車が近づいてきているのがわかった。少年は不安げな様子だった。ホームをちらと見て、またホーリーに目を向ける。

「おまえはもうだいじょうぶだ。タイヤを換える仕事にありつける」

「うん」チャーリーは言い、そしてひょこひょこと駅のほうを目指していった。

ホーリーがトラックに戻ってみると、リリーがボンネットの上に腰かけていた。メイベル・リッジがキーを取り上げて、運転台に立てこもったという。ホーリーは朝のことを、妻がプラットホームで待っていたときの様子を思い返した。

「どうして、うちへ来てなんて言ったんだろ。わからない」リリーが言った。

「濡れてしまうぞ」

「もうずぶ濡れだよ」

ホーリーはトラックの前を回りこみ、割れた窓から首をつっこんだ。

「どうです。そろそろ帰ったほうがいいんじゃ」

メイベル・リッジはさらに強くシートに背中を押しつけた。「あたしは自分の娘を訪ねてきたんだ」

「おれに会いにきたんでしょう、もうそれはすんだ」ホーリーは割れた窓から手を差し入れてロックを外し、ドアを開けた。そしてトラックの後部を開き、大きなキャリーバッグを取り出してアスファルトの上に置いた。

ふたりはしばらくそのまま、じっとにらみ合った。メイベル・リッジの目は怒りに燃えていた。けれども、この老女よりもっと悪いものは何度も見てきた。ホーリーが相手の腕をつかんだ。

「あたしに触るんじゃない！」そう叫び、手を振り払った。だがホーリーはそのとき、彼女の恐れを見たと感じた。メイベルがトラックから降りる。そしてキャリーバッグの取っ手を長い指でつかんだ。

「あんたはうちの娘のことを何も知らないんだ」

「よく知ってますよ。どうすれば彼女を失わずにすむかも」

メイベル・リッジがキーを彼の足元に投げ、キャリーバッグを転がしてトラックの前に回りこむと、リリーの前に立った。

「おまえはグンダーソンのとこの息子と結婚すればよかったんだ。あの子ならおまえをちゃんと扱ってくれたろう。そしたらずっと家にいられたんだよ、おまえの居場所に」

「あそこにあたしの居場所はない。ずっとそうだった」

「おまえはまちがってる」

メイベル・リッジの声にはこれ以上ないほどの確信がこもっていて、ホーリーもあやうく信じそうになった。妻の様子を見たが、その顔からは何も読み取れなかった。リリーがボンネットから滑り降りた。母親の体に両腕を回し、きつく抱き寄せる。メイベルの指がキャリーバッグから離れ、娘の背中に押しつけられ、その髪をなでた。やがてリリーが両手を母親の肩に置き、トラックのなかで押しのけたときのように、ぐいと押し離した。

「北行きの列車が九時に出るから」

メイベル・リッジはまたキャリーバッグをつかみ上げた。「後悔するよ」

「わかってる」

ホーリーは座席の下から黄色い傘を引っぱり出した。そしてキーを拾ってトラックを回りこむと、それが合図になったように、リリーの母親が動き出した。すばやい一回の動作で背を向け、キャスター付きのキャリーバッグを引っぱりながら、駅のほうへ向かっていく。

傘がさっきのように開き、金属の骨が音をたてて伸びると、ドル札でできた蜂の巣模様が開いて銀行のロゴを形づくった。傘をリリーのところへ持っていく。彼女はバンパーに腰かけて、母親が遠ざかるのを見ていた。

「今朝出てくる前に、時刻表を調べたの。きっとこうなるってわかってたんだ」

「追いかけてもいい。傘ぐらいは渡せる、少なくとも」

「だめ。これはあたしたちの傘」

黄色い円蓋の下にふたりで寄り添い、メイベル・リッジが暗がりのなかへ歩いていくのを見守った。ぴったり寄せて駐めてある車二台の隙間にキャリーバッグが挟まったが、なんとかむりやり通り抜けた。駅に通じる障碍者用の傾斜路をジグザグに上がっていくあいだ、キャリーバッグのキャスターがコンクリートの上でガラガラ音をたてた。やっと張り出しの下までたどり着くと、ジャケットから水滴を振るい落とした。入口にあるスポットライトの光の下で、こちらを向いてにらみつける姿がはっきり見えた。

ホーリーは妻がたじろぐのを感じた。その体に腕を回し、引き寄せる。そして傘を下げると、メイベル・リッジの姿が隠れ、またふたりきりになった。傘の布地が雨粒を受けて震えていたが、小さな避難場所のなかで、リリーの顔は晴れ晴れとしていた。その顔にキスをする。少しして、彼女もキスを返し、ホーリーの髪を引っぱった。餓《かつ》えた表情で。

「約束する。二度とあんたを撃ったりしない」

（下巻につづく）

単行本　二〇二一年二月　文藝春秋刊
DTP制作　言語社

文春文庫

父《ちち》を撃《う》った12の銃弾《じゅうだん》　上

定価はカバーに
表示してあります

2023年5月10日　第1刷

著　者　ハンナ・ティンティ
訳　者　松《まつ》本《もと》剛《つよ》史《し》
発行者　大沼貴之
発行所　株式会社　文藝春秋

東京都千代田区紀尾井町 3-23　〒102-8008
TEL　03・3265・1211㈹
文藝春秋ホームページ　http://www.bunshun.co.jp

落丁、乱丁本は、お手数ですが小社製作部宛お送り下さい。送料小社負担でお取替致します。

印刷・図書印刷　製本・加藤製本

Printed in Japan
ISBN978-4-16-792047-0

（　）内は解説者。品切の節はご容赦下さい。

スティーヴン・キング（深町眞理子 訳）
ペット・セマタリー（上下）
競争社会を逃れてメイン州の田舎に越してきた医師一家を襲う怪異。モダン・ホラーの第一人者が〝死者のよみがえり〟のテーマに真っ向から挑んだ、恐ろしくも哀切な家族愛の物語。
キ-2-4

スティーヴン・キング（小尾芙佐 訳）
IT（全四冊）
少年の日に体験したあの恐怖の正体は何だったのか？　二十七年後、薄れた記憶の彼方に引き寄せられるように故郷の町に戻り、IT（それ）と対決せんとする七人を待ち受けるものは？
キ-2-8

スティーヴン・キング（深町眞理子 訳）
シャイニング（上下）
コロラド山中の美しいリゾート・ホテルに、作家とその家族がひと冬の管理人として住み込んだ――。S・キューブリックによる映画化作品も有名な「幽霊屋敷」ものの金字塔。（桜庭一樹）
キ-2-31

スティーヴン・キング（白石 朗 他訳）
夜がはじまるとき
医者のもとを訪れた患者が語る鬼気迫る怪異譚「N」、猫を殺せと依頼された殺し屋を襲う恐怖の物語「魔性の猫」など全六篇収録。巨匠の贈る感涙、恐怖、昂奮をご堪能あれ。（coco）
キ-2-35

ゲイ・タリーズ（白石 朗 訳）
覗くモーテル 観察日誌
ある日突然、コロラドのモーテル経営者からジャーナリストに奇妙な手紙が届いた。送り主は連日、屋根裏の覗き穴から利用客のセックスを観察して日記をつけているというが……。（青山 南）
タ-16-1

陳 浩基（天野健太郎 訳）
13・67（上下）
華文ミステリーの到達点を示す記念碑的傑作が、ついに文庫化！　2013年から1967年にかけて名刑事クワンの警察人生を遡りながら香港社会の変化も辿っていく。（佳多山大地）
チ-12-2

C・J・チューダー（中谷友紀子 訳）
白墨人形
三十年前、僕たちを震え上がらせたバラバラ殺人が今、甦る。白墨で描かれた不気味な人形が導く戦慄の真相とは？　S・キング大推薦、詩情と恐怖が交錯するデビュー作。（風間賢二）
チ-13-1

ジェフリー・ディーヴァー（土屋　晃　訳）
青い虚空
護身術のホームページで有名な女性が惨殺された。やがて捜査線上に〝フェイト〟というハッカーの名が浮上。電脳犯罪担当刑事と元ハッカーのコンビがサイバースペースに容疑者を追う。

テ-11-2

ジェフリー・ディーヴァー（池田真紀子　訳）
ウォッチメイカー　（上下）
残忍な殺人現場に残されたアンティーク時計。被害者候補はあと八人……尋問の天才ダンスとともに、ライムは犯人阻止に奔走する。二〇〇七年のミステリ各賞に輝いた傑作！　（児玉　清）
テ-11-17

ボストン・テラン（田口俊樹　訳）
神は銃弾
娘を誘拐し、元妻を惨殺したカルトを追え。元信者の女を相棒に、男は血みどろの追跡を開始。CWA新人賞、日本冒険小説大賞受賞、'01年度ベスト・ミステリーとなった三冠達成の名作。

テ-12-1

ボストン・テラン（田口俊樹　訳）
その犬の歩むところ
その犬の名はギヴ。傷だらけで発見されたその犬の過去に何があったのか。この世界の悲しみに立ち向かった人々のそばに寄り添った気高い犬の姿を万感の思いをこめて描く感動の物語。

テ-12-5

ボストン・テラン（田口俊樹　訳）
ひとり旅立つ少年よ
詐欺師だった父が殺された。父が奴隷解放運動の資金にと巻き上げた金を約束通り届けるため、少年は南部までの長い旅に出る。弱い者の強さを描き続ける名匠の感動作。　（杉江松恋）
テ-12-6

セバスチャン・フィツェック（酒寄進一　訳）
乗客ナンバー23の消失
乗客の失踪が相次ぐ豪華客船〈海のスルタン〉号。消えた妻子の行方を追うため、乗船した捜査官に次々に不可解な出来事が。ドイツのベストセラー作家による、閉鎖空間サスペンス。

フ-34-1

テリー・ホワイト（小菅正夫　訳）
真夜中の相棒
美青年の殺し屋ジョニーと、彼を守る相棒マック。傷を抱えて裏社会でひっそり生きる二人を復讐に燃える刑事が追う。男たちの絆を詩情ゆたかに描く暗黒小説の傑作。　（池上冬樹）
ホ-1-7

（　）内は解説者。品切の節はご容赦下さい。

わたしたちに手を出すな
ウィリアム・ボイル（鈴木美朋 訳）

ハンマーを持った冷血の殺し屋が追ってくる。逃避行をともにすることになった老婦人と孫娘と勇猛な元ポルノ女優。米ミステリー界の新鋭が女たちの絆を力強く謳った傑作。（王谷　晶）

ホ-11-1

その女アレックス
ピエール・ルメートル（橘　明美 訳）

監禁され、死を目前にした女アレックス――彼女が秘める壮絶な計画とは？「このミス」1位ほか全ミステリランキングを制覇した究極のサスペンス。あなたの予測はすべて裏切られる。

ル-6-1

死のドレスを花婿に
ピエール・ルメートル（吉田恒雄 訳）

狂気に駆られて逃亡するソフィー。かつて幸福だった聡明な女は、なぜ全てを失ったのか。悪夢の果てに明らかになる戦慄の悪意！『その女アレックス』の原点たる傑作。（千街晶之）

ル-6-2

悲しみのイレーヌ
ピエール・ルメートル（橘　明美 訳）

凄惨な連続殺人の捜査を開始したヴェルーヴェン警部は、やがて恐るべき共通点に気づく――『その女アレックス』の刑事たちを巻き込む最悪の犯罪計画とは。鬼才のデビュー作。（杉江松恋）

ル-6-3

傷だらけのカミーユ
ピエール・ルメートル（橘　明美 訳）

カミーユ警部の恋人が強盗に襲われ、重傷を負った。執拗に彼女の命を狙う強盗をカミーユは単身追う。『悲しみのイレーヌ』『その女アレックス』に続く三部作完結編。（池上冬樹）

ル-6-4

わが母なるロージー
ピエール・ルメートル（橘　明美 訳）

『その女アレックス』のカミーユ警部、ただ一度の復活。パリで爆発事件が発生。名乗り出た犯人はまだ爆弾が仕掛けてあるという。真の動機が明らかになるラスト1ページ！（吉野　仁）

ル-6-5

監禁面接
ピエール・ルメートル（橘　明美 訳）

失業中の57歳・アランがついに再就職の最終試験に残る。だがその内容は異様なものだった――。どんづまり人生の一発逆転はなるか？　ノンストップ再就職サスペンス！（諸田玲子）

ル-6-6

ドクター・スリープ（上下）
スティーヴン・キング（白石　朗　訳）
〈景観荘〉の悲劇から30年。今もダニーを襲う悪しきものども。超能力〝かがやき〟を持つ少女との出会いが新たな惨劇への扉を開く。名作『シャイニング』の圧倒的続編！（有栖川有栖）
キ-2-52

ミスト　短編傑作選
スティーヴン・キング（矢野浩三郎　他訳）
町を覆った奇妙な濃霧。中に踏み入った者は「何か」に襲われる……。映画化、ドラマ化された名作「霧」他、初期短編からよりぬいた傑作選。スティーヴン・キング未体験者におすすめ。
キ-2-54

ミスター・メルセデス（上下）
スティーヴン・キング（白石　朗　訳）
暴走車で群衆に突っ込み、大量殺人を犯して消えた男。そいつを追って退職刑事が執念の捜査を開始する。米最大のミステリー賞、エドガー賞を受賞した傑作。ドラマ化。（千街晶之）
キ-2-55

ファインダーズ・キーパーズ（上下）
スティーヴン・キング（白石　朗　訳）
少年が発掘したのは大金と巨匠の幻の原稿。だがそれを埋めた強盗が出獄、少年へ魔手を……。健気な少年を守るため元刑事が立ち上がる。キングが小説への愛を謳う力作。（堂場瞬一）
キ-2-57

呪われた町（上下）
スティーヴン・キング（永井　淳　訳）
荒れ果てた屋敷が丘の頂から見下ろす町、セイラムズ・ロット。小さな町に不吉な失踪と死が続発する。丘の上の屋敷に潜むのは何者か？　史上最強の吸血鬼ホラー。（風間賢二）
キ-2-59

マイル81　わるい夢たちのバザールⅠ
スティーヴン・キング（風間賢二・白石　朗　訳）
廃墟のパーキングエリアに駐まる車に近づいた者を襲う恐怖を描く表題作、死刑囚の語るおぞましい物語「悪ガキ」他全十編。ホラーから文芸系の小説まで巨匠の筆が冴える短編集その1。
キ-2-61

夏の雷鳴　わるい夢たちのバザールⅡ
スティーヴン・キング（風間賢二　訳）
滅びゆく世界を静かに見つめる二人の男と一匹の犬。美しく悲しい表題作、見事な語りで花火合戦の末路を描く「酔いどれ花火」他全十編。著者自身による自作解説も楽しい短編集その2。
キ-2-62

ティム・オブライエン
村上春樹 訳
ニュークリア・エイジ

ヴェトナム戦争、テロル、反戦運動……我々は何を失い、何を得たのか？　六〇年代の夢と挫折を背負いつつ、核の時代の生を問う、いま最も注目される作家のパワフルな傑作長篇小説。

む-5-30

ティム・オブライエン
村上春樹 訳
本当の戦争の話をしよう

人を殺すということ、失った戦友、帰還の後の日々――ヴェトナム戦争で若者が見たものとは？　胸の内に「戦争」を抱えたすべての人に贈る真実の物語。鮮烈な短篇作品二十二篇収録。

む-5-31

マイケル・ギルモア
村上春樹 訳
心臓を貫かれて（上下）

みずから望んで銃殺刑に処せられた殺人犯の実弟が、兄と父、母の血ぬられた歴史、残酷な秘密を探り、哀しくも濃密な血の絆を語り尽くす。衝撃と鮮烈な感動を呼ぶノンフィクション。

む-5-32

グレイス・ペイリー
村上春樹 訳
最後の瞬間のすごく大きな変化

村上春樹訳で贈る、アメリカ文学の「伝説」、N.Y.・ブロンクス生れ、白髪豊かなグレイスおばあちゃんの傑作短篇集。タフでシャープで温かい、「びりびりと病みつきになる」十七篇。

む-5-34

グレイス・ペイリー
村上春樹 訳
人生のちょっとした煩《わずら》い

アメリカ文学のカリスマにして、伝説の女性作家と村上春樹のコラボレーション第二弾。タフでシャープで、しかも温かく、滋味豊かな十篇。巻末にエッセイと、村上による詳細な解題付き。

む-5-35

グレイス・ペイリー
村上春樹 訳
その日の後刻に

生涯に三冊の作品集を残したグレイス・ペイリーの村上春樹訳による最終作品集。人生の精緻なモザイクのような十七の短篇に、エッセイ、ロングインタビュー、訳者あとがき付き。

む-5-38

トルーマン・カポーティ
村上春樹 訳
誕生日の子どもたち

悪意の存在を知らず、傷つけ傷つくことから遠く隔たっていた世界。イノセント・ストーリーズ――カポーティの零した宝石のような逸品六篇を村上春樹が選り、心をこめて訳出しました。

む-5-37

（　）内は解説者。品切の節はご容赦下さい。

ロバート・ジェームズ・ウォラー（村松　潔　訳）
マディソン郡の橋
アイオワの小さな村を訪れ、橋を撮っていた写真家と、ふとしたことで知り合った村の人妻。束の間の恋が、別離ののちも二人の人生を支配する。静かな感動の輪が広がり、ベストセラーに。

ウ-9-1

P・G・ウッドハウス（岩永正勝・小山太一　編訳）
ジーヴズの事件簿
才智縦横の巻
二十世紀初頭のロンドン。気はよくも少しおつむのゆるい金持ち青年バーティに、嫌みなほど有能な黒髪の執事がいた。どんな難題もそつなく解決する彼の名は、ジーヴズ。傑作短編集。
ウ-22-1

P・G・ウッドハウス（岩永正勝・小山太一　編訳）
ジーヴズの事件簿
大胆不敵の巻
ちょっぴり腹黒な有能執事ジーヴズの活躍するユーモア小説傑作集第二弾。村の牧師の長説教レースから親友の実らぬ恋の相談まで、ご主人バーティが抱えるトラブルを見事に解決！
ウ-22-2

P・G・ウッドハウス（岩永正勝・小山太一　編訳）
エムズワース卿の受難録
綿菓子のような頭脳のエムズワース伯爵の領地に、本日も凶悪な騒動が勃発。不肖の息子・超頑固な庭師・妹たちとその娘達に、老いた卿には心の休まる暇がない！　ユーモア小説短編集！

ウ-22-4

クレア・キップス（梨木香歩　訳）
ある小さなスズメの記録
人を慰め、愛し、叱った、誇り高きクラレンスの生涯
第二次世界大戦中のイギリスで老ピアニストが出会ったのは、一羽の傷ついた小雀だった。愛情を込めて育てられた雀クラレンスとキップス夫人の十二年間の奇跡の実話。（小川洋子）
キ-16-1

サン=テグジュペリ（倉橋由美子　訳）
星の王子さま
「ねえ、お願い…羊の絵を描いて」不時着した砂漠で私に声をかけてきたのは別の星からやってきた王子さまだった。世界中を魅了する名作が美しい装丁で甦る。（古屋美登里・小川　糸）
サ-9-1

パトリック・ジュースキント（池内　紀　訳）
香水
ある人殺しの物語
十八世紀パリ。次々と少女を殺してその芳香をわがものとし、あらゆる人を陶然とさせる香水を創り出した〝匂いの魔術師〟グルヌイユの一代記。世界的ミリオンセラーとなった大奇譚。
シ-16-1

アンネの日記　増補新訂版
アンネ・フランク（深町眞理子　訳）
オリジナル、発表用の二つの日記に父親が削った部分を再現した"完全版"に、一九九八年に新たに発見された親への思いを綴った五ページを追加。アンネをより身近に感じる"決定版"。
フ-1-4

赤毛のアン
L・M・モンゴメリ（松本侑子　訳）
アンはプリンス・エドワード島の初老の兄妹マシューとマリラに引きとられ幸せに育つ。作中の英文学と聖書、アーサー王伝説、イエスの聖杯探索を解説。日本初の全文訳、大人の文学。
モ-4-1

アンの青春
L・M・モンゴメリ（松本侑子　訳）
アン16歳、美しい島で教師に。ギルバートの片恋、ダイアナの婚約。移民の国カナダにおける登場人物の民族（スコットランド系とアイルランド系）を解説。ケルト族の文学、初の全文訳。
モ-4-2

アンの愛情
L・M・モンゴメリ（松本侑子　訳）
アン18歳、カナダ本土の英国的な港町の大学へ。貴公子ロイに一目惚れされ、青年たちに6回求婚される。やがて愛に目ざめ……。テニスンの詩に始まる初の全文訳、訳註・写真付。
モ-4-3

風柳荘《ウィンディ・ウィローズ》のアン
L・M・モンゴメリ（松本侑子　訳）
日本初の「全文訳」、詳細な訳註収録の決定版「赤毛のアン」シリーズ第4巻。校長となったアンは医師を目指すギルバートと文通。周囲の敵意にも負けず持ち前の明るさで明日を切り拓く。
モ-4-4

アンの夢の家
L・M・モンゴメリ（松本侑子　訳）
医師ギルバートと結婚。海辺に暮らし、幸せな妻となるも、母になったアンに永遠の別れが訪れる。運命を乗り越え、愛に生きる人々を描く大人の傑作小説。日本初の全文訳・訳註付。
モ-4-5

炉辺荘《ろへんそう》のアン
L・M・モンゴメリ（松本侑子　訳）
6人の子の母、医師ギルバートの妻として田園に暮らすアン。子育ての喜びと淡い悲しみ。大家族の愛の物語。日本初の全文訳「赤毛のアン」シリーズ第6巻。約530項目の訳註付。
モ-4-6

（　）内は解説者。品切の節はご容赦下さい。

2050年の世界
英『エコノミスト』誌は予測する
英『エコノミスト』編集部（東江一紀・峯村利哉　訳）
バブルは再来するか、エイズは克服できるか、SNSの爆発的な発展の行方は……グローバルエリート必読の「エコノミスト」誌が、20のジャンルで人類の未来を予測！　（船橋洋一）
エ-9-1

ちょっとピンぼけ
ロバート・キャパ（川添浩史・井上清一　訳）
二十年間に数多くの戦火をくぐり、戦争の残虐を憎みつづけ写しつづけた報道写真家が、第二次世界大戦の従軍を中心に、あるときは恋をも語った、人間味あふれる感動のドキュメント。
キ-1-1

米中もし戦わば
戦争の地政学
ピーター・ナヴァロ（赤根洋子　訳）
米国と中国が戦争に至る確率は七〇％以上――。米中貿易戦争を仕掛けた異色の大統領補佐官が説く、アジアの未来。トランプの対中戦略は、全てこの本から読み取れる。　（飯田将史）
ナ-4-1

世界を変えた14の密約
ジャック・ペレッティ（関　美和　訳）
現金の消滅・熾烈な格差・買い替え強制の罠・薬漬け・AIに酷使される未来――英国の気鋭ジャーナリストが世界のタブーを徹底追及。目から鱗、恐ろしくスリリングな一冊。　（佐藤　優）
ヘ-9-1

ダライ・ラマ自伝
ダライ・ラマ（山際素男　訳）
ノーベル平和賞を受賞したチベットの指導者、第十四世ダライ・ラマが、観音菩薩の生れ変わりとしての生い立ちや、亡命生活などの波乱の半生を通して語る、たぐい稀な世界観と人間観。
ラ-6-1

フラッシュ・ボーイズ
10億分の1秒の男たち
マイケル・ルイス（渡会圭子・東江一紀　訳）
何故か株を買おうとすると値段が逃げ水のようにあがってしまう…。その陰には巨大詐欺と投資家を出し抜く超高速取引業者〝フラッシュ・ボーイズ〟の姿があった。　（阿部重夫）
ル-5-3

後悔の経済学
世界を変えた苦い友情
マイケル・ルイス（渡会圭子　訳）
「人間の直感はなぜ間違うか？」。この命題を突き詰めてあらゆる学問の常識を覆した二人の心理学者。彼らの共同研究は、やがて経済学にも革命を齎す。天才たちの足跡と友情。　（阿部重夫）
ル-5-4

ジェニファー・ダウドナ　サミュエル・スターンバーグ（櫻井祐子　訳）
クリスパー　CRISPR
究極の遺伝子編集技術の発見
ゲノム情報を意のままに編集できる「CRISPR-Cas9」。人類は種の進化さえ操るに至った。この発見でノーベル賞を受賞した科学者自らが問う、科学の責任とは。（須田桃子）
タ-17-1

リチャード・ワイズマン（木村博江　訳）
その科学が成功を決める
ポジティブシンキング、イメージトレーニングなど巷に溢れる自己啓発メソッドは逆効果!?　科学的な実証を元にその真偽を検証。本当に役立つ方法を紹介した常識を覆す衝撃の書。
S-10-1

シーナ・アイエンガー（櫻井祐子　訳）
選択の科学
コロンビア大学ビジネススクール特別講義
社長は平社員よりなぜ長生きなのか。その秘密は自己裁量権にあった。二十年以上の実験と研究で選択の力を証明。NHK白熱教室で話題になった盲目の女性教授の研究。（養老孟司）
S-13-1

クリストファー・チャブリス　ダニエル・シモンズ（木村博江　訳）
錯覚の科学
「えひめ丸」を沈没させた潜水艦艦長は、なぜ〝見た〟はずの船を見落としたのか？　日常の錯覚が引き起こす記憶のウソや認知の歪みをハーバード大の俊才が徹底検証する。（成毛　眞）
S-14-1

ジュディ・ダットン（横山啓明　訳）
理系の子
高校生科学オリンピックの青春
世界の理系少年少女が集まる科学のオリンピック、国際学生科学フェア。そこに参加するのはどんな子供たちなのか？　感動の一冊。巻末に日本の「理系の子」と成毛眞氏の対談を収録。
S-15-1

トレヴァー・ノートン（赤根洋子　訳）
世にも奇妙な人体実験の歴史
性病、寄生虫、コレラ、ペスト、毒ガス、放射線……人類への脅威を克服するための医学の発展の裏で、科学者たちは己の肉体を犠牲に、勇敢すぎる人体実験を行い続けた。（仲野　徹）
S-19-1

エレーヌ・フォックス（森内　薫　訳）
脳科学は人格を変えられるか？
人生の成否を分けるカギは「楽観脳」と「悲観脳」。それは生まれついてのものか、環境で変えられるものか。欧州最大の脳科学研究所を主宰する著者が実験と調査で謎に迫る。（湯川英俊）
S-21-1